「断念」の系譜

近代日本文学への一視角

太田 哲男

影書房

…………
見たまへこれら古い時代の数十の類は
あるひは解き得ぬわらひを湛へ
あるひは解き得てあまりに熱い情熱を
その細やかな眼にも移して
…………
巨きな四次の軌跡をのぞく
…………
胸のなかに燃え出でやうとする焔を
はるかに遠い時空のかなたに浄化して
…………
宮澤賢治「浮世絵展覧会印象」より

まえがき

本書に収めた論文・エッセイのほとんどは、ここ八年ほどの間に、折々に与えられたテーマに応じて書いたものである。書名とした「「断念」の系譜——近代日本文学への一視角」は、今回の出版にあたって名づけたものであり、当初からそういう明確な構想があったわけではない。けれども、石原吉郎から借りた「断念」ということばは、石原の精神世界にだけ関わるものではなく、漱石、荷風の文学をも深く規定するものであることは明らかであろう。

「断念」は、通常は消極的な意味のことばである。しかし、「断念」したがゆえにみえてくる世界というものがあるはずで、その意味でこのことばは、本書に並べた論文・エッセイの基調をなしていると考える。

私は近代日本思想史の学徒であるが、〈文学〉も〈思想史〉について考えるのに重要だという思いから、本書に収めた類いの論文・エッセイを書いた。一例をあげれば、一九一〇年代に「青鞜」という女性たちの運動があった。〈思想史〉の対象でもある「新しい女」は、漱石や荷風の描いた女性たち、有島が『或る女』に描いた葉子の姿とほぼ同時代現象である。私は、その女性たちの姿、たとえば葉子の喜びや悲しみに共鳴し、その苦しみを強く感じながらも、「新しい女」が歴史的にもつ含みを考えようとした。別の言い方をすれば、一方の「新しい女」という〈思想史〉上の動きと、他方の漱石や荷風や有島の描いた女たちの姿は、相互に注釈として読むことができるという立場である。

また、たとえば宮澤賢治の童話世界はどこかで大正デモクラシーの動向と響き合っている。その動向は一九二〇年代末に困難に直面することになるが、その困難は、明治維新期を描いた『夜明け前』にも影を落としているようにみえる。という具合に、〈文学〉と〈思想史〉の交錯、あるいは「対応関係」に思いをめぐらす私の発想は、文学の研究を専門とされる方々がご覧になれば「異色」のものと思われるかもしれないけれども、私としては、〈文学〉に描かれた人びとの姿、生き方・感じ方に共鳴したり反発したりしながらも、社会の変動を、人間生活の移りゆきを、観察したいと考えているのである。

文学作品、ことに今や古典となったものを読むとき、その作品が描き出した世界や人間と自分の生きている時代の世界や人間との差異に感じ入ることもあれば、現代との共通性に目を見張ることもあろう。現在と過去の間に「時の往還」のようなことが起きたり、過去から現在が「逆照射」されることが起きたりするといってもよい。

本書のIに収めた論文は、漱石の『草枕』から藤村の『夜明け前』の完結まで、つまり日露戦争後から日中戦争開始直前まで、三〇年ほどの間に発表された作品に関わるものだが、その作品群は、今も「時の往還」あるいは「逆照射」を感じさせる力、すなわち文学の力を十分に保持している。そのことを、本書を通じて感じていただければありがたい。

＜思想史＞と＜文学＞の対応関係ということではないが、漱石、荷風、有島の描いた女たちについての話題を並べたことで、その女たちの姿が相互に映発するようなことが読者に起きるとすれば、一冊にまとめた意味があったとすべきかもしれない。

Ⅱに並べた論文・エッセイは、第二次世界大戦後の世界に関わる。「戦後社会」は高度経済成長という「大変動」を経て現代に至る。本書に収めたところは、この変動のごく限られた断面を描くにとどまり、取りあげた作品も今世紀のものに及んではいないけれども、先にふれた社会の変動や人間生活の移りゆきを観察したいという志向によるものである。半面、その「変動」にも関わらず揺るがぬ視点ということもあるはずで、大江健三郎や大西巨人の描いたところには、そういう視点が出ていると考えるが、その判断は読者にゆだねたい。

いずれにせよ、本書を、あるいは本書の一部を読まれた読者が、本書で論じた作品に興味・関心をいだき、それを読んでみようと考えてくだされば、それを喜びとしたい。

本書に収めた論文・エッセイの成立経緯などについては「あとがき」に記すこととし、以下には、凡例的なことを書いておく。

若干の論文では原題を変更し、それを巻末の「初出一覧」に明記した。

注は、各論文末に一括することを基本としたが、本文中に挿入してある場合もある。

本書収録にあたり、誤字・脱字・変換ミスの類いは修正し、適宜ふりがなを付けた。他方、全集本からの引用の場合、ふりがなを削ったところもある。アラビア数字を漢数字に直すなど、論文・エッセイ間である程度の形式的な統一をはかったが、表記の仕方など必ずしも厳密な統一はしていない。

若干の箇所では字句を手直ししたが、その場合でも論の骨格・趣旨は変えていない。なお、追記箇所を〔 〕に入れた場合、「補注」を付した場合がある。ただし、藤村論だけは、つい最近書いたものなので、字句の訂正という以上に手直しをしたところがある。

Ⅰに収めた論文のうち、荷風論と有島武郎論での引用の場合、現行の文庫本に収録された作品は文庫版にしたがって新かな遣いとするのを基本にしていた。それ以外の論文では、旧かな遣いのテクストは旧かな遣いで引用した。これらを統一すべきかとも思ったが、それぞれ元の論文のままとした。

「断念」の系譜

——近代日本文学への一視角

目次

装丁＝清田　愛

I

漱石作品にみる「家族」と「姦通」

一、『それから』の代助と父

一九九〇年代に出た岩波版の『漱石全集』には、八〇〇ページを超える「総索引」一冊が含まれているが、その索引には年齢の「三〇」を意味する項はなく、キーワードとはみなされていないのだけれども、『それから』では、代助が三〇歳であるということがくり返し描かれる。[1]

まず、代助のことについて、「二十世紀の日本に生息する彼は、三十になるか、ならないのに既に nil admirari の域に達して仕舞つた」とある。（二の五）

次に、代助の父が代助に「もう三十だらう」と言い、代助が「左様《さう》です」と答えると、「三十になつて遊民として、のらくらしてゐるのは、如何にも不体裁だな」（三の三）と語る場面がある。

代助の父が代助に次のように語る部分もある。

「そんなに理屈を云ふなら、参考の為、云つて聞かせるが、御前はもう三十だらう、三十になつて、普通のものが結婚をしなければ、世間では何と思ふか大抵分るだらう。そりや今は昔と違ふから、独身も本人の随意だけれども、独身の為に親や兄弟が迷惑したり、果は自分の名誉に関係する様な事が出来《しったい》したりしたら何《ど》うする気だ」（九の四）

さらに、代助が嫂の梅子に語る場面。

「僕は今迄結婚問題に就いて、貴方に何返《ママ》となく迷惑を掛けた上に、今度も亦心配して貰つてゐる。僕ももう三十だから、貴方の云ふ通り、大抵な所で、御勧め次第になつて好いのですが、少し考があるから、この縁談もまあ已《や》めにしたい希望です。」（十四の三）

これだけ三〇歳ということがくり返されると、漱石には読者に代助が三〇歳だということを強く印象づけたい理由があったのではないかと考えたくなる。

その理由は何かと考えると、そこには、民法上の規定が作用しているように思われる。それは明治民法第七七二条であって、「子カ婚姻ヲ為スニハ其家ニ在ル父母ノ同意ヲ得ルコトヲ要ス但男カ満三十年女カ満二十五年ニ達シタル後ハ此限ニ在ラス」とされていた。男は三〇歳、女は二五歳にならなければ、両親の意向に反する結婚はできないということは、別の言い方をすれば、親は、自らの意思で子の結婚相手を決める、ということである。それが、明治憲法下の「家長」というものである。

代助が三〇歳だということがくり返し書かれていても、明治民法規定を知らない読者には、区切りのいい年齢だから書いているのだろうと思われるかもしれないが、当時の読者には、代助は親の同意がなくても結婚できる年齢に達しているのだということが強く意識されたのではなかったか。

代助には兄と姉がいる。兄の誠吾は、実業家である父の仕事を引き継いでいる。また、「誠吾の外に姉がまだ一人あるが、是はある外交官に嫁いで、今は夫と共に西洋にゐる」（三の一）というが、この姉の結婚も、父・得の意向によるところが大きいのだろう。

代助の父からすれば、代助も親の意向にそった結婚をして当然だとみていたとしてもふしぎはない。だから、大学を出て、これという職につかないで、経済的には親に寄生している代助にくり返し縁談をもちかけるが、作品のなかで具体的に描かれている縁談は二件である。

ひとつは、「佐川の娘」との結婚である。これは、代助の父親が若き日に世話になった縁者の娘で、その父は京阪神地域の「多額納税者」（三の七）である。代助は、この娘のことは写真で知っているだけだったのだが、「貰へば貰つても構はないのである」けれど、「たゞ、貰ひませうと云ふ確答が出なかつた丈である」（七の六）という。

それだけではない。代助の兄夫妻のはからいで、代助は歌舞伎見物に誘われ、その場で、佐川の娘に引き合わされた。（十一の七）さらには、父の家で代助はこの娘と会う場を設定されることになる。

代助は、この娘が気に入らなかったというわけでは必ずしもなかった。

父は代助に向つて、

「大した異存もないだらう」と尋ねた。其語調と云ひ、意味と云ひ、何うするかね位の程度ではなかつた。代助は、

「左様ですな」と矢っぱ張り煮え切らない答をした。父はじつと代助を見てゐたが、段々皺の多い顔を曇らした。（十二の七）

父は、「佐川の家の財産」について、「あゝ云ふのは、普通の実業家より基礎が確りしてゐて安全だと云つた。」（十二の七）とある。そういう父の意向にもかかわらず、代助は佐川の娘との縁談を結局断わった。

代助のところに来た次なる話は地主の娘との縁談だが、『それから』の終わりの方に、父がこの縁談を受けるようにと代助に説明する場面がある。つまり、「父は年の所為《せゐ》で健康の衰へたのを理由として、近々実業界を退く意志のある事を代助に洩らした。けれども今は日露戦争後の商工業膨張の反動を受けて、自分の経営にかゝる事業が不景気の極端に達してゐる」というようなことを述べ、次のように続けた。

父は普通の実業なるものゝ困難と危険と繁劇と、それ等から生ずる当事者の心の苦痛及び緊張の恐るべきを説いた。最後に地方の大地主の、一見地味であつて、其実自分等よりはずつと鞏固の基礎を有してゐる事を述べた。さうして、此比較を論拠として、新たに今度の結婚を成立させやうと力めた。

「さう云ふ親類が一軒位あるのは、大変便利で、且つ此際甚だ必要ぢやないか」と云つた。

（十五の四）

実業家である父からすれば、当然の発言であろう。父は、結婚とは「家」の経済的安泰あるいは「便利」を増大させる手段であって、男女の「愛」の問題が主眼ではないと考えているからである。ここには、「結婚」と「家」がいかなるものかという点をめぐる父子の対立がある。代助は当然、この縁談を断わる。すると、父は、

「ぢや何でも御前の勝手にするさ」と云つて苦い顔をした。

代助も不愉快であつた。然し仕方がないから、礼をして父の前を退《さ》がらうとした。ときに父は呼び留めて、

「己《おれ》の方でも、もう御前の世話はせんから」と云つた。（十五の五）

相容れない立場の決裂である。しかしこのあとで、三〇歳を超えた代助が初婚の女性と結ばれれば、その結婚相手が父親の意向にそぐわないひとであったとしても、父も兄も、「御前の勝手」というにとどまったであろう。しかし、代助の相手は、あろうことか平岡の妻・三千代であった。父や兄の「社会上の地位」も「家族の名誉」も著しく傷つけることになる。

『それから』の末尾近くで代助と平岡の間で、次のような会話がかわされた。

「では云ふ。三千代さんを呉れないか」と思ひ切つた調子に出た。

平岡は頭から手を離して、肱を棒の様に洋卓《てえぶる》の上に倒した。同時に、

「うん遣《や》らう」と云つた。（十六の十）

こうしてふたりが結ばれるようになった事態は、現代であれば刑法上は問題にならないであろうが、旧刑法下では決定的に話が違い、それゆえ「社会上の地位」とか「家族の名誉」にも深くかかわる話にならざるを得ない。

日本の旧刑法では姦通は犯罪であって、『それから』が書かれる少し前の一九〇七年に改正された刑法一八三条では、「有夫ノ婦姦通シタルトキハ二年以下ノ懲役ニ処ス其相姦シタル者亦同シ」とされ、「前項ノ罪ハ本夫ノ告訴ヲ待テ其罪ヲ論ス但本夫先ニ姦通ヲ縦容シタルトキハ告訴ノ効ナシ」と規定されていた。

この物差しで『それから』をみると、平岡の「告訴」がなされたわけではなく、三千代も代助も、法的な姦通罪に問われたわけではないといえよう。この点は『門』も同じことで、御米も宗助も法的な罪に問われたわけではない。

とはいえ、代助にせよ宗助にせよ、結果的には法的な訴えは起こされなかったにせよ、彼らの意識がまず直面したのは〈法的な罪〉であって、単に〈道徳的〉罪あるいは〈倫理的〉罪であったのではないということが注意されなければならない。

明治民法第七六八条には、「姦通ニ因リテ離婚又ハ刑ノ宣告ヲ受ケタル者ハ相姦者ト婚姻ヲ為スコトヲ得ス」と規定されており、代助と三千代が姦通罪に問われれば、ふたりは結婚自体ができないことになるだろう。

実際、平岡は「法律や社会の制裁は僕には何にもならない」（十六の八）と代助に語っている。だが平岡は、その筋には訴えなかったにしても、代助の父あてに事情を認めた手紙を送ったから、代助の所業は父親・長井得と兄・誠吾の知るところとなった。「社会の制裁」は平岡には「何にもならない」ものだったとしても、代助の父や兄にはそれどころではない事態であった。誠吾は、この手紙の真偽を確認するために、手紙を持って代助のもとを訪れる。

「其所に書いてある事は本当なのかい」と兄が低い声で聞いた。代助はたゞ、

「本当です」と答へた。（中略）良《やや》あって兄が、

「まあ、何《ど》う云ふ了見で、そんな馬鹿な事をしたのだ」と呆れた調子で云つた。（中略）

「（中略）御前は夫《それ》が自分の勝手だから可からうが、御父さんやおれの、社会上の地位を思つて見ろ。御前だつて家族の名誉と云ふ観念は有《も》つてゐるだらう」（中略）

「代助」と兄が呼んだ。「今日はおれは御父さんの使に来たのだ。御前は此間から家へ寄り付かない様になつてゐる。平生なら御父さんが呼び付けて聞き糺す所だけれども、今日は顔を見るのが厭だから、此方から行つて実否を確めて来いと云ふ訳で来たのだ。それで――もし本人に弁解があるなら弁解を聞くし。又弁解も何もない、平岡の云ふ所が一々根拠のある事実なら、――御父さんは斯《か》う云はれるのだ。――もう生涯代助には逢はない。何処へ行つて、何をしやうと当人の勝手だ。其代り、以来子としても取り扱はない。又親とも思つて呉れるな。――尤もの事だ。そこで今御前の話を聞いて見ると、平岡の手紙には嘘は一つも書

いてないんだから仕方がない。〔中略〕それぢや、おれだつて、帰つて御父さんに取り成し様がない。御父さんから云はれた通りを其儘御前に伝へて帰る丈の事だ。好いか。御父さんの云はれる事は分つたか」

「よく分りました」と代助は簡明に答へた。

「貴様は馬鹿だ」と兄が大きな声を出した。代助は俯向《うつむ》いた儘顔を上げなかつた。

「愚図だ」と兄が又云つた。「不断は人並以上に減らず口を敲く癖に、いざと云ふ場合には、丸で唖の様に黙つてゐる。さうして、陰で親の名誉に関はる様な悪戯をしてゐる。今日迄何の為に教育を受けたのだ」（十七の二、三）

このようなやり取りがあって、『それから』は終幕となる。

二、代助はなぜ三千代を「周旋」したか

しかし、代助はなぜもっと早く三千代と結婚しようとしなかったのか。

そのことは三千代にも必ずしも理解できないところであったらしい。物語の終わり近く、三千代は、自分との結婚を「承知して下さるでせう」という代助のことば、しかも「耳の傍《はた》」でつぶやかれたことばを聞いて、「余《あんま》りだわ」と答える。代助が「僕は三四年前に、貴方に左様《さう》打ち明けなければならなかつたのです」と言ったことに対し、三千代は、「何故棄てゝ仕舞つたんです」

（十四の十）と言って、泣き始める。

　ということは、代助は数年前、三千代からすれば「打ち明け」そうな状況だったのに、愛を告白してくれなかったということになる。なぜ、三千代を棄てたかという理由を推察すれば次のようであろうか。

　ひとつには、代助の性格もあろう。「彼は元来が何方付《どっち》かずの男であつた。」「優柔の生れ付とも思はれる遣口《やりくち》」（十五の五）などと書かれている。

　しかし、性格だけですべてが説明できるわけではあるまい。代助自身、「今日始めて自然の昔に帰るんだ」と言い、「何故もつと早く帰る事が出来なかつたのかと思つた。始から何故自然に抵抗したのかと思つた。」（十四の七）とあって、ここでは「自然」がいわばキーワードになっている。「自然」というのは、人為的なものや硬直した社会制度による束縛を離れてという意味であって、J・J・ルソーのいう「自然」に通い合うとみてよかろう。(2) 二五歳のころの代助には、民法の三〇歳規定という「人為的制度」に対抗しようという勇気がなかった。ここで、「自然の昔に帰るんだ」といっているのは、よみがえった三千代への愛、つまり「自然」を貫こうということである。

　もともと代助が三千代と知り合ったのは、三千代の兄・菅沼が代助と大学で同級生だったからである。代助は東京の生まれであるが、三千代とその兄は東京の近県の生まれだった。菅沼兄妹と代助は親しくなり、「三人は斯くして、巴の如くに回転しつゝ、月から月へと進んで行つた。」

（十四の九）しかし、菅沼の母親がチフスにかかって死去し、その病気が菅沼にも伝染して亡くなってしまった。国元には父親だけが残ったが、その父親も、「思はざるある事情の為に」（七の二）北海道に行くことになった。

残された三千代はどうなるか。ここにみたような事情では、三千代の父親に資産があったとも思えない。とすれば、三千代が生きて行くためには、適当な男性と結婚する以外にない。

代助はためらったのであろう。父親は、代助と三千代の結婚を絶対に認めなかったであろう。そのとき代助が二五歳であったとすれば、父親の了解なしに結婚することは、親に勘当されることを覚悟すれば別だが、事実上不可能である。(3)

こうした法的制約を背景とする親からの規制が、三千代に求婚しなかった、あるいはできなかった大きな理由であろう。しかし、自分が三千代と結婚できなければ、まったく無収入の三千代はどうなるか。おそらく、そういう判断のゆえに、代助は三千代を平岡に「周旋」したのである。おかしな見方かもしれないが、この「周旋」も、三千代に対する「生活保障」という観点からすれば、「愛」の一表現なのかもしれない。(4)

結婚した平岡夫妻は関西方面へ移るから、三千代はもはや代助の前に現れることは永久にないかもしれず、そう考えれば、代助が別の女性と結婚してもふしぎではないだろう。

では、父親の勧める結婚に代助が応じなかったのはなぜか。

第一に、そういう結婚をした場合に、その結婚生活に代助は希望をもてないということがあったと推察される。そのことを暗示するかのように、代助が歌舞伎見物に連れ出されてそこで佐川の令嬢と会う羽目になった翌日に、代助が「但馬にゐる友人から長い手紙を受取つた」という話が出てくる。（十一の九）

友人というのは、大学の同級生なのであろうが、「学校を卒業すると、すぐに国へ帰つたぎり、今日迄ついぞ東京へ出た事のない男」であって、「当人は無論山の中で暮す気はなかつたんだが、親の命令で已《やむ》を得ず、故郷に封じ込められて仕舞つたのである。夫《それ》でも一年許《ばかり》の間は、もう一返親父を説き付けて、東京へ出る出ると云つて、うるさい程手紙を寄こしたが、此頃は漸く断念したと見えて、大した不平がましい訴もしない様になつた」という。この男は、帰郷後一年ばかりして「京都在のある財産家から嫁を貰つた」し、今は町長になったという。

この手紙を読んだ代助は、「自分と同じ傾向を有つてゐた此旧友が、当時とは丸で反対の思想と行動に支配されて、生活の音色を出してゐると云ふ事実を、切に感じた」という。

この手紙がこういう部分に挿入されているのは、あまりにもタイミングがよく、作者の「作為」あるいは「仕掛け」を感じさせるが、それはともかく、この手紙は、代助がもし「佐川の娘」なり「地主の娘」なりと結婚したとすれば、この旧友のようになるということを代助に感じさせた、あるいは読者にも感じさせるものといえよう。

第二に、父と兄、ことに父に対する代助の反感が作用したと思われる。それは、父の財産にかかわる問題である。

代助の父・得（若き日の名前は誠之進）には、一歳違いの兄・直記がいた。兄弟ともに倒幕派の一員だったようである。(5)

代助の父・得は、「戦争に出たのを頗る自慢にする」（三の二）とあって、この戦争とは、戊辰戦争のことであろう。その「恩恵」を父は受けているのだと代助はみていた。

また、『それから』には、日糖事件のことが出てくる。これは、戊辰戦争から四〇年ほどのちの一九〇八年に発覚した、国会議員をも巻き込んだ大がかりな疑獄事件である。このころから代助の父と兄はにわかに忙しくなったようで、代助が兄に、「何か日糖事件に関係でもあつたんですか」と聞くと、兄は「日糖事件に関係はないが、忙しかつた」と答える場面がある。（九の二）

兄のことばの真偽のほどは定かでないが、そのことばを信じるにしても、代助は「父と兄の財産が、彼等の脳力と手腕丈で、誰が見ても尤《もつとも》と認める様に、作り上げられたとは肯《うけが》はなかつた。」（八の二）ともある。要するに、代助の父・長井得は、倒幕の立場で戊辰戦争にかかわり、そしてそれがごく若い時期だったと考えられるにもかかわらず、一種の「政商」となったようであって、そうした「自己にのみ幸福なる偶然を、人為的に且政略的に、暖室《むろ》を造つて拵え上げたんだらう」（同）と代助からはみなされていた人物だった。

代助がそのように認識していれば、その親の意向で結婚することは、その「人為的かつ政略的」な「財産」を継承して人生を送ることを意味するだろう。もっとも、三〇歳以前の代助は、その父の財産のゆえに「高等遊民」として生きていたわけで、その「恩恵」にすでに十分浴していたのであるから、今さらそれを否定したところで、迫力に乏しいようにも思うが。

いずれにせよ、「政商」としての父に対する反発はあったとみるべきであろう。それは「国家のために」生きている父親への反発であって、その父親を描く部分は、つとに丸山眞男の論文「超国家主義の論理と心理」（一九四六年）に引かれ、丸山の「超国家主義」の分析に素材を提供するものになっていた。つまり、丸山のみるところ、代助の父は国家主義の「心理」あるいはメンタリティを如実に示す人物にほかならなかった(6)。

というような次第で、代助が結婚もせずに日々を送り、まさに三〇歳になろうかというころ、関西で暮していた平岡夫妻が上京してくる。平岡が勤務先で不始末をしでかして辞職しての上京であった。平岡と三千代があまりうまくいっていないらしいこと、経済的にも困窮しているらしいこと、依然として自分と気持ちが通い合うかに思われた三千代、しかも美しい三千代をみたことで、代助の気持ちがにわかに高揚する。三〇歳という年齢だけからすれば、自分の意志で三千代と結婚できることになる。しかしそれは、法的に、あるいは社会的「常識」に照らせば許されることではない。

にもかかわらず、代助はこの結婚に突き進む。<破滅願望>の発露のようなふるまいである。代助は法的な罪には問われなかったが、父と兄からは絶縁・勘当される。収入源をまったく断たれた代助は、外に出て、電車に乗り込む。すると、「忽ち赤い郵便筒が眼に付いた。すると、其赤い色が忽ち代助の頭の中に飛び込んで、くるくると回転し始めた。〔中略〕仕舞には世の中が真赤になつた」（十七の三）とあって、代助は錯乱したようになる。

三〇歳前、たとえば二五歳くらいであっても、好きな女性がいるならなぜその女性と結婚しないのか、というのが現代の普通の感覚であろう。それを阻んだのが、すでに引いた民法の両親の承諾にかかわる規定である。

三、『門』の宗助と御米

こうした法的状況下で、父親の意思に反してでも結婚すればどうなるか。それを描いたのが漱石の『門』（一九一〇年に朝日新聞連載）である。〈三部作〉とされる『三四郎』『それから』『門』であるが、代助の「それから」が宗助になったというより、代助の直面した問題をさらに考えようという、哲学上のことばなら〈思考実験〉が、『門』においてなされたといってよい。

野中宗助は「相当に資産のある東京もの、子弟として、彼等に共通の派出な嗜好を学生時代には遠慮なく充たした男である。」（十四の二）他方、「安井といふのは国は越前だが、長く横浜に居たので、言葉や様子は毫も東京ものと異なる点がなかつた。」（同）ふたりは、京都帝国大学で学生として出会った。そして、宗助は御米に会う。安井は御米を紹介する時、「是は僕の妹だ」ということばを用いた、とある。（十四の七）しかし、まもなく宗助は、「妹だと云つて紹介された御米が、果して本当の妹であらうかと考へ始めた」（十四の八）

妹ではなかったという明確な記述はないが、ほどなく宗助と御米は結ばれる。

大風は突然不用意の二人を吹き倒したのである。二人が起き上がつた時は何処も彼所《かしこ》も既に砂だらけであつたのである。彼等は砂だらけになつた自分達を認めた。けれども何時吹き倒されたかを知らなかつた。

世間は容赦なく彼等に徳義上の罪を背負した。（十四の十）

これが宗助と御米が結ばれたことを示す箇所である。これまた「姦通」に他ならないが、その書き方が「簡潔」である主因は、検閲をはばかったからであろう。(7)

宗助はむろん、父親から御米と結婚してよいという許しなど、得ているはずがない。しかし、幸か不幸か、宗助の父親はまもなく死去する。

『それから』の場合、代助が三〇歳であるということがくり返し書かれるということはすでに述べたが、『門』の宗助がそのとき何歳だったかということは判然としない。

ただ、「二年の時宗助は大学を去らなければならない事になつた。東京の家へも帰へ《ママ》れない事になつた」（四の三）とあること、また、半年ほどして父が死んだとき「十六になる小六が残つた」とあり、宗助と弟の小六は「年は十許《ばか》り違つてゐる」とあるので、二五歳くらいで宗助は大学を去ったことになろう。当然ながら、両親の許しがなければ結婚できない年齢である。

つまり、宗助が御米と結ばれたのは宗助が二五歳くらいのときであって、代助が三千代を平岡に「周旋」したのと同じくらいの年齢である。代助より宗助の方が「勇気」があった、ということかもしれないが、親との距離という要因も作用したのかもしれない。『それから』では、代助もその父・兄も東京に住んでいる。『門』では、宗助も安井も京都帝国大学の学生だが、宗助の父親は東京に、安井の父親は（もし生きているなら）越前に住んでいる。親とのこの空間的距離が、代助と宗助の姦通の時期の差異に作用したのかもしれない。

姦通罪に関してであるが、安井は法的な訴えはしなかったものと思われる。どのようにして大学当局がこの「姦通」を知ったのかは明確でないが、宗助は大学からは「無論棄てられた。たゞ表向丈は此方から退学した事になつて、形式の上に人間らしい迹《あと》を留めた。」（十四の十）とあって、「処分」にはなっていないからである。その後、宗助と御米は「親を棄てた。親類を棄てた。友達を棄てた。大きく云へば一般の社会を棄てた。もしくは夫等から棄てられた」（同）とある。

このような宗助であるから、父が死んで東京に戻ったときも、自分では財産の処理をすることがかなわなかったらしい。宗助は「あんな事をして廃嫡に迄されかゝつた奴」（四の九）だったからであろう。そこで、叔父が宗助の引き継ぐはずの財産の「処分」をするのだが、その際に、この叔父に財産のかなりの部分をかすめ取られたらしい。

ところで、御米の夫であった安井は、御米を宗助に紹介するとき、なぜ妹だと言ったのか。その理由はこの作品中には明記されていないと思うが、想像するに、やはり三〇歳に達していない安井も、親との関係で夫婦と公言することをはばかっていたのではなかろうか。

では、安井はその後どうしたか。安井は、代助が大学を「退学」してしばらくのちに「半途で学校を退いたといふ消息を耳にした。彼等は固より安井の前途を傷けた原因をなしたに違なかつた。次に安井が郷里に帰つたといふ噂を聞いた。次に病気に罹つて家に寝てゐるという報知を得た。二人はそれを聞くたびに重い胸を痛めた。最後に安井が満洲に行つたと云ふ音信が来た。」(十七の二)(8)

安井はなぜ大学を去ったのか。その理由はわからないけれども、宗助が大学を「退学」した理由が「姦通」にあったという情報が学内に止めがたく流れていたとすれば、安井の周囲が安井をどう見たかは想像のつくところで、そのまなざしに耐えきれず、大学を去らざるを得なかったのであろう。

宗助と御米の行為は「姦通」に当たると安井が訴えたわけではなかろうと推測できるもうひとつの理由は、御米に刑罰が加えられた形跡はないからである。

安井の家の資産がどの程度のものであったのかは明記されていない。安井が御米と結ばれたとき、その結婚を安井の親が祝福したのかどうかも分らない。大学退学後に郷里に帰ったことからすれば、親に勘当されてはいなかったとも解釈できるが、父親が生きていたのかどうかも判然としない。

判然としないという点では、御米の両親のことも同様で、彼等が生きていたらしいことは書かれているが、どういう人びとだったのかは、この小説には描かれていない。もし御米が資産家の両親とともに暮らしていたなら、大学二年生の学生との結婚を積極的に認めるとは想像しにくいから、御米も、『それから』の三千代と同じような境遇、つまり適当な男性と結婚する以外に、生きて行くすべのない女性であったのであろう(9)。

『門』という作品は、何事も起こらないような小説だともみえるけれども、実のところ、はげしい事件の起こっている作品だといわなければならない。それが、何事も起こらないようにみえるのは、宗助の「姦通」をめぐる父親との葛藤も、御米の両親のことも描かれていないからである。つまり、「姦通」者が遭遇せざるを得なかったはずの軋轢もわずかしか描かれず、その後の夫婦の暮らしをもっぱら描いているからである。

しかし、満洲に行っていたはずの安井が、借家住まいをしている宗助の大家の家を訪問してくるという知らせを聞いて、宗助はおびえる。

そこで宗助は鎌倉の寺に参禅しにいくことになるが、この話が小説の構成上唐突だという見方もある。

大学を退学して、仕事のために広島に行った宗助と御米。そこから九州に移って、学生時代の友人の計らいで、なんとか東京に戻って、役所勤めができるようになった宗助。「崖の上」でなく「崖の下」にひっそりと暮らす宗助と御米。京都の大学を退学したが故に、宗助の「姦通」という話は、東京では世間に知られることなく、時が流れていたのであろう。しかし、大家宅を訪問した安井が、何かの拍子に宗助をみかけて役所勤めをしていると知り、その役所に〈あの男は姦通をした男だ〉とでも告げたらどうなるか。そう考えると居ても立ってもいられないと宗助が感じたとしてもふしぎはない。その怯えが、宗助を鎌倉での参禅に向わせた。自分の犯した「罪」が安井を大学から中退させ、「満洲」へ流れてゆく結果をもたらしたことに対する申し訳なさがそこに混じっていたであろうことはもちろんである。換言すれば、〈社会的な制裁〉に対する恐怖感と道徳的な罪の意識が綯い交ぜになっていたといえるだろう。

そうみれば、これは「唐突」ということではなかろう。

安井は宗助の大家宅を訪問はしたが、何事もなく去ったらしい。宗助の「頭を掠《かす》めんとした雨雲は、辛うじて、頭に触れずに過ぎたらしかつた。けれども、是に似た不安は是から先何度でも、色々な程度に於て、繰り返さなければ済まない様な虫の知らせが何処かにあつた。」(二十二の三)『門』の末尾で、御米が「本当に難有いわね。漸くの事春になつて」(二十三)というのだが、これに応じた「うん、然し又ぢき冬になるよ」という宗助のことばでこの作品は閉じられる。

宗助の「頭を掠めんとした雨雲」が安井の来訪を意味することは明らかだが、安井でなくても、京都での宗助の所業を知る者が、何かの拍子に現れないとも限らない。不安は消えない。それを御米に話す気にもとうていならない。その不安に対する怯えが、より直接的には大家・坂井家への安井の再来訪が、ここで「冬になる」と語られている。その「罪」の意識が宗助夫妻という「家族」に暗い影を落としている。

『それから』の代助の場合、三〇歳に達しない男子の結婚にはその父母の同意が必要だという民法上の規定が悲劇の一因になっている。『門』の宗助の場合、友人の妻を〈寝取る〉行為、つまり「姦通」に及んだが、これは刑法上処罰の対象になり得るにとどまらず、きびしい社会的制裁がまちうけている。こういう形で夫婦関係は規制されていたのである。

四、『心』の「先生」の結婚

『それから』の三千代は、母を失い、東大生だった兄も死去した。父は北海道に移ったものの、はかばかしくない生活をしているらしい。『門』の御米の場合も、親の経済力はなさそうであるという推定はすでに述べた。

それに比べると、『心』で「先生」と結ばれる「御嬢さん」（静）の場合は、まったく事情が異なる。

静の父親は職業軍人で、日清戦争で戦死した。静の母親は、その未亡人（以下、奥さん）であるから、「恩給」がついたのであろう。それに、この一家がもともと住んでいた家は、「市ヶ谷の士官学校の傍《そば》とかに住んでゐたのだが、厩などがあつて、邸が広過ぎるので、其所を売り払つて、此所へ引つ越し」た（六十四）というから、経済的には相当に恵まれた母子であった。

ところで、「先生」とKは、この御嬢さんと＜三角関係＞になるという次第だが、しかし、この三者が＜三角関係＞にあると思っていたのは、男たちだけであって、静も奥さんもそういう関係だとは夢にも思っていない。

なぜならば、「先生」は新潟出身で、家は資産家。もっとも、その財産の多くを叔父に奪われるのだけれども、しかし、それなりの資産は持っているという身分である。「先生」が奥さんに最初に会ったとき、「未亡人は私の身元やら学校やら専門やらに就いて色々質問しました」（同）とあるので、「先生」は奥さんの眼鏡にかなった人物だったとみることができるからである。それに対してKは、「先生」と中学時代から親しかった同郷の人間とあるが、養子に行き、その養家から資金を出してもらって大学に進んだ男。養家では医学部に進むものと思っていたのに、Kはどうやら文学部（そしておそらく哲学科）に移ってしまった。それを知った養家が憤慨し、Kの実家に抗議を申し込む。Kの実家では、養家がKにつぎ込んだ金銭を弁償することになったが、その代わり、Kは実家から勘当される。こうした次第で、Kには財産はもとより、親もないのと同然ということになるからである。

静の母親は、「先生」がKを同居させてよいかと言い出したとき「止せと云ひました」（七十二）とある。[10]元来この奥さんは、Kがこの家に来ること自体に反対であった。しかも、「先生」は奥さんに「Kが養家と折合の悪かつた事や、実家と離れてしまつた事や、色々話して聞かせました」（七十七）とあるから、静の母親は、Kを娘の結婚相手としてはまったく考慮の外と考えても何のふしぎもない。静もその母と同じ思いだったに相違なく、Kのことは、話し相手としてどう考えていたにせよ、結婚相手としてはまったく考慮の外だったとするのが、自然な見方であろう。

ところで、『それから』の代助が父親から結婚相手を紹介されたのと同様、『心』の先生も結婚を持ちかけられていた。それは、郷里の叔父からである。この叔父は、当初は「早く嫁を貰つて此所の家へ帰つて来て、亡くなつた父の後を相続しろ」（五十九）と述べた。しかし、その「嫁」とはその叔父の娘を意味していた。娘を「貰つて呉れゝば、御互のために便宜である」（六十）というのである。その話に「先生」が乗ったとすれば、それは『それから』に出てくる代助の但馬の友人の結婚のような次第であろう。

しかし、「先生」はそれを断わる。すると、叔父は態度を豹変させ、そのことが「先生」の財産の一部が奪われる要因になった(11)。

『心』の場合、「先生」とKが御嬢さん・静を争ったようにみえる。そのときふたりの男は何歳か。『それから』では代助の年齢がくり返し示されたのに対し、『心』では「先生」の年齢もKの年齢も定かではないが、ともに学生であるから、三〇歳にはまだ達していないだろう。しかし、ここでは親の承認という問題は起きない。なぜかといえば、「先生」の父親は死んでいて、叔父との縁も切れており、＜故郷喪失者＞になっているから、結婚に際しての親の同意は必要なく、自らの「自然」にしたがって行動することが可能だからである。Kの場合も、親に勘当されているから親の承諾など求めること自体がもともとできない人間なのである。この点が代助や宗助の場合とまったく異なる。

もっとも、『心』の「先生」の父親が生きていたと仮定すると、地主であるその親は、軍人遺族にしてかなりの遺産を持つ静との結婚を大いに歓迎したと考えるのが論理的であろう。そういう小説世界を描けば、叔父には裏切られなかったにせよ、大地主の娘と結婚した代助のような存在になってしまう。

さらに仮定を連ねるが、『心』の場合、「先生」がKよりも先に「御嬢さんを私に下さい」と言っていれば、Kの自死は避けられたのかもしれない。なぜ「先生」はなかなかそのことばを言い出せなかったか。それは、『それから』の代助と同じで、「先生」の優柔不断な性格にあるかのように書かれているようにみえる。

まず、「私は思ひ切つて奥さんに御嬢さんを貰ひ受ける話をして見やうかといふ決心をした事がそれ迄に何度となくありました。けれども、其度毎に私は躊躇して、口へはとうとう出さずに仕舞つたのです。」（七十）とある。

また、ほぼ同じ趣旨のことが、Kからの〈告白〉を聞く直前のところでまたくり返される。（八十八）

それだけでなく、「先生」は、Kから御嬢さんが好きだという〈告白〉を聞かされたとき、「先生」は、御嬢さんに対する自分の気持ちをKに伝えることができない。

「Kの話が一通り済んだ時、私は何とも云ふ事が出来ませんでした。〔中略〕私は当然自分の心をKに打ち明けるべき筈だと思ひました。然しそれにはもう時機が後れてしまつたといふ気も起りました。〔中略〕私の頭は悔恨に揺られてぐらぐらしました。」（九十〜九十一）

さらに、「先生」はKの告白を聞いてまもなく、奥さんに御嬢さんを下さいと申し出て了承される。しかし、そのことをKに自ら伝えることをためらう。「五六日経つた後、奥さんは突然私に向つて、Kにあの事を話したかと聞くのです。私はまだ話さないと答へました。すると何故話さないのかと、奥さんが私を詰るのです。私は此問の前に固くなりました。」（百二）とある。

　これだけくり返されると、「先生」の優柔不断が悲劇を招いたようにもみえる。むろん、そういう要素はあったであろう。しかし、「先生」もKがそのような〈告白〉をするとは、まったく考えていなかったということも優柔不断の前提にあるように思われる。というのは、寺院の子として生まれたKは、「昔し《ママ》から精進といふ言葉が好《すき》」で、「道のためには凡てを犠牲にすべきものだと云ふのが彼の第一信条なのですから、摂欲や禁欲は無論、たとひ欲を離れた恋そのものでも道の妨害《さまたげ》になるのです。」（九十五）という考え方をしていて、「先生」を驚かせていたからである。

　加うるに、もうひとつ別の要素もある。それは、「先生」が「奥さん」の家に同居するようになってまもなく、「奥さんが、叔父と同じやうな意味で、御嬢さんを私に接近させやうと力めるのではないかと考へ出した」（六十九）という点である。

「先生」の静に対する思いは、「先生」の「自然」の発露のようにみえる。しかし、後継者を求める軍人未亡人が、その娘の結婚相手としてひそかに選んだのが「先生」であったとすれば、そこには「叔父と同じやうな意味」がひそんでいたともいえよう。

　この母子は、『虞美人草』の藤尾とその母と境遇において似ているともいえる。藤尾の父は、外国で客死した。藤尾の母は、大学を優秀な成績で卒業して博士を目指している小野という男と藤尾を妻《めあ》わせようとしているし、藤尾自身もそれを望んでいる。夫を失い、残されたのは娘だけという境遇は、『虞美人草』の藤尾とその母、『心』の奥さんとその娘・静に共通する。つまり、こうした母と娘は、一定の財産は持っているにしても、娘が職業をもって働くということはほとんど考えられない時代であり、したがって、早めに娘をよき男性と妻わせることが娘のその後の人生を決定するとみなされたのである。だからこそ、小野との結婚が不首尾に終わった藤尾は、ほとんど自死のような最期をとげる。

その点、『心』の静とその母の場合は、「先生」を家に迎え入れるという点では首尾よく話が進んだのだった。となると、「先生」の叔父が自分の娘と「先生」を妻わせようとしたその考えと、静と母である「奥さん」の考えはどこが違うのか。「同じような意味」ではないかと「先生」は考えた。静との結婚が「先生」の「自然」の発露か。『それから』の代助が、「佐川の娘」あるいは「地主の娘」と結婚するのと同じ位置に自分はいる、などと『心』の「先生」が考えるわけはないが、実質的にそれに当たることを考えたのではなかったか。こういう思いが、「先生」の静への結婚申し込みにブレーキをかけるように作用したとみることができるのではなかろうか。

静に対して「自然」な感情で向きあったのはむしろKであるのに、その「自然」に生きようとしたKを死に至らしめたのは自分だという後悔の念が、「先生」には深い。

『それから』の平岡が、おそらくは彼自身の不始末のゆえに、職を辞して代助の前に現われたとき、平岡の三千代への愛は薄らいでいたようにみえる。つまり、読者が平岡に同情を寄せることが少ないように書かれている。しかし、『心』のKは違う。彼には落ち度はない。「先生」も能力的にはKの方が優れているとみている。

このようにみると、「先生」の静との結婚は「自然」の発露ではなく、「自然」にそぐわない、制度的なものに導かれた結果であったことになる。考えてみれば、これは『心』の最後で「先生」が自殺を決意する場面に出てくる「明治の精神」になってしまうのではないか。そこに「私」が登場し、「先生」に教えを求めた「私」に対し、「先生」は自らの生き方をはげしく悔やんだのではなかったか。そう考えると、「先生」の悔いは、静に伝えることのできるような性質のものではなかったことに思い至る。

そのあたりのことが、『心』にはこうある。

　すると夏の暑い盛りに明治天皇が崩御になりました。其時私は明治の精神が天皇に始まつて天皇に終わつたやうな気がしました。最も強く明治の影響を受けた私どもが、其後に生き残つてゐるのは必竟時勢遅れだといふ感じが烈しく私の胸を打ちました。私は明白《あから》さまに妻にさう云ひました。妻は笑つて取り合ひませんでしたが、何を思つたものか、突然私に、では殉死でもしたら可からうと調戯《からか》ひました。（百九）

もし「先生」の悔やむ中味がKに対する「友情」だけだったとするなら、あるいは「同性愛」であったとしても、なぜそれが「最も強く明治の影響を受けた」という表現になるのか。また、この一節から読み取れることは、「明治の精神」なるものは、のちの世に継承される必要のないものということであろう。

また、「先生」は、自分が死ねばひとりだけ取り残される妻の静に「残酷な恐怖」を与えたくないとも書いている(百十)。とすれば、「先生」が「殉死」したとなれば、それは妻に衝撃を与えることになるには違いないとしても、時間の流れとともに、妻にも受け止めてもらえるものになるのではないか。妻は帝国軍人の娘であり、冗談にせよ「では殉死でもしたら可からう」ということばが半ば無意識にせよ口から出てくるようなひとである。乃木希典は「死なう死なうと思つて、死ぬ機会を待つてゐた」というが、ここに「先生」にとっても、「死ぬ機会」が到来した。『心』の終局である。

注

(1)『漱石全集』の「総索引」は、第二十八巻、岩波書店、一九九九年。なお、この全集所収の『それから』(第六巻、一九九五年)には、「三の三」にみえる代助の父の「もう三十だらう」という部分の「三十」に「注解」が付けられ、「明治民法では、男子満三十歳、女子満二十五歳までは婚姻のため父母の同意を必要とした」と注記されている。

小論での漱石作品からの引用は、すべてこの岩波版『漱石全集』による。なお、この全集では、『こころ』『こゝろ』ではなく『心』という表題を用いている。

(2)「自然」は、漱石作品のなかでは多義性を帯びたことばである。

(3) このあたりの、年齢にこだわる視点は、小森陽一『漱石を読み直す』(ちくま新書、一九九五年)第七章あたりで説得的に展開されている。
（4）なお、三浦雅士『漱石　母に愛されなかった子』（岩波新書、二〇〇八年）は、『それから』をきわめて高く評価しているが、代助は三千代を愛し続けていたとみているようで、代助の「愛していることに気づかない罪」について述べている。（一一八頁）
（5）直記について、「三年の後兄は京都で浪士に殺された。四年目に天下が明治となつた」（三の七）とある。「四年目」というのを、兄が殺されてから四年目と解釈できるとすれば、京都の三条・四条あたりでの集団的な攻撃があったかのような記述があるところからみて、兄・直記は明治改元四年前の池田屋事件（一九六四年七月）の際に殺害されたと考えられなくもない。
（6）丸山眞男『増補版　現代政治の思想と行動』未來社、一九六四年、一六頁。また、『丸山眞男集』第三巻、岩波書店、一九九五年、では、一二三頁。
（7）姦通にまつわる描写に対する検閲に関していえば、『チャタレイ夫人の恋人』がチャタレイ裁判で問題化したことが有名である。その新潮文庫版は久しくその性描写部分を削除していたが、その「完訳」が出たのはようやく一九九六年であった。
（8）満洲・朝鮮に行くという話は漱石作品に散見される。また、漱石の『満韓ところどころ』もよく知られている。漱石と満洲・朝鮮とのかかわりについては、飛鳥井雅道『近代文化と社会主義』（晶文社、一九七〇年）が今なお参考になる。
（9）こうした女性たちの存在をひとつの背景に、「新しい女」という考え方が顕在化するのが一九一〇年代であった。
（10）「先生」とKが同居したのは、彼らが同性愛の関係があったからだとする見方がある。たとえば、大岡昇平『小説家夏目漱石』（筑摩書房、一九八八年）には、「外国では『こゝろ』は同性愛の小説として読まれているくらいなんです」（三八一頁）という紹介がある。大岡氏自身も『それから』には、代助に「潜在的に」平岡に対する「同性愛」がある（二八九頁）と述べている。また、島田雅彦『漱石を書く』（岩波新書、一九九三年）

でも、『それから』『門』『行人』『こころ』には、「同性愛の問題が隠されている」（一一四頁）とあり、『こころ』の「先生」と「私」の間にも「同性愛の要素が含まれている」（一五三頁）などと書かれている。私はこの二冊には多くを教えられたし、共感するところも多いが、「潜在的」な同性愛とか「同性愛の要素」となると、それが同性愛それ自体と同じなのか違うのか、私にはよくわからない。

私には、この見方を否定する理由が特にあるわけではないけれども、逆に、それを強く肯定する根拠となる描写もないように思われる。

小谷野敦『夏目漱石を江戸から読む』（中公新書、一九九五年）も同性愛説を展開するが、この本の場合は、江戸文学の「伝統」とのかかわりで論じている。その解釈はおもしろいとは思うが、ここでは、漱石作品はそのようにも読まれる多面性をもっているとだけ書いておこう。

(11)『心』の「先生」は、親の財産を叔父に半ば横領される。また、『門』の宗助も、「勘当」されていたから当然なのかもしれないが、財産のほとんどを叔父に横領される。それがいずれも「叔父」つまり父の弟、換言すれば、長子相続制のもとで財産相続上に不利な立場にあった次男以下の男による行為である点にも注意したい。財産を奪われたことが、「先生」や宗助のその後の生活に大きな影を落としていることは確かであろう。

他方、イギリス文学の中には、突然の遺産相続の話が珍しくない。たとえば、シャーロット・ブロンテの『ジェーン・エア』（一八四七年）では、最後のところで、莫大な遺産を受けとる話が出てくる。また、ディケンズの『大いなる遺産』（一八六〇～六一年）にしても、巨額の遺産がはいることが物語展開の重要な点になっている。

なぜ漱石の登場人物は遺産を横領され、ジェーンや『大いなる遺産』のピップの遺産は横領されないのか。私の推定を大まかにいえば、名誉革命体制以降のイギリス社会が財産保持にとりわけ意を用いた社会であったのに対し、明治政府は「世襲」の解体を、具体的には士族に対して「秩禄処分」を行ない、「平民」には土地永代売買禁止の解禁と「地券」の交付を行ない、「家」の動揺の加速化をめざしたからである。維新後の日本で江戸時代の所有関係を固守していたら天皇制国家の構築自体が進展せず、「政商」などという存在がのさばる余地が乏しくなったであろう。つまり、旧来の財産の保持に意を用いることがイギリスほどではなかったからだということになろう。

こうした動向については、鹿野政直『戦前・「家」の思想』創文社、一九八三年、二五頁以下、参照。（ただし、この本がイギリスとの比較をしているわけではない。）

また、鹿野氏も言及している川本彰『近代文学に於ける「家」の構造　その社会学的考察』（社会思想社、一九七三年）は、漱石にも一章をさいている。

ここに、「家」の動揺と書いたが、それが「家族」制度として再編成されたのが二〇世紀初頭であり、社会的に問題化していたといえよう。そのことが『それから』（一九〇九年）や『門』（一九一〇年）の前提にある。島崎藤村『家』の発表が一九一〇年から一一年にかけてであったのも偶然ではない。諸家の指摘する通りというべきである。

「運命の女」
――『三四郎』と『草枕』――

二〇一三年五月から七月にかけて、東京藝術大学大学美術館で「夏目漱石の美術世界展」が開催された。この展覧会を見て印象的だったことのひとつは、『三四郎』にまつわる二枚の絵のなまなましさだった。また、漱石作品にはかくも多くの絵画への言及があるのかという点も改めて思い知らされた。今回の展覧会を離れても、漱石作品、特に『草枕』『三四郎』などの世界には、絵画を切り口にすることでみえてくるところがあると思われる。この小論では、そうしたことを書きたい。ささやかな「切り口」とみえるかもしれないが、その含意する精神史的射程範囲は小さいわけではないと信じる。

二枚の絵と問題の設定

『三四郎』にまつわる二枚の絵のうちの一枚はジャン＝バティスト・グルーズ「少女の頭部像」（ヤマザキマザック美術館）であり、もう一枚はジョン・ウィリアム・ウォーターハウス「人魚」（ロンドン、王立芸術院、一九〇〇年）である。幸い、二枚ともWebsiteでその画像を見ることができる。[1]

まず、「少女の頭部像」だが、この作品を見て、その妖艶さに驚いた。この作品について、『三四郎』では次のように描かれている。[2]

二三日前三四郎は美学の教師からグルーズの画を見せてもらつた。其時美学の教師が、此人の画いた女の肖像は悉くヴォラプチユアスな表情に富んでゐると説明した。ヴォラプチユアス！　池の女の此時の眼付を形容するには是より外に言葉がない。（四の十）

ここで「池の女」といっているのはもちろん里見美禰子を指している。そして、美禰子はグルーズの絵の女に「似た所は一つもない」が、美禰子のそのときの「眼付」は、ヴォラプチュアス（voluptuous）だったという。つまり、辞書的にいえば、官能的、好色、みだらなものだったということになる。

もう一枚は「人魚」だが、この絵についての芳賀徹『絵画の領分』の表現を拝借すれば、「若い美しい裸の女が美しい乳房を横から見せて」[3]いる作品である。「少女の頭部像」は「正しく官能に訴へ」ると描かれているが、「人魚」も同様であろう。「人魚」の絵については、広田先生の引っ越しを手伝いに行った三四郎が、やはり引っ越しの手伝いに来た美禰子と出会い、広田先生の所持していた画帖に出ている絵に美禰子が目をとめ、それを三四郎に見せる場面で、次のように描かれている。

「一寸御覧なさい」と美禰子が小さな声で云ふ。三四郎は及び腰になつて、画帖の上へ顔を出した。美禰子の髪《あたま》で香水の匂《にほひ》がする。

画はマーメイドの図である。裸体の女の腰から下が魚になつて、魚の胴が、ぐるりと腰を廻つて、向ふ側に尾だけ出てゐる。女は長い髪を櫛で梳きながら、梳き余つたのを手に受けながら、此方《こつち》を向いてゐる。背景は広い海である。

「人魚《マーメイド》」

「人魚《マーメイド》」

頭を擦り付けた二人は同じ事をさゝやいだ《ママ》。（四の十四）

ところで、今回の「夏目漱石の美術世界」展の企画者であり、カタログの多くの部分を執筆したのは、古田亮氏である。私はこの行き届いたカタログを通読し、大いに教えられた。そこに、「『薤露行《かいろこう》』とイギリス世紀末芸術」という次のような古田氏の一文がある。

世紀末に流行した甘美で妖艶な女性像は、男を虜にする「運命の女・魔性の女」（ファム・ファタール）を連想させるものでもあった。その象徴的な女性像に、ロセッティが繰り返し描いたレディ・リリスの像がある。漱石は『薤露行』に登場する女性たちだけでなく、『坊っちゃん』のマドンナや『三四郎』の美禰子、『虞美人草』の藤尾といったヒロインたちを描くときにも、世紀末芸術における女性像を重ね合わせていたようだ。[4]

まことにその通りであろう。「運命の女」はまた、「誘惑する女」でもある。美禰子が三四郎に「人魚」の絵を見せる場面に、そのことが如実に現れている。

だが、展覧会の絵をながめ、カタログでまた絵をながめ、解説を読むと、疑問としてわいてきたことがある。第一の疑問は、なぜ漱石は『三四郎』でこの二人の画家の作品を取りあげたのかという点である。

第二の疑問は、『三四郎』に限らず、「夏目漱石の絵画世界」展が開催できるほど多数の絵について漱石が論及した理由である。

第三の疑問は、絵画に直接関わるわけではないが、ファム・ファタールはなぜ「誘惑」するのかという点である。

第四の疑問は、ファム・ファタールはいくつかの漱石作品に連続的に登場するようにみえるが、なぜそういうことになったのかという点である。

これらの点についての私の解釈を以下に述べていきたい。

二枚の絵

第一の疑問を少し敷衍してみよう。

『三四郎』に登場する二枚の絵、グルーズ「少女の頭部像」とウォーターハウス「人魚」についてだが、少なくとも現代の日本であまりポピュラーとはいえないこれらの画家の作品のイメージが、当時の読者にわいたのだろうか。三四郎自身が、「少女の頭部像」を知ったのは、美学の教師に教えられたからだし、「人魚」の絵について何か知っていたわけではなさそうである。その複製本は、広田先生がもっていたのであるから、広田先生自身はご存じだったのではあろう。漱石自身は、多くの読者の脳裏にこの二作品のイメージが浮かぶとは思っていなかったのではなかろうか。私がそう推察する根拠は、「少女の頭部像」に関する芳賀徹『絵画の領分』にみられる記述であって、そこには「グルーズなどという、十八世紀フランスの画家の名が、おそらく日本語で書かれた文献でははじめて登場した[5]」とある。「人魚」についてはどうなのかわからないけれども、よく知られた絵ではなかったとすれば、漱石はなぜこれらの作品を『三四郎』に登場させたのか。

そこで、先に引用した『三四郎』からの引用部分を読みなおしてみよう。まず「少女の頭部像」についていえば、美禰子には、この少女像に似たところはないと書かれているのであるから、ここで読者にグルーズの絵のイメージがわかなかったとしても、あるいはグルーズという名前を知らなかったとしても不都合はないともいえる。また、「人魚」についてはどうか。「人魚」の絵自身もたしかになまめかしいけれども、[6]『三四郎』にこの絵が登場するところを読みなおすと、文章の方も相当なものである。まず着目したいのは、美禰子が「小さな声で」三四郎に語りかけたという箇所。なぜ「小さな声で」だったのか。引っ越しの手伝いに来ていたのは、この二人だけではなく、与次郎もいた。美禰子が「小さな声で」ささやいたのは、与次郎に聞こえないように、つまり、三四郎と二人だけでこの絵を眺めたかったからであろう。眺めたかったというより、三四郎にだけ見せたかった、その反応を見たかったというところであろう。さらには、「美禰子の髪《あたま》で香水の匂《にほひ》」がしたというのは、二人が身体的にごく接近したということであろうし、「頭を擦り付けた」という描写も、そのことをさらに強調している。

こうみると、漱石の筆だけで、若い二人の関係の進展がよくわかるように描かれているから、この絵自体が『三四郎』の展開にとって重要だとは必ずしもいえないように思われる。そうだとすれば、漱石はなぜこれらの作品を『三四郎』に登場させたのかという問題が依然として残る。

黒田清輝と浅井忠

回り道になるが、『三四郎』に原口という画家が登場する。これは黒田清輝をモデルにしているらしい(7)。黒田の名前を聞くと思い出すのは、一八九五年四月に京都で開かれた第四回内国勧業博覧会のことである。黒田はそこに「朝妝《ちょうしょう》」という裸体画を出したが、その陳列の可否について世論が沸騰した。九鬼隆一（哲学者九鬼周造の父）がこの博覧会の審査総長を務めていて、九鬼の判断で陳列を否とする理由はないということになった。しかし、その後の一九〇一年秋の白馬会第六回展で、黒田の「裸体婦人像」に対して、官憲の命令で画面の下半分を布で覆うという「腰巻事件(8)」が起こった。

『三四郎』に、三四郎が美禰子に誘われて上野に「丹青会」（モデルは白馬会であろう）の展覧会を見に行き、「深見さんの遺画」（八）を見る場面があるが、芳賀徹『絵画の領分』によれば、この深見とは、浅井忠（一八五六～一九〇七）らしいという(9)。

漱石は、一九〇〇年九月に、留学のため横浜を出帆してイギリスに向かう途上でパリに立ち寄り、折しも開催されていた万国博覧会（四月～一一月）や美術館通いに忙しい日々をすごしたが、その時期に、漱石よりも半年ほど早くフランスに到着していた浅井を訪ねた。芳賀氏は、これが「あるいは二人が顔を合わせた最初であったのかもしれない」と書いている。

浅井はその後、イタリア、オーストリア、ドイツへの旅に出て、漱石はロンドンに向かう。そして、一九〇二年夏、浅井は漱石にロンドンで再会し、漱石の下宿に数日泊めてもらった。[10] 漱石と浅井は、そのような関係であった。『三四郎』には三四郎と美禰子が深見の絵「ヴェニス」などを見る場面があり、それだけでなく、深見の「洒落な画風」について三四郎の印象を記述しているところがある。漱石がこれを書いたときには、浅井はすでに亡くなっており、ここの記述は浅井の画業に対する惜別の辞のごとくでもある。

さて、話を先の「裸体芸術」に関する歴史にもどすと、一九〇五年には京都で、「浅井忠が提供したヴィーナスやミケランジェロの彫刻の写真を絵はがきにしたものが卑猥な印刷物として没収・告発されるという「裸体絵葉書事件」が起きた」[11]という。

漱石は先の「腰巻事件」の起こったときにはロンドンに滞在中であったから、事件についてリアルタイムで情報を得てはいなかったにせよ、のちには一定の情報を得たことであろう。「裸体絵葉書事件」となれば、漱石はすでに帰国している時期のことであり、浅井との関わりもあるから、漱石の関心を引かなかったはずはなかろう。

三四郎と美禰子の眺めた「人魚」は裸体画ともいえるから、「人魚」の場面を読んだとき、少なからぬ読者の脳裡には日本における裸体画受難史が浮かんだのではなかろうか。漱石も裸体画に関心を持たせないようにする官憲の発想は認めがたいという思いがあったからこそ、グルーズやウォーターハウスの絵をここに登場させたのではなかったか。

しかし、話は単に漱石と浅井忠の関係の問題、裸体画の問題にとどまるものではないと解釈すべきであろう。漱石が幼少期からなじんでいた漢文学と長じてから接した英文学の狭間で苦闘したことは、あらためていうまでもない。そこには、近代的な文体を生みだすドラマがあったはずである。同様に、近代日本における日本画と洋画の関係に複雑なものがあったことも論を俟たない。イギリスに留学し、イギリス小説を読み込んで、新たな小説世界を構築しようとしていた漱石にとって、浅井忠が巻き込まれた事件は、単に浅井個人の問題にとどまらず、広くいえば、近代日本における文学や絵画の問題であり、漱石や浅井忠が行きあたらざるを得なかった問題を象徴するところと感じられたのであろう。だからこそ漱石は、「人魚」の絵について書き込むことで権力的な禁圧に対抗する浅井たちの苦闘にエールを送ったのだ、別言すれば、「仏国の画家が命と頼む裸体画」(『草枕』七)に市民権を与えようとしたのだ、という仮説を書いておきたい。(「画家が命と頼」んだのはフランス絵画だけではなかったし、市民権という日本語はまだ存在していなかったと思うが。)

エールを送るためには、「艶なるあるもの」を訴え、「正しく官能に訴へて」いる「裸体の女」

が「長い髪を櫛で梳きながら」こっちを向いているといった絵の世界の魅力を書くことが必要であったと解釈したい。これが、先に書いた第一の疑問に対する答えである。

『三四郎』では、美禰子と三四郎が連れだって「丹青会」の絵を見に行くことが描かれている。洋画の展覧会に行くことが、若きふたりのデートコースになったということでもある。それは、この頃から洋画鑑賞が（もういちど同じことばをくり返すが）市民権を得つつあったということをも示しているのであろう。このようにみれば、『三四郎』に絵の話題がくり返し登場する理由について納得がいくように思われる。

『草枕』

先に書いた第二の疑問は多数の絵について漱石が論及した理由であるが、それは、『門』にも描かれたように、子どものころから身近に絵があって、それになじんでいたからではあろう。そして、長じても絵に対する関心は続き、イギリスへの留学の際、パリ万国博覧会に出品されていた絵画の数々を見たのを手始めに、イギリスでも美術館などに足を運んでいたということもある。しかし、そういう伝記的なこととは別に、この疑問を『草枕』に即して考えてみよう。

『草枕』は、画工《えかき》の「余」がひなびた山間の、客も滅多に来ない温泉場に絵を描きに出かける話である。画工の話であり、「絵画小説」といってもよい。

その画工である「余」が温泉に入るときの描写に次のような箇所がある。

只這入《はい》る度に考へ出すのは、白楽天の温泉水滑洗凝脂《おんせんみずなめらかにしてぎょうしにそそぐ》と云ふ句丈である。温泉と云ふ名を聞けば必ず此句にあらはれた様な愉快な気持になる。（七）

ここに引かれた詩句は、むろん白楽天の「長恨歌」の一節。そして、湯につかりながら思いをめぐらし、身体を湯のなかにただよわせる。すると、

ふわり、ふわりと魂がくらげの様に浮いて居る。〔中略〕成程此調子で考へると、土左衛門は風流である。スヰンバーンの何とか云ふ詩に、女が水の底で往生して嬉しがつて居る感じを書いてあつたと思ふ。余が平生から苦にして居た、ミレーのオフェリヤも、かう観察すると大分美しくなる。何であんな不愉快な所を択んだものかと今迄不審に思つて居たが、あれは矢張り画になるのだ。〔中略〕ミレーのオフェリヤは成功かもしれないが、彼の精神は余と同じ所に存するか疑はしい。ミレーはミレー、余は余であるから、余は余の興味を以て、一つ風流な土左衛門をかいて見たい。〔中略〕

何所かで弾く三味線の音が聞える。〔中略〕静かな春の夜に、雨さへ興を添へる、山里の湯壺の中で、魂迄春の温泉《でゆ》に浮かしながら、遠くの三味を無責任に聞くのは甚だ嬉しい。

と続く。さらにこのあとに、漱石が子どものころ、近所の酒屋の娘が長唄のおさらいをするのに耳を傾けるのが日課であったと続いていく。

「ミレーのオフェリヤ」に注釈をつければ、オフェリヤとはむろん『ハムレット』に登場する女性だが、ここでのオフェリヤは、ラファエル前派に属するミレーの描いた作品、「合掌して水

の上を流れて行く姿」である。[12] ここに引用した『草枕』の一節では、白楽天の詩句、ミレーのオフェリヤ、三味線・長唄に話が及ぶ。

先に、『三四郎』では、洋画を日本において確立しようとした浅井忠と、イギリス小説に学びつつ自らの文学世界の確立をめざした漱石との間に、並行関係があるということにふれた。そう考えると、伝統的な江戸文化（三味線・長唄から江戸絵画の世界）を呼吸して育った漱石が漢文学（ここの引用では白楽天に象徴される）に親しみ、やがて、ジェーン・オースティンの小説などをはじめとするイギリス文学に接してそれらに強く引かれつつ、「余は余の興味を以て」小説を書こうとしたという精神上の遍歴がここにうかがえる。

そのようにみて、先に書いた「並行関係」を念頭に、この『草枕』の一節におけるミレーの絵を小説と読み換えれば、これは、漱石の精神的風景を描いたものではないか。それは「余裕」のある書きぶりとみえようとも、漱石にとっては抜き差しならない仕事だった。つまり、『草枕』に様々な絵画のことが描かれる理由は、主人公を画工としたからだということ以上に、ここに述べた精神的風景と不可分だったからだとみることができよう。

こうして、『草枕』においては、一方に江戸絵画を中心とする日本画、他方にラファエル前派の絵画を含む数々の絵に論及されただけでなく、また一方に陶淵明や王維の詩句に言及され、他方にスウィンバーンやメレディスやワーズワースの詩句から、レッシングの芸術論『ラオコーン』にまで話が及ぶことになった。『三四郎』においては菊人形という日本に伝統的なものを見に行くとともに洋画の絵画の展覧会に行き、さらにはラファエル前派のウォーターハウスの絵を見る三四郎と美禰子が描かれた。いずれも漱石の精神的風景に密接に関わるがゆえであった。こう考えれば、「夏目漱石の絵画世界」展が開催できるほど多数の絵に漱石が論及したのはなぜかという、私の第二の疑問にも答えることができたと思う。

その見方が妥当だとすれば、『草枕』を「絵画小説」とするのは、いささか狭隘なとらえ方であって、話は文学にも、広く芸術に関わっていたとみなければならない。

漱石自身、『草枕』が雑誌『新小説』に掲載される少し前、深田康算あての手紙に、「是は小生の芸術観と人世観の一部をあらはしたもの故是非御覧被下度《ごらんくだされたく》来月の新小説に出で候[13]」と書いている。ここには、「絵画観」ではなく「芸術観と人世観の一部」と書かれており、それを文字通りに受けとりたい。

ちなみに、『草枕』には、雪舟や応挙や北斎、また南画にふれた部分もあるが、「蘆雪のかいた山姥」（二）、「若冲の鶴の図」（三）、岩佐又兵衛（十二）への言及もある。私にとって、蘆雪、若冲、岩佐又兵衛などは、辻惟雄氏による「奇想」の系譜という紹介によって教えられた作品群であるが、『草枕』に特別なこともないように登場しているのは、今更のように印象的であった。[14]

「運命の女（femme fatale）」

先に、『三四郎』の美禰子、『虞美人草』の藤尾を「ファム・ファタール」とする古田亮氏の一文を引用した。だが、美禰子や藤尾は、なぜ「誘惑」するのか。これは絵画展に関わるものではないが、私のいだいた疑問の第三である。

その疑問に対する答えは、彼女たちは適切なる男と結婚することなしには生きていけない境遇にあるからだということである。

美禰子にも藤尾にも父親がいない。父親がいれば、父親が結婚の相手を見つけてくれる。藤尾の場合は、父親ではなく母親が影響力をもっているが、美禰子にはその母親もいない。『こころ』の「先生」が結婚したお嬢さんを連想してもよい。「先生」は、お嬢さんに直接に結婚を申し込むのではなく、その母親に申し込み、母親は本人の了承は取るまでもないという。このお嬢さん自身が積極的に男に働きかけることはなく、そうする必要がない女でもある。

しかし、美禰子は違う。美禰子の将来はどうなるのであろう。自分で自分の将来を切り開いて行く以外になく、自分で結婚相手を見いだすことは不可欠のことであった。（とはいえ、美禰子が結婚することにした相手は、兄の知り合いであって、父親が決めたのに準じるものではあった。）美禰子は三四郎に「人魚」の絵を見せた。近くには与次郎もいるのに、三四郎ひとりに見せた。まさしく「誘惑する女」である。

『それから』のなかで、平岡の妻となっていた三千代がふたたび代助のまえに現れたとき、三千代もまた代助にとって「ファム・ファタール」となっていたといえるだろうけれども、『それから』にはこれ以上立ち入らない。

では、『草枕』（一九〇六年）の那美さんはどうだろう。

先に『草枕』から引用した文章の少し後ろの場面であるが、余がひとり温泉につかっていると、だれであるかは定かでない「黒いもの」が風呂場に入ってくる。「余は女と二人、此風呂場の中に在る事を覚つた。」やがて、その女の様子がおぼろげに見えてくる。「ふつくらと浮く二つの乳の下には、しばし引く波が、又滑らかに盛り返して下腹の張りを安らかに見せる。」という具合である。

画工が温泉場に向かう途中、休憩に立ち寄った茶屋の婆さんから、湯治場の女性のことを聞く。五年前の桜のころ、その娘が馬に乗せられて嫁いで行ったときの姿の話を聞き、画工に、「花の頃を越えてかしこし馬に嫁」という俳句が浮かぶ。

この婆さんによれば、那美は「今度の戦争で、旦那様の勤めて御出《いで》の銀行がつぶれました」（二）ので、実家に戻ったのだという。しかし、彼女の母親はつい最近死去し、父親はいるものの、ほとんど一人で湯治場を経営しているのだという。

画工が立ち寄った「髪結床の親方」からは、那美は「出返り」だし、「あの娘は面《めん》はいゝ、様だが、本当はき印しですぜ」という評判を聞く。「見境のねえ女」だという。その理由は、地元の下級坊主が彼女に「文をつけた」、つまり、ラヴレターを出したところ、「本堂で和尚さんと御経を上げてると、突然《いきなり》あの女が飛び込んで来て」、「そんなに可愛いなら、仏様の前で、一所に寝ようつて、出し抜けに、泰安さんの頸つ玉へかぢりついたんでさあ」（五）というのであった。

那美は、地元では敬遠された女である。「出返り」だからということであろう。画工が湯につかっているときに、そこに入ってくるというのは、まさしく「魔性の女」であろう。

那美の元・夫は、茶屋の婆さんの話では、勤務先の銀行が倒産し、那美はその元を去ったということになっている。この元・夫とおぼしき人物が、『草枕』の最後のほうで登場する。その男と那美がいっしょにいるところを画工は目撃し、男はまもなくその場を去る。那美が「今の男を一体何だと御思ひです」と尋ねる。そのときの那美のことばを摘記すると、

「あの男は、貧乏して、日本に居られないからつて、私に御金を貰ひに来たのです」

「何でも満洲へ行くさうです」

「あれは、わたくしの亭主です」「離縁された亭主です」（十二）

という具合である。この亭主は『草枕』末尾で列車から首を出す「髯だらけな野武士」と同一人物であろう。

このあたりを読むと、那美は「き印」であるとしても、「離縁された」という表現からすれば、離婚が那美の側の意思に基づくものではなかったともとれる。また、『草枕』冒頭で画工が茶店の婆さんから那美について聞く場面で、婆さんは万葉集に出てくる二人の男に懸想された女の話をする。万葉の女はひとつの歌をよみ、川に身を投げたという。その女と重ねつつ、婆さんは那美のことを語る。那美に「二人の男が祟りました」とのこと。一人は京都にいる男、今一人は「こゝの城下で随一の物持ち」（二）だったが、彼女の親が娘の気持ちに反して城下の男と結婚させた

ため、夫婦の折り合いがよくなかったという。こうした過去にかんがみれば、那美の僧侶に対する「問題行動」は、いささか精神を病んでいたがゆえとみえないこともない。

『草枕』は、那美の元・夫が満洲に行くところに遭遇した那美について、次のように書いて終局となる。

> 那美さんは茫然として、行く汽車を見送る。其茫然のうちには不思議にも今迄かつて見た事のない「憐れ」が一面に浮いてゐる。
>
> 「それだ！　それだ！　それが出れば画《え》になりますよ」
>
> と余は那美さんの肩を叩きながら小声に云つた。余が胸中の画面は此咄嗟の際に成就したのである。（十三）

この場面は、画工の側で考えるのと、那美の側で考えるのとの間には、大きな落差があるように思える。

『草枕』の画工が、「余は余の興味を以て、一つ風流な土左衛門をかいて見たい」（七）と考えていたことはすでにみた。土左衛門とは、ミレーのオフェリヤを念頭に置いた言葉だが、画工は那美の姿をオフェリヤと重ね合わせていた。それが、この作品の末尾で、「成就」するのである。そうみると、この作品は「絵画」をテーマにしているようにみえる。しかし、それは、この作品の「余」を中心に考えた場合の話である。

那美を中心に考えれば、この小説は「絵画小説」ではなく、意に染まぬ相手との結婚を親に強いられ、その相手からは戦争に伴う銀行破産の結果として離縁され、しかも、周囲から「見境《みさけえ》のねえ女」だとつまはじきされ、しかし生きて行くしかない女性の話のようにもみえる。

ちなみに、オフェリヤについて補足しておく。『三四郎』に登場するグルーズについては、ほとんど知られていなかったと書いたが、オフェリヤはどうか。『ハムレット』第四幕第五場で、発狂したオフェリヤが歌う歌は、鷗外によって「オフエリヤの歌」として翻訳され、『於母影』に収められた。島崎藤村の自伝的小説『春』（朝日新聞連載、単行本とも一九〇八年）の最初のほうには、この訳詞が英語原文とともに載せられている。そして、『春』本文には「友達仲間で斯歌《このうた》を愛誦しないものは無い[15]」と書かれており、ミレーの絵はともかく、オフェリヤとその悲劇的な死についてはよく知られていたものだったといえる。

「新しい女」とファム・ファタール

『草枕』や『三四郎』が書かれて数年後の一九一一年、雑誌『青鞜』が出発する。堀場清子編『「青鞜」女性解放論集[16]』は、五部構成になっているが、そのⅡには「ノラをめぐって」、Ⅲには「新しい女」という題が付けられ、そこには、一九一一年から一三年に発表された論文が収録されていて、ノラ、「新しい女」が、『青鞜』の運動にとってキーワードであったことが明瞭にうかがえる[17]。

したがって、ファム・ファタールと「新しい女」は、ごく近い時期に生じた現象であるといえる。とはいえ、『漱石全集』第二十八巻「総索引」をみても、「新しい女」という言葉は一度しか登場しない。その代わり、イプセン（イプセン）はこの「総索引」では六〇回登場しているし、『三四郎』のなかでも繰り返し出てくる。「与次郎が美禰子をイブセン流と評したのも成程と思ひ当る」（八の七）という箇所がある。与次郎はまた、「イブセンの人物に似てゐるのは里見の御嬢さん許《ばかり》ぢやない。今の一般の女性《にょしょう》はみんな似てゐる。」（六の五）とも語る。与次郎だけではない。広田先生も類似の見解を述べる。

近頃の青年は我々時代の青年と違つて自我の意識が強過ぎて不可《いけ》ない。吾々の書生をして居る頃には、する事為す事一として他《ひと》を離れた事はなかつた。凡てが、君とか、親とか、国とか、社会とか、みんな他《ひと》本位であつた。それを一口にいふと教育を受けるものが悉く偽善家であつた。その偽善が社会の変化で、とうとう張り通せなくなつた結果、漸々《ぜんぜん》自己本位を思想行為の上に輸入すると、今度は我意識が非常に発展し過ぎて仕舞つた。昔しの偽善家に対して、今は露悪家ばかりの状況にある。〔中略〕あの君の知つてる里見といふ女〔美禰子〕があるでせう。あれも一種の露悪家で、それから野々宮の妹ね。あれはまた、あれなりに露悪家だから面白い。」（七の三）

この露悪家が「自己本位」を旨とする人物を意味し、美禰子がまさにそれだというのである。「利己主義」を貫こうとするところに「露悪家」が生まれ、それが「イブセン流」であり、美禰子はまさしくそういう女だというのであった。しかし、美禰子は、そして那美も藤尾も三千代も、「ファム・ファタール」であり「イブセン流」ではあるとしても、「新しい女」であるということはできない。美禰子たちは政治の世界には何ら関心を示す女性ではなかったからである。

「新しい女」について、かつて前田愛氏は、次のように書いていた。

> 大正時代のいわゆる「新しい女」を産み出した基盤は、この中等教育の機会に恵まれた新中間層の女性群であった。彼女らは良妻賢母主義の美名のもとに、家父長制への隷属を強いられていた従来の家庭文化のあり方に疑問を抱き、社会的活動の可能性を模索し始める。男性文化に従属し、その一段下位に置かれていた女性文化の復権を要求し始める。(18)

このことを、前田氏は女学生の数の変化などを詳細に取りあげて論証しようとした。『虞美人草』の藤尾はもとより、『三四郎』の美禰子やよし子も、ここで指摘された中等教育を受けた女性であろうし、『草枕』の那美も同様であろうけれども、彼女たちは「新しい女」とは異なる。

「新しい女」を描くこと自体に意味があったかどうかは別として、「イブセン流」にしてしかし「新しい女」でない女を、つまり政治の世界には関わらない女を、ある時期の漱石は集中的にといってよいほどに描いた。つまり、『坑夫』を別とすれば、『草枕』（一九〇六年）に始まり、『虞美人草』（新聞連載は、〇七年）、『三四郎』（同、〇八年）を通って『それから』（同、〇九年）に至る。時間的にこれに続く作品は『門』（同、一〇年）である。ここに出てくる御米が宗助にとってファム・ファタール的な女性であったことは、宗助の記憶のなかにあるものとして描かれているにとどまる。

しかし、ここに題名を並べた作品以後の漱石作品では、未婚女性が主要な役割を演ずることがなくなるのである。

さて、私が第四の疑問としたのは、漱石はなぜファム・ファタールを継続的に描いたのかという点である。

これに答えるのは難しいが、日露戦争を経て、藩閥政権のめざした家族主義が確立していく時期にあたり、先に引用した広田先生のことばにあるような「自己本位」の問題にするどく直面したのが、たとえば『草枕』の那美のように、いささか精神を病んでいるのかとみえるほどになりかねない若き女性たちだという認識が、漱石にあったからであろう。

松尾尊兊氏は、深田康算あての漱石の手紙（一九〇六年八月一二日付）に「小生もある点に於《お》いて社界（社会）主義故《ゆえ》堺枯川（利彦）氏と同列に加はりと新聞に出ても毫も驚ろく事無之候」と書くようになっていたことを根拠に、漱石が「第一次世界大戦前における前期大正デモクラットの一人」であったとしている。(19) この松尾氏の指摘を借用すれば、漱石はこういうデモクラットの一人として、この時期の若い女たちをファム・ファタールとして描くことに意義を見いだしていたからだと考えたい。

時期的にみると、漱石がファム・ファタールをもはや描かなくなる時期と、『青鞜』刊行開始とは符合する。あたかも、「新しい女」と重なる側面をもつファム・ファタールにはふれなくてよいと判断したかのごとくである。そのこととおそらくは関連して、『道草』や『明暗』などの漱石晩年の作品には、裸体画の登場はもとより、そもそも絵の話題自体が皆無に近いのではないかと思う。

ファム・ファタールを描いた時期の漱石作品も、狭義の「政治」の世界を焦点としているということはない。とはいえ、漱石の描いたファム・ファタールは、漱石作品に「絵画小説」的な風合いを与えつつも、女性にそのような地位を強制した広義の「政治」の世界を浮かびあがらせるものであった。

そして、再度「とはいえ」ということになるが、漱石が「新しい女」を描かなかったのは、漱石の交流圏が、具体的には漱石山房に集まった面々が、非政治的な立場の人びとに限られる傾向が強かったこととも関連しているのかもしれない。

注

（1）グルーズ「少女の頭部像」は、
　http://www.mazak-art.com/cgi-bin/museum/search/search.cgi?action = collection_index に行き、「グルーズ」で検索すれば、また、ウォーターハウス「人魚」は、
　http://www.royalacademy.org.uk/ に行き、「mermaid」で検索すれば、目的の作品の画像が得られる。

（2）以下、漱石作品からの引用は、『漱石全集』（岩波書店、一九九三年〜九九年）による。ただし、ここの「ヴォラプチユアス」で「ヴォ」と表記したところは、原文ではカタカナの「オ」に濁点をふっている。しかし、

この表記での文字変換は困難である。本稿では、この種の表記を断りなく変更した場合がある。

（3）芳賀徹『絵画の領分』（朝日新聞社、一九八四年）三八四頁。この本には「夏目漱石――絵画の領分」という漱石論があるが、それ以外にも「浅井忠と夏目漱石」という節がある。

（4）「夏目漱石の美術世界」展カタログ（古田亮氏による解説）、五一頁。

（5）芳賀『絵画の領分』前掲、三七二頁。なお、この本は、いくつかの文学作品とその作品のなかで扱われた絵をあわせて論じたジェフリー・マイヤーズ『絵画と文学』（白水社、一九八〇年）に言及している。たとえば「フラ・アンジェリコと『虹』」の章で、D・H・ロレンスの『虹』において扱われたアンジェリコの作品「最後の審判」を論じていて、これを『三四郎』の場合と比較することは興味のあるところだが、ここでは割愛する。

（6）「東京朝日新聞」連載の『三四郎』一九〇八年一〇月一四日付に「人魚」のモノクロの挿絵が出ている。それは、上半身が裸体だということはわかるものの、艶めかしさはほとんどないといえるのではないか。

（7）「夏目漱石の美術世界」展カタログの、古田亮氏による解説参照。

（8）この「朝妝《ちょうしょう》」をめぐる顛末、「腰巻事件」、その後の動向については、宮下規久朗『刺青とヌードの美術史』（NHKブックス、二〇〇八年）が簡にして要を得た記述をしている。
なお、http://www.tobunken.go.jp/kuroda/archive/k_biblo/japanese/essay40115.html も参照。

（9）芳賀、前掲書、三〇八頁以下。

（10）漱石の妻への手紙、一九〇二年七月二日付、『漱石全集』第二十二巻、二六二頁。

（11）宮下『刺青とヌードの美術史』前掲、一一一頁。

（12）ミレー作品の画像は、次のサイトで見ることができる。
http://www.tate.org.uk/art/artworks/millais-ophelia-n01506
些末なことだが、この作品を『草枕』は、「合掌して水の上を流れて行く姿」としている。しかし、実際の絵では、オフェリヤは「合掌」しているのではなく、手を広げている。

(13) 深田康算あての漱石の手紙、一九〇六年八月一二日付、『漱石全集』第二十二巻、五四一頁。
(14) ここには、近代では忘却のなかに沈んだ漢詩と絵画の関係の問題が伏在していると思われるが、それについては機会を改めて述べたい。
(15) 『藤村全集』第三巻、筑摩書房、一九六七年、一三頁。なお、鷗外『於母影』（一八九二年）所収の「オフエリアの歌」は、『鷗外全集』第十九巻、岩波書店、一九七三年、四七頁以下。
(16) 堀場清子編『「青鞜」女性解放論集』岩波文庫、一九九一年。
(17) 島崎藤村が『春』を「定本版藤村文庫」に含めて出版（一九三七年）する際に付けた「奥書」に、「明治三十年代」に言及したところがあり、「イブセンの散文戯曲すら極少数の研究者を除いては未知の世界であったほどである」と書かれている。『藤村全集』第三巻、前掲、四四八頁。
(18) 前田愛『近代読者の成立』（親本＝一九七三年）岩波現代文庫、二〇〇一年、二二〇頁。
(19) 松尾尊兊「「愉快」から「気の毒」へ　漱石の朝鮮観　手紙から探る」『朝日新聞』二〇一〇年九月一七日夕刊。なお、引用された漱石の手紙中の（　）内とルビは、松尾氏による補足。この手紙、注13の手紙に同じ。

『腕くらべ』の世界
――荷風と東京――

永井荷風（一八七九～一九五九）の作品が今どれだけ読まれているのかよくわからないが、二〇〇九年は荷風没後五〇年に（生誕一三〇年にも）当たったためか、一九九〇年代に出た新版の『荷風全集』（岩波書店）全三〇巻＋別巻一巻が二〇〇九年から一一年にかけて再刊された。また、佐藤春夫『小説永井荷風伝』や秋庭太郎『考証永井荷風』のような古典的な本の再刊をはじめとして、少なからぬ荷風本[1]が出版された。その出版点数からすれば、やはり一定の人気が今なおあるということになろう。

荷風人気の一要因に、『日和下駄　一名東京散策記』をはじめとする随筆が東京の街歩きへの関心をかき立てている点があるようで、その種のガイドブックも出版されている。こうした「散策」への関心は、東京に関しては一九八〇年代に「江戸東京学」が注目されて以降のものであろうし、それはむろん荷風にだけ関連するわけではない。しかし、荷風の散策は彼の趣味であるとともに、「荷風は実地を踏査しないでは決して書かない作家」（佐藤春夫[2]）であって、その描写は生彩に富み、その描写・文体・リズムに魅せられた人びとが街歩きにいざなわれるのも故なしとしない。

とはいえ、この東京散策については、何を書いてみたところで『日和下駄』の名文に及ぶべくもないし、荷風の日記に即していうなら、川本三郎氏の大著『荷風と東京「断腸亭日乗」私註』に行き届いた形で詳述されている。


そこで、この小論では、荷風の小説、その花柳小説に着目してみよう。

かつて石川淳（一八九九〜一九八七）は、「祈祷と祝詞と散文」（一九四二年）[3]において、「目下わたしが荷風集中で心ひかれるのは「妾宅」一篇である」と書き、「荷風は「妾宅」にかぎると、たつた一行書いて私の荷風論はしまひになる」とまで書いた。

たしかに、荷風散人の分身ともいえる「珍々先生」を軸に展開される『妾宅』には、ここではその内容に立ち入らないが、「荷風の哲学」とでもいうべきものが表現されているといえるかもしれない。

夷斎先生石川淳に異論を唱えようということでは毛頭ないが、「祈祷と祝詞と散文」からすでに七〇年以上を閲し、政治・社会上の「大変動」を経過した現在からみれば、荷風が肯定的に描いたところにおおいに違和感を覚える部分が含まれるのは当然かもしれない。

たとえば、その「妾宅」に住む「お妾は無論芸者であつた。仲の町で半玉から仕上げた腕だけに、芸のある代り、全くの無筆である。稽古本で見馴れた仮名より外には何《なん》にも読めない」し、「此の社会の人の持つてゐる諸有《あらゆ》る迷信と癖見と虚偽と不健康とを一つ残らず遺伝的に譲り受けてゐる。」（『荷風全集』第八巻、二〇三頁）とあるところ。また、「亜米利加印甸人《インデアン》」は「一度び酔へば全く凶暴なる野獣と変ずる」（二〇五頁）とするところなど。

これらは、「本文中、差別的ととられかねない表現が見られるが、作品の歴史性を鑑み、原文通りとした」という式の「編集付記」に当てはまる種類の表現というべきで、こうした部分をことさらに取り上げても意味がないかもしれない。そして、このようなまなざしを糾弾する方向に時代が動いてきたこともたしかである。

この「差別的」な箇所は別として、『腕くらべ』に登場する芸妓駒代の姿を描いたところはどうであろう。

髪はつぶしに結い銀棟《ぎんむね》すかし彫の櫛に翡翠の簪《かんざし》。唐桟柄《とうざんがら》のお召《めし》の単衣《ひとえ》。好みは意気なれどそのため少しふけて見えると気遣ってか、半襟はわざとらしく繍《ぬい》の多きをかけ、帯は古代の加賀友禅に黒繻子《くろじゅす》の腹合《はらあわせ》、（岩波文庫、二四頁）(4)

という調子でなおも続くが、今となっては駒代の装いのイメージが浮かんでくることはなさそうな、はるかなる世界の描写というべきであろう。

そうだとするなら、荷風の花柳小説は古び、読む意味が失われたというべきなのか。その小説に含まれていた社会批判はどうなのか。その点を考えつつ、一九一〇年代の荷風の花柳小説を読んでみたい。

花柳小説

そのひとつである『おかめ笹』（一九一八年。単行本は一九二〇年刊。『荷風全集』第十三巻）は、東京の富士見町や白山などを舞台に展開され、『腕くらべ』（一九一七年）が新橋の「一流」の芸者たちを描いているのに比較すると、より「下流」の女たちの世界を描く。

『おかめ笹』の主人公ともいえる鵜崎巨石は、富士見町に住んでいる。その住まいは「普通の二階家」で「随分ときたならしい古びた借家」である。電車通りから少し曲がった「この横町は鵜崎の家をのぞいて殆ど門並芸者家と小待合ばかりになつてしまつた」（二）とある。もっとも、「待合」といっても「普通の人の住んでゐた古家」をそのまま転用したようなものだという。

また、「白山の色町」について、「其処此処《そここ》に松月、のんき、おかめ、遊楽、祝い、いさみなんぞと云ふ灯」を輝かせ、景気がよいらしい。「鵜崎は自分の家の近処の事から思合はして、何処へ行つても芸者家のひろまる勢力に今更らしく一驚する様子」（三）ともある。

さらに、道具屋の雲林堂の主が鵜崎に語る場面で、待合は「富士見町から神楽坂四谷と数へた日にやア五六百軒ぢやきゝますまい」（八）とある。このあたりを読むと、かつてこの種の「施設」が軒を連ねていたさまがうかがえ、「一驚」する。

これらの「下流」の地域に対して、『腕くらべ』に出てくる芸者たちが舞台とするところは、政治家や資産家を相手にする世界である。「農商務省の裏通り、大小の待合軒をつらねた」（六　ゆいわた）などとあり、その農商務省の建物の片側は、「いつもならば丁度時間も場所も送迎いの芸者の車」（十八　きのうきょう）とあり、ここには役人たちへの批判的意識が横溢している。農商務省だけが名指しされているのは、ここが当時は今の銀座の一角にあったからであろう。

この『腕くらべ』には、「毎年の春秋三日間歌舞伎座で催す新橋芸者の演芸会」（九　おさらい）がはなやかに展開される場面が出てくる。その新橋では「芸者家《や》の立ならぶ横町横町」（四　むかい火）とあり、その繁昌ぶりがうかがえる。また、荷風の『新橋夜話《しんきょうやわ》』に、一九一〇年代初頭のことであろうが、「新橋千人近くと数えられる芸者」（岩波文庫、一二二頁）とある。とはいえ、「一口に新橋の芸者とはいうもののその中には天から切まで」（二　逸品）あって、「格式」上の違いには著しいものがあった。

時代的にみると、新橋は新しい花街だった。『腕くらべ』に登場する老境に達した呉山木谷長次郎という芸者家の主が、年配の小説家倉山南巣に、西南戦争の時代、つまり、約四〇年前の東京の街と比較して語る場面に、

　世の中はまるで変わりましたな。その時分にゃ新橋といったらまず当今の山の手見たようなもんでしたね。芸者は何といってもやはり柳橋が一でしたな。（四　むかい火）

とある。ここでは、幕末に繁栄していた柳橋に代わって、薩長政権の庇護のもと、新橋が興隆するに至った消長が語られている。

このようにみると、東京の到る所に「花街」が広がっていたことが浮かびあがる。それだけではない。『おかめ笹』に、小花という女を描いた次のような箇所がある。

小花はその姉と同じく又かういふ山の手の賤妓一般の例に漏れず年十五六になるを遅しといづれも本所深川浅草辺の貧民窟から周旋屋の手に狩出されて女工にあらざれば芸者と先天的に運命のきまつてゐる女の一人である。いづれにしても抱えた主の使役と命令と其の周囲の習慣に盲従して奴隷の生涯を送るやうに出来てゐる女の一人である。（二十。傍点は引用者）

ここを読めば、「貧民窟」の娘たちは、「女工」になるか「芸者」になるかの選択肢しかないかのごとくである。

女工と芸者について、細井和喜蔵『女工哀史』（一九二五年）に、

公娼制度撤廃論者は、彼女が二重の束縛を受けてゐると唱へるが、二重の拘束に身動きならぬ者は独り公娼ばかりでなく、女工も等しく二重の奴隷的制度に縛られてゐる。（岩波文庫、一九七〇年、一四一頁）

とあり、公娼と女工が類比的に考えられている。時代をさかのぼれば、横山源之助『日本之下層社会』（一八九九年）には、東京の「貧民窟」についての記述があり、「女工にあらざれば芸者」の供給源は、東京にも地方にも根深く存在していた。

加えて、荷風がみていたのは、貧困だけではなく、下町における工場の発展、それにともなう女工の増大でもある。

荷風の小説『すみだ川』(一九〇九年)には、主人公の蘿月《らげつ》が亀井戸の竜眼寺――今なら「東京スカイツリー」の近く――に出かける件がある。その辺りを歩くと、「至る処《ところ》女工募集の貼紙が目についた」(九)とある。「女工募集」の貼り紙のある辺りは「何処という事なしに製造場の機械の音が聞える」し、本所辺りを歩いても、「陰鬱な小家は不規則に限りもなく引きつづいて、その間に時々驚くほど大きな門構の見えるのは尽く製造場であった。」(九)とある。それゆえ、女工に対する求人は多く、各地から多くの人々が職を求めて東京に流れ込んでいた。この辺りは、いまでこそ工場はみられなくなったが、二〇世紀前半においてはそうではなかった。

女工でなければ芸者というのは決して荷風だけの認識ではない。『すみだ川』とあまり隔たらない時代に書かれた石川啄木の『時代閉塞の現状』(一九一〇年執筆)には、

我々青年を囲繞する空気は、今やもうすこしも流動しなくなった。強権の勢力は普く国内に行きわたっている。現代社会組織はその隅々まで発達している。〔中略〕財産とともに道徳心をも失った貧民と売淫婦との急激なる増加は何を語るか。

とあって、「貧民と売淫婦」の多さへの着目という点では荷風と同じである。

となれば、「芸者」あるいは「売淫婦」の問題は、かなり大きな問題であったことがうかがえる。それは、他に働き口をみつけられなかった女性たちの問題ともいえる。

とはいえ、戦後の高度経済成長期を経て東京の街が大きく様変わりしたように、「貧民と売淫婦」という話も昔の話、別世界のことのようにみえるかもしれない。

しかし、これを人間が生きていく上での「苦しみ」の問題だと考えるなら、必ずしも別世界のことだとか、様変わりしたともいえないだろう。

『腕くらべ』や『おかめ笹』の出た一〇〇年前の時代は、第一次世界大戦の時代でもある。戦争という「天佑」を受けた経済的な好況を背景に、「成金」が誕生する。『腕くらべ』には、そういう「成金」連中が顔を出している。

一方に成金、他方に「貧民と売淫婦」。成金と身動きのとれなくなった女。極端な「格差社会」というべきだが、両者が出会うところに花柳世界があったとすれば、荷風の花柳小説は、単に花柳界のことを描いたものという以上の広がりを持つことになる。そこで、荷風中期の代表作『腕くらべ』について考えてみることにする、というのがこの小論である。

この作品をみていく前に、荷風の経歴について手短に記しておこう。

荷風の経歴

荷風は、永井久一郎（一八五二～一九一三）の長男として東京に生まれた。慶應義塾で荷風に教えを受けた佐藤春夫（一八九二～一九六四）は、「永井荷風　その境涯と芸術」（一九四六年[5]）を、

永井荷風は名門の師弟である。これは荷風の芸術を知る上に重要な事項である。

と書き始めている。

と同時に、若き日の荷風が第一高等学校入学に失敗し、高等商業学校附属外国語学校清語科に

入学するも、卒業に至らなかったことも注意されるべきことである。

久一郎は、息子が「遊興」にうつつをぬかし、また小説を書き始めたのを見かね、アメリカに、そしてフランスに「遊学」させる。その時期は一九〇三年から〇八年にかけてである。

荷風の父久一郎は、国内での学歴の得られる見通しのない息子が明治社会の「エスタブリッシュメント」の世界に入るためには、アメリカの学校ででも学歴なり有意な職歴を取得することが必要だと考えたのであろう。と同時に、久一郎には、息子にそれだけの「配慮」ができる「経済力」「政治力」があったのであり、それが佐藤春夫のいう「名門の師弟」の意味である。

加藤周一は、荷風没後まもなく発表した荷風論「物と人間と社会」[6]において、荷風の生涯を根本的なところで規定したのは父への反発であったと、みごとな論を展開した。私は加藤の論に異論はないのだが、この小論では、荷風の花柳小説を中心に考えてみたい。

荷風は、帰国とともに『あめりか物語』（〇八年）、『ふらんす物語』（〇九年）などを発表し、また、『冷笑』を東京朝日新聞に連載（一九〇九年一二月～一〇年二月）――漱石の『それから』と『門』の連載の間の時期に当たる――していたが、森鷗外や上田敏の推薦があって、一九一〇年に慶応義塾大学文学部教授となった。

一九一二年秋に荷風は斎藤ヨネと結婚し、久一郎はその点について一定の満足はしたのであろうが、一三年二月に死去し、荷風は同月にヨネと離婚した。

翌一四年、荷風は新橋巴屋の芸妓八重次と結婚、これが弟の威三郎との不和の原因となった。

八重次とは一五年二月に早くも離婚、以後荷風は結婚することはなく、慶応義塾も辞職して単身者として暮らしたが、花柳界の女たちとの「交流」は相変わらず続いた。

荷風の「花柳小説」や「散策」を考える場合、その外国経験もみのがせない。アメリカ経験についていえば、『あめりか物語』所収の「夜あるき」（一九〇七年）に、「箱根の月、大磯の波よりも、銀座の夕暮、吉原の夜半を愛」（岩波文庫、三一〇頁）した荷風は、ニューヨークという「到る処燈火ならざるなきこの新大陸の大都の夜」においては、「この光に照されたる世界は魔の世界に候。醜行の婦女もこの光によりて貞操の妻、徳行の処女よりも美しく見え」（三一二頁）ると書いていた。また、「紐育《ニューヨーク》中の貧民窟という貧民窟、汚辱の土地という土地は大概歩き廻った」（「支那街の記」『あめりか物語』所収、三〇〇頁）と書いていた点にも着目したい。

この「貧民窟」歩きは、たとえば、のちの『濹東綺譚』（一九三七年）が「溝の臭気と、蚊の声」のあふれる玉の井に住む「日蔭」の女たちを描いた姿勢に連なる。

これは、『ふらんす物語』に記された荷風のフランス経験にも重なるところがある。荷風は、一方で「見ても見飽きぬ巴里の全市街」（「巴里のわかれ」岩波文庫、三〇五頁）と書きつつも、他方でたとえば、悪臭を放つ塵桶に野良猫どもが近寄るところ、

自分は夜といい、霧といい、猫といい、悪臭といい、名も知れぬこの裏道の光景が作出す暗澹な調和に魅せられて、覚えず知らず、巴里の陋巷を、歩みも遅く、ボードレールが詩に悩みつつ行く時のような心地になった。（「除夜」『ふらんす物語』所収、一五八頁）

と描き、「悪の華」のうかがえる場所への愛好という点で、国の内外を問わなかった。

『腕くらべ』

年譜的なことは以上にとどめ、荷風中期の代表作『腕くらべ』[7]をみることにしよう。

この作品の主人公は駒代という新橋・尾花家《や》の芸妓。ある会社の営業係長吉岡は、駒代が気に入って、「見受け」しよう、つまり「妾」にしようとしている。しかし、駒代はあまり乗り気でなく、歌舞伎の女形・瀬川一糸の妻になることを夢みている。

駒代が瀬川に傾いたことを知った吉岡は、駒代と同じく尾花家にいる芸妓の菊千代を引き取り、仕打ちをするようにして駒代を捨てる。また、瀬川一糸は、駒代にいささか飽きが来て、君竜という芸者に気持を移す。

という次第で、駒代は、菊千代、君竜との「腕くらべ」に敗れ去る。しかしその後、尾花家を経営していた「姐さん」の十吉が、急死する。十吉の夫・呉山は、すでに老境に入っていたが、駒代に尾花家を委ねる（貸す）ことにし、その突然の申し出に駒代が「一時に胸が一ぱいに」なるというところで、『腕くらべ』は終わる。

以上が、この作品のおおよそのストーリーである。

『腕くらべ』(1)　男たち

この作品はさまざまな側面を含むが、まず、花柳界にうごめく男たちの姿を描き出している点に着目してみよう。

まず、吉岡という男。彼は、「二十六の時学校を卒業し二年ほど西洋に留学してから今の会社に這入って以来ここ六、七年の間というものは、思えば自分ながらよく働いたと感心するほど会社のために働きもした。株式へ手を出して財産をも作った。社会上の地位をもつくった。それと共にまた思えばよく身体をこわさなかったと思うほど、よく遊びよく飲んだ」(「一　幕あい」一一頁)という人物である。

吉岡は、「新橋に湊家という看板を出している力次という芸者をば三年ほど前から世話をしている。」(同、一二頁)そして、「もう一人妾同様にしている女がある。それは浜町に相応な構《かまえ》をしている村咲という待合の主婦《おかみ》である。」吉岡には妻はいるのだが、吉岡の「道楽」に呆れかえって何ともいわないのだという。

この作品の「私家版」が出された一九一七年の日本はいわばバブル経済時代であって、それが吉岡のような金回りのよい男が造形されたことの背景にあるといえよう。

また、ここに出てくる力次は、「先年伊藤春畝公が手をつけた女だとかいう事で今だに何かあると芸者仲間の評判、当人はその当時から一足飛びに貴婦人になりすましたような気位」(「五　昼の夢」六一頁)とある。伊藤春畝公とは、女性遍歴も華やかだった伊藤博文のこと。伊藤が暗殺されたのは一九〇九年であり、『腕くらべ』発表からさかのぼること八年。力次はやや年増の女とされているから、伊藤との関係の話と時間的に矛盾せず、力次のモデルについてはともかく、そういう女を「世話している」というのは、吉岡の金回りのよさ、あるいは「社会上の地位」を物語るものであろう。この作品の表現を借りれば、「当世成上り紳士」(「二十　朝風呂」二〇八頁)ということになる。

荷風が、そのような「地位」や金回りを肯定的に描いているわけではなく、批判的に描写していることは、ここに短く引用したところからもうかがえよう。

政治家に関しては、固有名詞は出てこないが、次のような描写がある。

議会が開けて新橋の茶屋茶屋にはいつもの顔に加えて更に田舎臭い顔やじじむさい髯面《ひげつら》が現われ、引続く丸の内の会社会社の総会に、従って重役連の宴会も毎夜に及べば(「十一　菊尾花」一二八頁)

とあって、議会が開催されると、地方から議員が上京し、彼らが大挙して新橋の花柳界に顔を出すことに言及されている。(8) 荷風の描写は、議員に対してであれ重役連に対してであれ、筆誅を加えている趣である。

実業界の男という点では、「五十年配の色の真黒な海坊主のような大男」(「八　枕のとが」八九頁)が目につく。この男は横浜の大きな骨董屋・潮門堂の主人で、駒代にご執心。駒代と同じ尾花家の芸妓・花助の語るところによれば、「華美《はで》一方《ぼう》の方《かた》」で、「なまじッかな大臣方や華族さんなんざ足下にも追付きゃしない」（九一頁）男である。この男は、「金という餌《えさ》を目の前に置き、それがほしいばかりに女が口惜涙をこぼしながら醜怪なこの海坊主の醜行をこらえ忍ぶ様子や振合を冷然と上から見下す」ことを「可笑さ面白さ気味のよさ」（「菊尾花」一三一頁）としている男で、駒代もこの男に苦しめられる。この「海坊主」もバブル経済の化身のような人物である。

さらに、杉島という男も駒代に執着して口説く。駒代と同じ尾花家の芸妓・花助が駒代に、金回りのいい杉島たちについて、「あの御連中は何なの。議員さんなのかい」（八四頁）と尋ねると、駒代は「あの御連中はたしか大連だったか知ら。何でも支那の方にお店のある方なんだよ」、「毎年お正月と夏中はこっちにいらっしゃる」と答える。対華二十一箇条要求（一九一五年）後の中国で、羽振りのよかった実業家が、帰国の折りに花柳界に入り浸っていたことを示すものであろう。

漱石の『明暗』（一九一六年）には、小林という男が「朝鮮まで落ちて行かう」（一五二）と語る場面があり、ふたりの作家の朝鮮・満洲のイメージを比較することも興味深いが、ここではそこには立ち入らない。

最後に、瀬川一糸。この作品で、吉岡と並ぶ重要人物である。瀬川は先にみたように、駒代と結婚したいと思ったことはあったものの、やがて駒代に飽きる。その際には、駒代が借金を抱えているらしいという認識もあり、君竜を結婚相手として選んでしまうのだが、その経緯について、お定という女が呉山老人に語る場面がある。そこでは、

「君竜さんなら知ってますけどそれほど別品でもありませんね。しかし大柄で身長《せい》も高い

し、ぱっと目につく方ですよ。それにね旦那、御容色《ごきりょう》よりか何でも大変な持参金付なんだっていう話ですよ。それで浜村屋さん〔瀬川〕もすっかり気が変わってしまったんだという事です。」(「二十二　何やかや」二二六頁)

と語られる。一糸の継母お半も、一糸が駒代と結婚したいと言っていたときには、芸者との結婚ではと反対していたのに、財産のある芸妓君竜との結婚ということになると、手のひらを返したように、にわかに結婚に賛成するのである。

君竜に資産があったのはなぜか。それは、「さる実業家のお妾になっていた処先頃旦那が死んで浜町の目抜な土地百坪ばかり地面付の立派な妾宅の外に現金で壱万円を頂戴してお暇《いとま》になった」(「初日下」一八九頁)からだった。つまり、彼女はもともと資産があったわけではなく、偶然の幸運の結果としてにわかに資産を持つに至っていたのである。

こうして、一糸とその継母は君竜の資産に引かれたのだが、同じく駒代を捨てた吉岡は菊千代の「肉体」に引かれた。その菊千代の身体・姿態は『腕くらべ』の「菊尾花」に描かれている。(一二四頁)

このようにみてくると、新橋という「一流」の「花街」に出入りする男たちは、政治家・実業家・成金から役者まで、「当世成上り紳士」たちであって、荷風の描写には、このような男たちに共感を示すところはどこにもない。そして、『腕くらべ』という題名は、紳士たちの「腕くらべ」の暗示でもあるがごとくである。

つまり、『腕くらべ』で描かれた男たちのうち、「個性」をもって描かれているのは、当時のバブル経済の受益者たちの姿であり、そこに生じた欲望のままに動く男たちの生態である。

そして、固有名詞なしで侮蔑的に描かれるのは、国会議員とおぼしき男たちである。このような描き方の背景には、薩長政権とそれに連なるものに対する荷風の反発があり、それを如実に示すのは、荷風の短篇『深川の唄』（一九〇八年）にみえる、「九州の足軽風情が経営した俗悪蕪雑な「明治」」（岩波文庫、二四頁）という表現である。(9) また、

自分は幼い子供の時分から、何時《いつ》とはなく維新の元老の社会的地位名声と、日々の新聞紙が伝へる其の私行上の相違から、斯う云ふ人達ほど憎むべき偽善者はないと思つて居た（「帰朝者の日記」一九〇九年。『荷風全集』第六巻、一六七頁）

とあり、はるか時代が下るが、『断腸亭日乗』に、

明治以後日本人の悪るくなりし原因は、権謀に富みし薩長人の天下を取りし為なること、今更のやうに痛歎せらるゝなり。（一九四四年一一月二一日条）

とあって、その薩長人への反発が尋常でなかったことが読み取れる。『断腸亭日乗』からもうひとつ追加すると、

慶応年間猿若町の芝居にて天竺徳兵衛の狂言を見たる九州の田舎侍、徳兵衛は親不孝なりとて舞台の役者を斬らむとせし事ありき。（一九四〇年一一月二二日条）

という記事があるが、ここには、侮蔑と憤怒が綯い交ぜになっている。

この憤怒は、また時期を戻すと、荷風の随筆「霊廟」（一九一〇年）に、

自分は次第に激しく、自分の生きつつある時代に対して絶望と憤怒とを感ずるに従って、

（『荷風随筆集』上、岩波文庫、一四三頁）

とあり、時代批判の思いもまた変わらなかった。

こうした反発を文学的伝統という点からみれば、幕臣として仕え、文人として薩長政権に対する批判的姿勢を貫いた成島柳北（一八三七〜八四）の仕事への愛着あるいは敬意があったといえよう。(10)

『腕くらべ』（2）駒代

次には、この作品に描かれた女たちのうち、駒代についてみてみよう。駒代の経歴については、この作品の「三　ほたる草」と最終章というべき「二十二　何やかや」に、やや立ち入って書かれている。

まず、「ほたる草」の方では、

〔駒代は〕十四の時から仕込まれ十六でお酌のお弘《ひろ》めそれから十九の暮に引かされて二十二の時に旦那の郷里なる秋田へ連れて行かれ、三年目に死別れた。その日まで駒代は全く世の中も知らず人の心も知らず自分の身の始末さえ深く考えた事はなかった。（三三頁）

とある。町育ちの駒代には、旦那が亡くなった秋田での生活はしのび得るところではなく、東京

に逃げ帰った。二六歳になっている。しかし、身を寄せるところはなかった。家族に関する事情は、「何やかや」の章では次のようである。

駒代は丁度小学校へ行きかけた頃母親に死別れてその後に来た継母が邪見であったとかいうので里方の祖母の方へ引取られ其処で成長する中《うち》左官であった実の父も死んでしまい祖母も駒代が秋田へ片付いている中に死んでしまったので、今は兄弟も何もない全くの身一ツである。（二二六頁）

そのときの駒代の心境が次のように描かれている。

駒代はこの時生まれて始めて女の身一ツの哀れさ悲しさを身にしみじみ知りそめたと共に、これから先その身の一生は死ぬなり生きるなり何方《どっち》になりとその身一人でどうにともして行かなければならないのだという事を深く深く感じたのであった。（「三　ほたる草」三二頁）

駒代は、継母のところに行くことも考えたが、やはりいやだと思い、新橋に向かう電車のなかで昔の仲間に遭遇し、芸者家に戻ったのだった。

舞い戻ってまもなく、芸者になっておそらくは初めてなじんだ吉岡に再会した。その再会の場、帝国劇場での遭遇の場面から、この『腕くらべ』は始まるのである。

吉岡は久しぶりに出会った駒代に執着し、「見受の話」を持ち出した。つまり、「妾」になることを求めた。駒代は迷う。

返事をせず愚図愚図にあまり長く延していれば、つまりは不承知というも同じ事。そうなれば大事なお客をなくさないとも限らない。それは今の処大変な損害である。さらばといって芸者をよしてお妾になった暁旦那に見捨てられればまたしても、今度は三度目の芸者に立戻るような困った事になろう。（「五　昼の夢」六五頁）

というのが迷いの中味であるが、これはある意味では当然の迷いである。二六歳といえば、「これから先は年々に老けて行くばかり」（三一頁以下）というのは、現代日本では考えにくい感覚であるとしても、当時としては実感であったろう。

駒代は、まもなくある待合の別荘で遭遇した瀬川一糸に惚れ込んだから、吉岡に対し結果的には「不承知」も飛び越えて、吉岡を怒らせた。そして、瀬川の心も駒代から離れる。回りの芸者たちは、駒代が吉岡の怒りを買い、瀬川からも見放されたことを知っている。駒代はその芸妓たちの視線にも耐えなければならない。四面楚歌、万事休した。

頼るべき家族はおらず、吉岡からも瀬川一糸からも見捨てられ、海坊主のような男にしたがう気持ちにはとてもなれない女。ひとり取り残された「日蔭者」の女[11]。それが駒代であった。

『腕くらべ』(3)　駒代と呉山老人

肉欲にとらわれた吉岡や金銭欲にとらわれた一糸のような男たちとは異なる人物も、この作品には登場する。すなわち、新聞小説家倉山南巣[12]と尾花家の老主人・呉山木谷長次郎である。先に、この作品の最後で駒代と呉山が結びつくことは、『腕くらべ』の概略を記したところですでにふれた。

この終局を、唐突と感じる人もいるかもしれない。奥野信太郎『荷風文学みちしるべ』[13]は、このことにふれて、

ある評者は「腕くらべ」末段、突如として駒代が尾花家を譲られる幸運に際会する条を、「綺麗事」と称し「戯作者風の勧善懲悪」と呼んでいるが、これらはまったく短見ももっともはなはだしいもので、ともに文学を語るにたらない徒輩の言といってよい。「腕くらべ」の末段「何やかや」の章は、〔中略〕読後の印象はむしろ今後さらに茫洋たる運命が駒代を待っている感が深く、当然そこには一層崎嶇《きく》重畳した起伏が予想される。

と書いている。私も奥野氏のこの見解に同感ではあるが、呉山がなぜ駒代に同情するようになったのか、その背景を考えてみたい。

呉山の名は木谷長治郎、嘉永元年（一八四八年）の生まれというから、『腕くらべ』の出た一九一七年には六九歳ということになる。小禄な旗本の嫡子だったといい、二〇歳のときに幕府が瓦解。「それからはいろいろ士族の商法に失敗した末は遂に芸が身を助ける不仕合。」講釈師となって売り出し、尾花家の娘十吉と知り合って結ばれたのだった。（「むかい火」四八頁以下）

この経歴を考えれば、『腕くらべ』には言葉としては明示されていないが、呉山は明治の薩長政権に対する反発をその心深く宿していたに相違ない。新橋はその政権の担い手たちの「待合政治」の舞台となっていたから、呉山にとって新橋の芸者家という環境が愉快なところであったは

ずはなく、生きていくためには致し方ない場であったろう。

妻の十吉に先立たれたが、呉山自身は残された尾花家の経営はできない。芸者家の主は、一例をあげれば、抱えている芸者たちが毎朝「それぞれ諸芸の家元へ稽古」(一六五頁)に行けるよう手配するなどの用事があって忙しく、たやすくできるようなものではなかったからである。

また、呉山と十吉との間にできた息子の滝次郎は、身を持ち崩し、行方知れずとなっている。つまり、呉山も身寄りのない「孤老」となったのである。

駒代は、薩長権力の作り出した「社会」で「成功」したかにみえる吉岡や一糸のような男たちに弄ばれた。呉山は、駒代が一糸に捨てられた経緯をよく知っていた。そこから、身寄りのない駒代への同情が生まれたのは自然である。尾花家を借家とし、その経営を駒代に依頼し、駒代がともかく尾花家を経営して行くことができれば、それは呉山にとってもなにがしかの慰めとなるものであったろう。

この申し出を受けた駒代は、亡き十吉のために「静に仏壇の前に坐ったが、すると突然嬉しいのやら悲しいのやら一時に胸が一ぱいになって来て暫し両袖に顔を掩いかくした」(二三〇頁)という形で、『腕くらべ』は終わる。

身寄りをなくした女と男。年齢は孫娘と祖父ほども離れているが、もとは他人。それぞれに人生の苦しみと悲しみを背負い、「その身一人でどうにともして行かなければならない」境遇に至ったふたりは、一本の糸で結ばれた。「セイフティネット」という制度的「仕組み」[14]なき時代に、進退きわまった女のあり方を描くことになったともいえる。そういう境遇に置かれた女の不安。それは、境遇は異なっても、今もなお十分に理解可能な心情のように思われる。

むろん呉山の「老い先」は長くはなかろう。駒代も若いままでいることはできず、「茫洋たる運命」がひかえている。そう考えれば、ここでのふたりの安らぎは、うたかたのごときものかもしれない。しかし、ひとときの慰めであるとしても、慰めではある。

女性の出自　『夢の女』など

私はここで、『腕くらべ』が進退きわまった女のあり方を描くことになったと書いた。しかし、荷風は女たちの境遇を「主題」としていたのかとなると、必ずしもそうとはいえない。『腕くらべ』で荷風が描いたのは、単純にみても女たちでもあるが男たちでもある。

それに、『腕くらべ』に登場する女たちのなかで、駒代についてはその出自がある程度描かれるものの、瀬川一糸と結婚する君竜の出自についてはほとんで描かれておらず、君竜がなぜ芸者になったのかは、この作品からはうかがえないからである。他方、吉岡が「引受」ける菊千代については、次のように描かれている。


菊千代はもともと半玉から仕込まれた新橋生粋の芸者ではない。生れは山の手の小商人《こあきんど》の娘で、十五の時当時某省の大臣をつとめていた何某子爵の御屋敷へ御小間使に上り、まだ肩揚《あげ》もとらぬ中《うち》早くも書生と密通しながら、つづいて子爵の御前《ごぜん》のいう事もきき、それからは主従老若両方の玩弄物《おもちゃ》になっていたほどの淫奔者《いたずらもの》。（「うずらの隅」一一四頁）という次第で、この女の方も芸者になりたい下心もあり、その実家とも話をつけて、尾花家の菊千代と名づけ、お披露目をしたというのである。(15)

「新しい女」というかけ声の登場した一九一〇年代ではあったが、山の手の「小商人の娘」には、「女工にあらざれば芸者」ではないにしても、適当な職業があったわけではないから、「小間使」以外の選択肢は乏しかったということであろう。ただ、菊千代の場合、両親とも健在であったのか、実家がその後どうなったかは、『腕くらべ』にはまったく描かれず、荷風の関心はそういう方向には主題的には向かっていなかったといえよう。

主題的に向かっていなかったとしても、女性の出自を描いたという点で興味深いのは、荷風の初期作品、つまり荷風が渡米前に発表した『夢の女』（一九〇三年）である。

この作品の女主人公はお浪。ある男の「妾」となっていたお浪はまだ一八歳だが、急に主人を亡くし、生まれたばかりの赤子（名はお種）を抱えて途方に暮れるところから話が始まる。お浪の旦那の夫人は、お浪に「手切金として百円、子供のために、五拾円」の現金を渡し、今後は縁切りと約束させられた。

お浪は三河岡崎の藩士山口義之進の娘として生まれた。義之進は明治に入って額田県庁の小官吏となったが、額田県の廃止とともに免官となり零落、一家は岡崎の街はずれに「しばしば貧苦に倒れようとする果敢《はか》ない生活を送るように」なった。そこで、お浪は、「少しでも一家の厄いを減ずるために」と奉公口を探し、名古屋の富豪で陶器製造商の家庭の小間使になった。そのとき一六歳。しかし、まもなく「お浪は主人のために、或夜忽ち悲惨な運命に出会った。娘は身を井戸に投じようとまで決心したが、丁度この時、父親は借財のためにいよいよ破産の宣告を受ける場合に陥った」（岩波文庫、一二頁）ので、娘は身投げもできず、その商人が事業を拡張し、東京に店を出すに際し、お浪は東京でのその主人の「囲者」となっていたのだった[16]。

お浪は、赤子を老婢《ばあや》に——といっても、この老婢はまだ四五歳だが——預け、岡崎の実家に戻る。しかし、父は、ある詐欺事件に引っかかって甚だしい窮境に陥る。「婦人の運命は常にかかる事から暗黒なる悲惨の方向に進みやすい」（三七頁）のだが、お浪の場合がまさにそれで、親のために五百円で身売りをすることになる。

お浪はかくして深川の遊郭に送られ、「浅間しき賤業婦の生活」（四二頁）に身を沈めることとなった。この作品のその後の展開については省略するが、家族のために身売りする若い娘という「典型」がここに現われている。

この『夢の女』は、荷風の欧米経験以前の作品だが、帰朝後まもなく書かれた『すみだ川』（一九〇九年）は、短篇ながら荷風の小説の骨法がいかなるものかを示していると思われる。

俳諧師松風庵蘿月《らげつ》には、実の妹のお豊がいる。この兄妹は、東京の小石川にあった質屋の子どもだったが、妹がその店の番頭と結婚して商売を続けた。しかし、「御維新この方時勢の変遷で次第に家運の傾いて来た折も折火事にあって質屋はそれなり潰れてしまった。」（三五頁）お豊はほどなく亭主に死に別れ、常磐津の師匠となり、一人息子の長吉に出世してもらおうと思っている。長吉はその近所の娘・糸と幼なじみである。糸の父はもと大工だったが、亡くなってしまい、母がせんべい屋をしている。

長吉は、母に勧められ、高等学校受験を目指しているが、器械体操が苦手で学校でいじめにあっている。高等学校の「凶暴無残な寄宿舎生活」(五六頁)も恐れている。長吉はお糸と結ばれたいと願っているが、お糸は芸者になって母親を助けるしか手立てがない。

長吉の母親は、それでも息子の進学を夢み、自分のやっている「遊芸の師匠」のような「賤しいもの」にはしたくないので、息子長吉を進学という方向に進むよう説得することを兄の蘿月に依頼し、蘿月もいったんは妹の申し出にしたがう。しかし、自身が「女に迷って親の家を追出された若い時分」のことを思いだし、「自分はどうしても長吉の味方にならねばならぬ」と思い返す、というのがこの短篇である。

幕府の瓦解を経て家が零落という設定。そして、「立身出世」の道を絶たれた男と、芸者になるしかない女。そして、進学できない若者、長吉。蘿月が「長吉の味方」になろうという決意には読者は共感をおぼえたとしても、さて何ができるのかとも思わざるをえない形になっている。

このパターンは、『腕くらべ』における駒代と呉山の場合にもくり返されているとみられないこともない。

そして、『腕くらべ』や『おかめ笹』発表ののち、関東大震災を経て、『つゆのあとさき』(一九三一年）に至れば、銀座界隈の「変革と時勢の推移」（岩波文庫、一〇一頁）に言及され、関東大震災後の「日に日に変って行く今日の光景」（一〇二頁）が、「唯夢のようだ」と描かれる。そして、そこに描かれる女たちは、「カッフェーの女給」たちである。しかし、どういう名前で呼ばれても、彼女たちもまた「日蔭の女」の延長線上にいるといえよう。

この『夢の女』は、荷風の作品のうちではあまり評価されていない。[17]しかし、お浪という「日蔭の女」の生き方を軸に据えた点は、荷風の関心の所在を示すものとして注目すべきところであり、荷風のその後の「花柳小説」に引き継がれていくところでもある。

私は今、荷風の花柳小説における「関心の所在」と書いた。その関心は実は花柳界に限られるものではなかった。そう考える根拠として次のようなことが考えられる。

批判精神

荷風は「厠の窓　雑感一束」（一九一三年）という随筆に、

そもそも新橋夜話を書かうと思立つたいはれは、其頃厳粛なる社会問題経済問題なぞを取扱ふ小説は、是非とも創作しなければならぬと深く信ずるだけ、さういふ真面目なものは必ず禁止されるに相違ないと思つたので、止むを得ず何か写実的にして夫れ相応に小説的興味のあるものをと考へた末、当分硯友社時代の文学に立ち戻るに如くはないと諦めた為めである。

（『荷風全集』第十一巻、二〇八頁）

と書いている。荷風はすでに『ふらんす物語』の出版を禁圧されていたから、言論弾圧にはことのほか敏感であったとみなければならない。

ここを読めば、荷風は「厳粛なる社会問題経済問題などを取扱う小説」にも意義を認めていたことになり、そういう心情を胸に宿していたことが、『腕くらべ』に散見される政治批判（というより政治家批判）につながり、男たちの世態の描写につながるのであろう。

そして、その政治批判は、『断腸亭日乗』、ことに日中戦争開始（一九三七年）以降の日記の宿す批判精神にまっすぐつながっている。

ここに「批判精神」と書いたのは、よく知られている例としては、

五月初三、くもりて風甚冷なり、新聞紙ヒトラームソリニの二凶戦敗れて死したる由を報ず、（一九四五年五月三日条。傍点は引用者）

という記事に現われたものである。類似のものとしては、

この度の戦争は奴隷制度を復活せしむるに至りしなり。軍人輩は之を以て大東亜共栄圏の美学となすなり。（一九四三年一〇月二六日条）

また、

今秋国民兵召集以来軍人専制政治の害毒いよいよ社会の各方面に波及するに至れり。親は四十四五才にて祖先伝来の家業を失ひて職工となり、其子は十六七才より学業をすて職工より兵卒となりて戦地に死し、母は食物なく幼児の養育に苦しむ。国を挙げて各人皆重税の負

担に堪えざらむとす。今は勝敗を問はず唯一日も早く戦争の終了をまつのみなり。（一九四三年一二月三一日条）

といった記事があり、枚挙にいとまがない。

加藤周一の要約を借りれば、「石川淳の天皇制ファシズムに対する態度」と荷風の態度は「日本の文壇の双璧であった」のである[18]。

荷風はこうした批判的意識をもっていたが、それはむろん政治の世界に対することに限られるものではなかった。同様の意識が、『腕くらべ』にも表現されていたことはすでにみたところである。その批判的意識の前提には、荷風の「観察」の精神が存在していたといえるだろう。それを荷風は、「銀座」という随筆に次のように書きつけていたのである。

銀座と銀座の界隈とはこれから先も一日一日と変って行くであろう。丁度活動写真を見詰める子供のように、自分は休みなく変って行く時勢の絵巻物をば眼の痛《いたく》なるまで見詰めていたい。（「銀座」一九一一年。『荷風随筆集』上、岩波文庫、一六〇頁）

この「眼」が、今も存在する荷風人気の核にはあるのだと思いたい。

注

（1）二〇〇九年以降刊行の研究書以外の作品を、管見の限りで、順不同だが並べてみよう。二〇〇九年に、半藤一利『荷風さんの戦後』ちくま文庫、持田叙子『永井荷風の生活革命』岩波セミナーブックス、佐藤春夫『小説永井荷風伝』岩波文庫、川本三郎『荷風と東京　「断腸亭日乗」私注』（上下）岩波現代文庫、二〇一〇年に秋庭太郎『考証永井荷風』（上下）同、二〇一一年に奥野信太郎『荷風文学みちしるべ』同、二〇一二年に野口冨士夫『わが荷風』同、半藤一利『荷風さんの昭和』ちくま文庫、加藤郁乎『俳人荷風』岩波現代文庫、などがある。

（2）佐藤春夫『小説永井荷風伝』（岩波文庫、二〇〇九年）所収、九四頁。

（3）『石川淳選集』第十五巻、岩波書店、一九八一年、所収。

（4）荷風の著作からの引用は、『荷風全集』に拠るべきとも考えたが、岩波文庫でも旧かな遣い・旧字体を現代かな遣い・新字体にほぼ改める時代であるから、現在新刊本で入手可能な岩波文庫に収められたものについては、そこから引用することとした。しかし、岩波文庫非収録作品については『全集』版から引用せざるを得なかった。ただし、『全集』版からの引用の場合も、漢字は新字体に改めた。その結果、この小論内でかな遣い等の不統一が生じているが、やむをえない。『断腸亭日乗』は岩波文庫に「摘録」二冊があるが、これはあくまで「摘録」であるので、その引用は『全集』版によった。

　なお、ここでの引用に「意気」ということばがみえる。のちに、哲学者の九鬼周造は『「いき」の構造』（一九三〇年）を書いたとき、荷風作品にも言及した。

〔補注〕この小論では、荷風の『妾宅』を全集版から引用したが、この作品は岩波文庫版『荷風随筆集』下、に収録されている。

（5）佐藤春夫『小説永井荷風伝』岩波文庫、所収。

（6）加藤周一「物と人間と社会」（一九六〇～六一年）『加藤周一著作集』第六巻、平凡社、所収。

（7）『腕くらべ』には、「私家版」「流布本」などのいくつかのテキストがある。「私家版」には、公刊したのでは発禁となる恐れのある部分が含まれていたため、削除などで対応した「流布本」登場となった。この小論では、「私家版」を底本とする岩波文庫本を用いる。

（8）議員が新橋の花街を舞台に「待合政治」を行うことになるのだが、『腕くらべ』はその側面を暗示的に描いているのであろう。

（9）菅野昭正『永井荷風巡歴』（岩波書店、一九九六年。岩波現代文庫版、二〇〇九年）は、『深川の唄』に、「永井荷風の小説の《始まり》」をみている。

（10）成島柳北については、さしあたり、前田愛『成島柳北』（朝日新聞社、一九七六年）参照。荷風はごく若き日から柳北に親しんでいた。『断腸亭日乗』に、「予多年柳北先生の詩文を愛誦し」（一九二六年七月六日条）とある。また、荷風が柳北の日記を筆写したことは『断腸亭日乗』一九二六年一一月から翌年はじめにかけて記録されている。

荷風はキリスト教にはなんら共感を示さなかったが、旧幕府側に親和性のある立場から明治政権に批判的な立場をとったという点では、植村正久や内村鑑三のようなキリスト者が想起される。内村の「起てよ佐幕の士」という論文（一八九七年）は、題名だけでもそのことをうかがわせるに足る。

（11）磯田光一『永井荷風』（講談社、一九七九年）は、荷風の『狐』を「荷風が幼少期を描いた作品のうちで最も秀れた短篇」とする。磯田氏は、この短篇のなかで狐退治をする鳶職人が、積もった雪の上についた狐の「足痕をつけて行きやア信田《しのだ》の森ア、直ぐと突止めまさあ」と語ること、『腕くらべ』の駒代が「保名」を踊ることを手がかりに（磯田氏は自明のこととして明記していないけれども、つまりは浄瑠璃の『蘆屋道満大内鑑』を前提に）、ここに「信田の森の白狐」伝説の「パロディ」をみた。そして、駒代が、さらには『濹東綺譚』のお雪も、「日蔭者の暗喩」であり、「〝狐〟の幻影」ではなかったかと論じた。その演劇的神話学的考察はさすがに鋭いといわなければならないと思うが、私のこの小論は、もう少し社会学的な観点から考察してみようというものである。

（12）南巣の姿やその趣味には、荷風そのひとを連想させるところがある。しかし、荷風が批判する男たちの姿にも荷風自身の経歴が書き込まれているといえる。呉山の息子滝次郎は、学校に行かず「商売女」にうつつを抜かすが、それは若き荷風の姿と重なるところがあるし、一糸の菊千代に対する執着についても同様のことがいえよう。

(13) 奥野信太郎『荷風文学みちしるべ』岩波現代文庫、二〇一一年、五〇頁。
(14) ここに、「制度的」と書いたのは、社会権的な位置づけを与えられた仕組みを意味する。社会権に法的な位置づけが与えられる以前の社会でも、たとえば「結い」や「講」のような一種の「セイフティネット」が存在していたが、駒代の場合にはそれも不在であったようにみえる。
(15) 吉田精一『永井荷風』(新潮社、一九七一年)には、「荷風の思考や感情には風俗世態に対する侮蔑があって悲しみがない。冷笑があって、同情がない」(六七頁)とある。『腕くらべ』の駒代と呉山老人の関係については、吉田氏のこの断定は当てはまらないように思うが、菊千代の姿に対する描き方には「侮蔑」と「冷笑」があるといえよう。
(16)『夢の女』以前、維新期の「密売婦」の多さなどについては、簡略なスケッチを丸山眞男の論文「開国」(一九五九年。『忠誠と反逆』筑摩書房、一九九二年、所収)にみることができる。
(17) 吉田精一『永井荷風』も、この作品を評価していない。また、菅野昭正『永井荷風巡歴』も、『夢の女』を「欠陥の多い未熟な作品」(四七頁)と断じている。
(18) 加藤周一「石川淳覚書」『加藤周一著作集』第六巻、三八八頁。

付・『断腸亭日乗』と「紀元節」

『朝日新聞』（一九八一年二月一一日付）は、「建国記念の日」関係の記事を「すっかり変わった教育現場」という見出しで載せ、そのなかでこの日の「制定当初の熱っぽい論議は影をひそめ、逆に、日の丸を掲げる学校が目立ってきた」という見解を紹介している。この記事が気になって、高校二年で「倫社（倫理社会）」を担当している私は授業を一時間使って、「建国記念の日」をめぐる話をした。そのさい永井荷風の『断腸亭日乗』を、戦前・戦中の「紀元節」がどのようなものだったかの一端を示す史料として使用した。

授業で、永井荷風という名前をきいたことのない人は手をあげて、というと、クラスで数人の手があがる。それで、永井荷風は本校（筑波大付属高校）の先輩で有名な作家だよと「地域に根ざした」（?）ことを話し、その『断腸亭日乗』という日記についてすこし紹介をし、この日記の二月一一日の記事を年をおって並べて読むと、戦前・戦中の二月一一日の雰囲気がわかるだろう、と説明をはじめた。

一九一八年・一九年……二月一一日の項なし。

二〇―二八年、三〇、三一、三四、三八、四一、四二、四四年……二月一一日の項はあるが「紀元節」への言及はなし。

二九年二月一一日の条ではじめて「紀元節」への言及がみえる。こういう文は高校の教室で読むにはあまりふさわしくないが、と断わったうえで――そう言うと急に耳をそばだてる生徒が何人かいる――その記事を読む。

晴れて風寒し、午前中洲に往く、脚気及梅毒の注射をなす、途次車にて丸の内を過るに青年団の行列内幸町辺より馬場先門までつゞきたり、先達らしき男或は日本魂或は忠君愛国など書きたる布片を襷がけになしたり、是日紀元節なれば二重橋外に練り出して宮城を拝するものなるべし、近年此の種類の示威運動大に流行す、外見は国家主義旺盛を極るが如くに思はるゝなれど実は却て邦家の基礎日に日に危くなれることを示すものなるべし、何事に限らず外見を飾りて殊更気勢を張るやうになりては事既に末なり、然れども今の世に身を処するには何事に限らず忠君愛国を唱え置くに如かず、梅毒治療剤の広告にも愛国の文字は大書せらたり《(ママ)》、帰途銀座に飯し牛籠を過ぎて帰る、

三二年二月一一日の条――

雪もよひの空暗く風寒し、早朝より花火の響きこえ、ラデオの唱歌騒然たるは紀元節なればなるべし、〔補注1〕去秋満洲事変起りてより世間の風潮再び軍国主義の臭味を帯ぶること

益々甚しくなれるが如し道路の言を聞くに去秋満蒙事件世界の問題となりし時東京朝日新聞社の報道に関して先鞭を日々新聞につけられしを憤り営業上の対抗策として軍国主義の鼓吹には甚冷淡なる態度を示しゐたりし処陸軍省にては大に之を悪み全国在郷軍人に命じて朝日新聞の購読を禁止し又資本家と相謀り暗に同社の財源をおびやかしたり之がため同社は陸軍部内の有力者を星ヶ丘の旗亭に招飲して謝罪をなし出征軍人慰問義捐金として金拾万円を寄附し翌日より記事を一変して軍閥謳歌をなすに至りし事ありしと云この事若し真なりとせば言論の自由は存在せざるなり且又陸軍省の行動は正に脅嚇取材の罪を犯すものと謂ふ可し、

三三年。

二月十一日。空くもりて寒し。安藤次郎氏の和魯年表稿本を見る。薄暮銀座に飯す。此日祭日なれば街上雑踏すること甚し。銀座カツフヱー飲食店悉く店頭に建国祭の掲示をなし、殊更に神武天皇紀元何年など大書したり。タイガアの店口を過るに楠正成とも見ゆる鎧武者の画看板を出し、また店内には大なる乗馬武者人形を飾りたり。東京の市民はカツフヱーの掲示によりて始めて日本建国の由来を教えらるゝやの観あり。滑稽の極と謂ふべし。

四〇年、紀元二六〇〇年祝賀のため正月三が日の橿原神宮への参拝客は一二五万人で、前年の二〇倍に達したという（『近代日本総合年表』による）。この年の二月には、津田左右吉の『古事記及日本書紀の研究』『神代史の研究』が発禁となっているが、三九年の荷風日記は、

二月十一日晴。紀元節にて世間騒がしければ終日門を出でず。

とだけ記され、四〇年には、

二月十一日。日曜日　晴。きのふに比すれば風や丶暖なり。祭日市中の雑踏をおそれて終日

家に在り。

となっていて、ここには「紀元節」への憎しみさえ感じられる。

以上のような『断腸亭日乗』の二月一一日の記事から言えることは、①「紀元節」を祝うという雰囲気は日本の中国侵略が本格化しようとする一九二〇年代末から始まっていること、②こうした雰囲気をひややかに見、のちにはそれに憎しみさえもつようになった知識人がいた、といった点であろう。

ところで一八年から二八年の二月一一日の記事に「紀元節」の記述が見えないのはどうしてであろうか。この頃の新聞を見ると、例えば『時事新聞』二二年二月一二日付〔補注2〕には、「憲法発布の記念日に　普選断行の雄叫び　芝公園に盛なる国民大会」という見出しの記事が大会会場の写真入りで載せられている。すなわち二二年二月一一日の「国民大会」は、この日を「紀元節」としてではなく「憲法記念日」として祝ったのである。これは、二月一一日が「大正期には一時憲法発布記念日として受け取られたこともあった」(『日本近現代史辞典』東洋経済新報社)ことを示すものといえよう。

『断腸亭日乗』は、加藤周一氏が要約しているように、「大正・昭和の世態風俗を映して無類の記録となっている」(『加藤周一著作集』第六巻、二六一頁)が、この日記は二月一一日の条で荷風が

何を書きまた書かなかったかに関しても同様に「無類の記録」であるだろう。

＊引用は『断腸亭日乗』（七冊、岩波書店）により、漢字は適宜改めてある。なおこの日記についての思想史的考察として、黒羽清隆氏「『断腸亭日乗』ノート――戦中・戦後日記の意識史的考察――」（同氏『十五年戦争史序説』三省堂、一九七九年〕所収）というすぐれた論考がある。

〔補注1〕『断腸亭日乗』では、この部分に〔以下十二行半抹消、二行半切取。以下行間補〕と注記されている。この日記が万一人目にふれた場合を考慮しての荷風の措置であろう。

〔補注2〕本書校正に際し、この『時事新聞』という表記にいささか小首をかしげた。何かの誤植だと思うが、この短文は一九八二年に出たもので、今となってはその「典拠」の確認ができない。そこで、「朝日新聞」「東京日日新聞」「大阪毎日新聞」「読売新聞」の一九二二年二月一二日付朝刊に当たってみた。むろん、どの新聞にも同趣旨の記事は出ていたけれども、私の「引用」文に一致する記事は見当たらなかった。

これらの新聞記事を通覧すると、「憲法記念日」として祝ったというより「普選デー」という意義づけが大きかったと思うが、三〇年以上前の文章に手を加えることもできないと考え、誤りは誤りとして『時事新聞』という誤植（？）とその「記事」をそのままにしておく。

有島武郎とキリスト教

(一) まえおき

なぜ有島武郎を取りあげるかといいますと、最近私は有島武郎の著作を面白く読んだから、ということです。私の勤務先の大学に中国人留学生がいて、中国に帰ったらある大学で日本語教師をするとのこと。修士論文を仕上げて、帰国までの期間に日本語の本を読みたいというので、それではと一緒に童話を少し読みました。宮沢賢治、芥川龍之介、小川未明の童話をそれぞれ二、三。そして有島武郎の『一房の葡萄』(岩波文庫)です。調べてみますと、芥川の『蜘蛛の糸』が一九一八年、宮沢賢治『注文の多い料理店』の刊行が一九二四年、小川未明の『赤い蝋燭と人魚』が一九二一年、有島の『一房の葡萄』の『赤い鳥』への発表が一九二〇年。意図していたわけではないのですが、結果的にどれも第一次世界大戦後の作品でした。これらの作品に共通する人道主義的な雰囲気の中に、有島も生きていたといえるのでしょう。私自身は『一房の葡萄』を中学時代に読んだと思いますが、考えてみれば、「赦し」がテーマになっています。もう一つ印象的

だったのは『一房の葡萄』の最後の場面です。そこには、

それにしても僕の大好きなあのいい先生はどこに行かれたでしょう。もう二度とは遇《あ》えないと知りながら、僕は今でもあの先生がいたらなあと思います。秋になるといつでも葡萄の房は紫色に色づいて美しく粉をふきますけれども、それを受けた大理石のような白い美しい手はどこにも見つかりません。（『一房の葡萄』岩波文庫、二二頁）

と書かれています。昔読んだ印象から、私はこの先生は日本人だと何となく思っていましたが、じつはそうではなく、この作品の冒頭に、この学校も「教師は西洋人ばかりでした」と書かれていたのです。この『一房の葡萄』が横浜に住んでいた有島が子どもだった時代を念頭に書かれているとすれば、それは一八八〇年代後半となります。この作品に出てくる先生は、明記されてはいませんが、アメリカから来ていたクリスチャンで、実際の会話は英語でなされていたのでしょう。

ちなみに、絵の具を盗んで友だちと先生から咎められたということは、有島自身の体験に基づくといいます。ただし、『一房の葡萄』に描かれた「赦し」は、必ずしも同じときの体験ではなかったようです。

『一房の葡萄』に惹かれて、有島武郎の小説『或る女』を読みました。作家の加賀乙彦さんが『或る女』を非常に高く評価されていて、その評価に惹きつけられて私も読んでみた次第です。加賀さんは、『私の好きな長編小説』（新潮選書、一九九三年）の中で、

明治以後、近代文学が日本の中に発生しまして沢山の小説が書かれましたが、外国語に翻訳して、そして外国の一流の小説と並んでも恥ずかしくない作品というものを選ぶとしたら、私はまず第一に『或る女』だと思います。おそらくここ百何年かの日本文学の達成した最高の成果として、『或る女』は忘れられない傑作だというふうに思います。（一八一頁）と書いています。それから、加賀さんの『日本の10大小説』（ちくま学芸文庫）でも、『或る女』が取りあげられています。そして、そこで、ドナルド・キーンが、明治大正の小説中一番感銘を受けた小説として『或る女』をあげ、それを非日本的であるとともに「ヨーロッパ文学の神髄を獲得した」（三八頁）小説として褒めていることを紹介しています。そんなに高い評価がなされるものなら私も読んでみようと考えたわけです。これを読みますと、確かに面白かったのですが、特にこの長編小説の始めの部分に、キリスト教に関わる記述がわりあいに出てくることにも興味を引かれました。たとえば、内田という、内村鑑三をモデルにしていると注記されているような人物が出てくるわけです。

有島の『カインの末裔』などという作品は、私にはあまりピンと来ないのですが、『或る女』はなるほど面白かった。最近そういう読書経験がありましたので、本日は有島について発表させていただこうと考えた次第です。

そこで、まず、有島武郎とキリスト教の関わりについてお話をし、そのあとで、有島武郎唯一の長編小説『或る女』、一九一九年に刊行された、四〇〇字詰め原稿用紙ですと約一〇〇〇枚の長編ですが、これについてお話をさせていただこうと考えます。

(二) 有島武郎とキリスト教

少し古い本ですが、武田清子さんが編集された『思想史の方法と対象』(創文社、一九六一年)の中に、武田さん自身が「キリスト教受容の方法とその課題　新渡戸稲造の思想をめぐって」という論文をお書きになっています。武田さんはその中で、日本への「キリスト教の受容、あるいは、土着方法として概括して次の五つの型が見られるように思う」として、類型化をされ、その第五として「背教型」を挙げています。それによりますと、「背教型」というのは、「キリスト教を捨て、あるいは、教会に背き、いわゆる背教者となることによって逆説的にキリスト教の生命の定着を求める」類型(二七三頁)ということになります。もう少し詳しく言いますと、

〔背教型は〕日本のような異教的な精神的土壌にキリスト教が根をおろそうとする時、上記のような諸々のゆがみをキリスト教そのものが持つこととなった場合が多い(例えば儒教的な倫理思想を濃厚に浸透させていたり、キリスト教会に家族主義的共同体の要素をしのびこませていたりなど)。そうしたキリスト教会の中に「良い子」となって安住することの「偽善」にたえ得ず、キリスト教を捨てることを宣言し、あるいは、教会を脱退し、背教者の烙印を敢えておされることを通して、キリスト教から受けた「生命」を日本の土壌に実現して生きようと追求するようなタイプであって、有島武郎などもその一人と云えると思う。(二七八頁)

ということで、有島が「背教型」に分類されているわけです。

武田さんの論は、文学者に限定されたものではないのですが、日本の近代文学者とキリスト教との関係ということになりますと、関係を持つ文学者は少なくありません。かつて教文館から全一四冊の『近代日本キリスト教文学全集』（一九七五～七六年）が出版されたことがありました。この全集に取りあげられた人物のうち、主として小説家に限定して年表を作成してみました。（表・参照）

これを見ますと、日本の近代文学の成立・展開にとってキリスト教はかなり重要な役割を果たしたということがよくわかり、なかなか興味深いところです。しかし、生涯にわたってキリスト教の信仰を持ち続けた作家は少なくて、キリスト教から離脱してしまった作家が多い。有島武郎と同世代の作家では、島崎藤村や志賀直哉がそうです。（ここに出てくるのは文学者にほぼ限られますが、キリスト教の影響は、文学者に限られるわけではなく、もっと広範に及びました。しかし、ここではその点にはふれません。また、藤村や志賀はもとより、有島の場合も、「背教者」というより「棄教者」あるいは「離教者」ではないかという問題もありますが、その点にもここでは立ち入らないことにします。）

小山内薫は、一九二三年に「東京朝日新聞」に『背教者』という長編小説の連載を始めました。これは、一九〇〇年のころに内村鑑三の周囲にいた若者たちを描いたものだとのことです。この点について、『近代日本キリスト教文学全集6』所収の志賀直哉についての小泉一郎氏「解説」

新島　襄	☆	1843～1890						
植村正久	☆	1858～1925						
内村鑑三	☆		1861～1930					
森　鷗外	★		1862～1922					
夏目漱石	★		1867～1916					
幸田露伴			1867～1947					
北村透谷			1868～1894					
徳冨蘆花			1868～1927					
木下尚江			1869～1937					
国木田独歩				1871～1908				
島崎藤村				1872～1943				
岩野泡鳴				1873～1920				
有島武郎				1878～1923				
正宗白鳥				1879～1962				
志賀直哉					1883～1971			
山村暮鳥					1884～1924			
武者小路実篤					1885～1976			
賀川豊彦					1888～1960			
長与善郎					1888～1961			
芥川龍之介						1892～1927		
芹澤光治良						1896～1993		
中河与一						1897～1994		
横光利一						1898～1947		
堀　辰雄							1904～1953	
坂口安吾							1906～1955	
太宰　治							1909～1948	
北条民雄							1914～1937	
中野重治	★						1902～1979	
清水安三	★					1891～1988		
永井荷風	★			1879～1959				
吉野作造	★			1878～1933				

注）☆は参考までに掲げた。
★は、『近代日本キリスト教文学全集』には取りあげられていないが、参考までに示す。

（二七五頁）から借りますと、小山内のこの小説について内村は、その「日記」の中に、

背教者は小山内君一人に止まらない。我国すべての文士、哲学者、若き政治家等は背教者であると見て、差支えない。余の許に学んだ、許多《あまた》の文学士、法学士、理学士等は、極めて少数を除く外は、皆背教者と成つた。（一九二三年五月二日条）

と書いているとのことです。

また、志賀直哉には「内村鑑三先生の憶ひ出」（一九四一年）という文章があります。一九〇〇年に、一八歳だった志賀直哉は、友人に誘われて内村の許を訪ねる。そのときから志賀は内村と接するのですが、七年余りのちに志賀は内村から離れてしまう。きっかけとなったのは、志賀の男女関係についてです。志賀の「内村鑑三先生の憶ひ出」によれば、

私が「大津順吉」といふ小説に書いた家庭内のごたごたした事で、先生の所へ行つた事がある。先生は周囲の者が誰れも認めない内に夫婦関係が出来れば、それは矢張り罪だといふ意味の事を云はれた。〔中略〕

その後、その事で有島武郎さんが先生の所へ話しに行つてくれた時、先生は他にも先生の所へ来る人で、さういふ事件があり、志賀の場合もさうだし、困つたものだ、と云はれたさうだ。武郎さんは「然し志賀の場合はその人の場合とは異ふでせう」といふと、先生は直ぐ、「それはさうだ」と武郎さんの言葉を認められたといふ。（『近代日本キリスト教文学全集6』一四六頁）

とあります。男女関係に関する内村の厳格な見方からすれば、志賀のこの女性関係は許されなかった。そこに志賀が内村から離れていった理由があるのでしょう。

島崎藤村の場合にも似たような事情があると思いますが、彼がキリスト教から離れた理由はともかくとして、一九世紀末から二〇世紀初頭にかけての時代、東京や同志社のある京都には、キリスト教の位置に関して、やや特別な状況があったと言えるかもしれません。島崎藤村の自伝的小説『桜の実の熟する時』（一九一九年）に描かれているところを例として引用します。

この小説で藤村に当たるのは岸本捨吉という人物ですが、その捨吉が寄寓している家のお婆さんと主人の間で次のようなことが言われています。まず、お婆さんが「捨さんの学校は耶蘇だって言うが、それが少し気に入らない。どうもあたしは、アーメンは嫌いだ」と言います。すると、その家の主人は、

「お婆さん、そう貴女《あなた》のように心配したら際限《きり》が有りませんよ。今日英学でも遣らせようと言うには他に好い学校が無いんですもの。捨吉の行ってるところなぞは先生が皆亜米利加人です。朝から晩まで英語だそうです。」（新潮文庫、四一頁）

と語ります。つまり、英語を勉強するということとキリスト教とが深くつながっていたと見ることができます。「特別な状況」と申しましたのは、そういう意味です。また、『桜の実の熟する時』には、一八九〇年に明治学院で開催された第二回のキリスト教青年会主催の夏期学校が盛況だったことが描かれている場面があります。植村正久など、錚々たるメンバーが講師陣にいて、キリ

スト教の広がりぶりがうかがえます。

こういう流れの中で、地方から東京に出てきた青年たちの中に、キリスト教の世界に入っていく者が次々と出てくることになります。信州から東京に出てきた藤村もそうでしょうし、岡山県出身の正宗白鳥もそうです。もう少し時代を広くとれば、文学者ではないのですが、桜美林大学の創設者である清水安三が同志社に入ったのも、このような流れの中にあると言えるでしょう。有島武郎の場合は、『一房の葡萄』に描かれたように、子どものときに宣教師のいる学校に通っていたわけですから、他の人びととは事情が異なるともいえますが、有島がキリスト教に接近するようになるのは札幌農学校に入ってからですから、青年期にキリスト教との接触が始まるという点では、藤村などとさほど違いがないかもしれません。

なお、有島は母親が南部藩の出身だったので、同郷の新渡戸稲造と因縁があり、札幌での生活をはじめた一八九六年には、新渡戸宅に寄寓しています。そして、札幌独立協会への入会は一九〇一年です。(安川定男『悲劇の知識人　有島武郎』新典社、参照。)

なぜ青年たちがキリスト教に惹きつけられたのかといえば、故郷の家を離れて感じるある種の自由感や青年期の悩みが前提にあったと思われますし、青年期の理想主義的傾向、ある種の正義感と言ってもよいでしょうが、それがキリスト教を媒介として強く意識されるということもあったかもしれません。たとえば、志賀直哉が一時的ですけれども足尾鉱毒事件に関心を持っていたとか、徳冨蘆花が大逆事件に対し、政府に対していだいた批判的な気持ちを表明するといった事実を例として挙げることができるかと思います。

有島の場合も、一九〇五年に幸徳秋水などの「平民新聞」にアメリカから記事を寄せましたし、有島の最初の作品『かんかん虫』（一九〇六年）は、労働者の姿を描いたものです。

このように考えますと、少し乱暴な言い方ですが、戦後、一九六〇年代くらいまでに大学に入学した若者がマルクス主義に惹きつけられていくのと似たような事情があったかもしれません。一九二〇年代もその点は少し似ていて、私が作成しました年表に出ている吉野作造はもちろんキリスト者ですが、彼が関わった新人会の中にも、マルクス主義に共鳴する学生が増えてくるのが一九二〇年代です。その代表として、この年表では中野重治の名前を書いておきました。

時代を志賀直哉や藤村の青年時代に戻しますと、一旦はキリスト教の世界に入っても、やがてそこから離れる若者が少なくなかった。内村鑑三の言葉ですと、内村の教えを受けた若者たちも、「極めて少数を除く外は、皆背教者と成つた」わけです。その理由はいろいろあったのでしょうが、志賀直哉の場合には、先にふれましたように、男女関係について内村が説いていた厳格な考え方に違和感を持ったということがあるようです。藤村の場合も、男女関係の問題がきっかけになったという点では、似ています。そこにまた、家庭あるいは「家」の問題がからんでいます。

有島武郎の場合について申しますと、有島は一九一〇年、札幌独立教会を退会しています。キリスト教から離れた理由に関して、のちに彼自身が『リビングストン伝』第四版序言（一九一九年）でいくつかのことを述べています。

第一に、「私は宇宙の本体なる人格的の神と直接の交感をした事の絶無なのを知つた。」

第二に、「基督教の罪といふ観念及び之れに附随する贖罪論が全然私の考へと相容れない事を知つた。」

第三に、「未来観に対して疑問を抱き出した。」

第四に、「日露戦争によつて基督教国民の裏面を見せられた。」（『有島武郎全集』第七巻、筑摩書房、三七一頁以下。）


これらの四点に関する詳しい説明は、ここでは省かざるを得ませんが、申しあげたいことは、有島のキリスト教への帰依と離脱が、一方で彼個人の問題と密接に関連していることは当然としましても、同時に同時代の文学者たちと共通する問題、つまり男女関係の問題や家族の問題との関係などもあったという点です。

(三)『或る女』

さて、有島武郎の長編小説『或る女』について、少し述べたいと思います。

この小説の筋書きは比較的単純です。美貌で才気あふれる早月葉子という女性が主人公で、葉子は従軍記者として名をはせた詩人・木部《きべ》孤笻《こきょう》という男性と結婚し一児・定子をもうけますが、二カ月で離婚し、やがて、母親たちの紹介で木村というアメリカに暮らす男性と結婚することにして、絵島丸という船でアメリカに向かいます。しかし、船中で倉地三吉という事務長のたくましい性的魅力の虜になり、アメリカに上陸することなく帰国してしまいます。ここまでが、『或る女』の「前編」です。

「後編」に入りますと、倉地と葉子は、帰国して蜜月の状態を続けますが、倉地には妻子がありますから、倉地と葉子の関係は、間もなく新聞でスキャンダルとして報道されます。倉地は船会社から解雇され、二人の関係は次第にぎくしゃくしはじめます。新潮文庫の表紙カヴァーのキャッチコピーを借りますと、「個性を抑圧する社会道徳に反抗し、不羈奔放に行き通そうとして、むなしく破れた一人の女の激情と運命を描きつくした、リアリズム文学の最高傑作のひとつ」ということになります。

この小説には、舞台となった時代がはっきりと書かれています。「後編」の始めのところに、伊藤博文内閣が桂太郎内閣に変わる話が出てきますので、その記述から、葉子がアメリカから戻ってきたのが一九〇一年六月だとわかります。加賀乙彦さんが指摘されていることですが、有島の『或る女』は、季節の移り変わりを巧みに描写していますから、一九〇〇年九月から翌年の夏までを主な舞台としていることが作品自身の記述からわかります。

この作品は、発表された時代には必ずしも人気がなかったようで、そのために有島は、この作品の意図についてしばしば語っています。その中の一つを借りますと、

「或女」で私が読者に感銘して欲しいと思つたものは、現代に於ける女の運命の悲劇的な淋しさといふ事でした。女は男の奴隷です。彼女は男に拠る事なしには生存の権利を奪はれ

てゐます。（浦上后三郎宛、一九一九年十月八日。『有島武郎全集』第十四巻、一一四頁）

ということになります。

有島の意図はまさにその通りだと思いますけれども、私は女性の権利拡張という意味での「新しい女」という側面には最後に少しだけふれるにとどめ、この作品のキリスト教的な側面についてお話させていただきたいと思います。

有島武郎はキリスト教を離脱した人、あるいは背教者、棄教者です。しかし、有島は、一九一九年に『或る女』を書き終えたあと直ぐに、三編の戯曲を完成させます。『洪水の前』『サムソンとデリラ』『聖餐』の「三部曲」ですが、これらはいずれも聖書から素材を得ており、聖書の影響が強く残っていたことはたしかです。有島は、『或る女』を発表した翌年の一九二〇年に、ある手紙の中で、「私は基督教会からは離れましたが基督を離れたとは思ひません。いくら離れよう《ママ》としたつてその圏外に出るには基督は大き過ぎる事を感じてゐます」（竹崎八十雄宛、一九二〇年三月十一日付。『有島武郎全集』第十四巻、一六九頁）と書いています。

さて、『或る女』の、ことに最初の方には、先にふれましたように、キリスト教に関わる記述が出てきます。

第一に、葉子の母が「基督教婦人同盟の副会長」（新潮文庫、一四頁）をしていたとあります。その関係で、キリスト教徒にして従軍記者として有名になっていた木部孤笻と知り合い、その木部が葉子と結ばれることになったとき、葉子の母は葉子に敵意を持ったようだと書かれています。

（この木部のモデルは国木田独歩だとのことです。）葉子と木部の間に子どもが誕生すると、葉子の母親は、「基督信徒にあるまじき悪意をこの憐れな赤坊に加えようとした」（一二〇頁）というのです。葉子の母親だけでなく、矢島楫子をモデルにしていると言われる五十川女史という人物も、『或る女』の中ではかなり否定的に描かれています。

第二に、葉子の母親・親佐が夫の不倫に怒って葉子とともに仙台に別居したときの話が出てきます。「基督教婦人同盟の運動は、その当時野火のような勢で全国に拡がり始めた赤十字社の勢力にもおさおさ劣らない程の盛況を呈した」（三三頁）と書かれています。

第三に、内村鑑三（一八六一～一九三〇）と見られる内田という人物が登場します。有島は、札幌独立教会の歴史を編纂したことがあって、それが一九〇一年秋、内村鑑三の主催していた雑誌『聖書之研究』に掲載されました。こうしたことがあったので、内村は有島に大いに期待をしていたようです。しかし、『或る女』では、葉子がアメリカに行くことを決めたときのことが次のように描かれています。

〔葉子は〕大塚窪町に住む内田という母の友人を訪れた。内田は熱心な基督教の伝道者として、憎む人からは蛇蝎のように憎まれるし、好きな人からは予言者のように崇拝されている天才肌の人だった。葉子は五つ六つの頃母に連れられて、よくその家に出入りしたが、人を恐れずにぐんぐん思った事を可愛らしい口許から云い出す葉子の様子が、始終人から距てをおかれつけた内田を喜ばしたので、葉子が来ると内田は、何か心のこだわった時でも機嫌を直して、窄《せま》った眉根を少しは開きながら、「又小猿が来たな」といって、そのつやつやしたおかっぱを撫で廻しなぞした。〔中略〕葉子は母に黙って時々内田を訪れた。内田は葉子が来るとどんな忙しい時でも自分の部屋に通して笑い話などをした。時には二人だけで郊外の静かな並木道などを散歩したりした。ある時内田はもう娘らしく成長した葉子の手を堅く握って、「お前は神様以外の私の唯一人の道連れだ」などと云った。葉子は不思議な甘い心持でその言葉を聞いた。その記憶は永く忘れ得なかった。

それがあの木部との結婚問題が持上ると、内田は否応なしにある日葉子を自分の家に呼びつけた。そして恋人の変身を詰り責める嫉妬深い男のように、火と涙とを眼から迸しらせて、打ちもすえかねぬまでも狂い怒った。その時ばかりは葉子も心から激昂させられた。〔五六〜八頁〕

というのです。

それだけではありません。葉子に対し、「罪だぞ、恐ろしい罪だぞ」と言った〔五八頁〕と描かれています。

木部との結婚問題から五年後に、今度は木村と結婚すべくアメリカに行くと内田に伝えに行きます。このとき、内田は葉子に会うことを露骨に拒否します。『或る女』の表現から受ける印象では、有島には内村鑑三に対する強い反発があったように感じられますが、内村は、『或る女』が発表された時点ではまだ存命中ですから、内田をこのように描くことさえ、有島にとっては控えめなものだったのかもしれません。いずれにせよ、『或る女』の中では、葉子は内田に激しく拒否されたまま、アメリカに出かけていくことになります。

第四に、『或る女』には、葉子の女学生時代の回想が挟まっています。『或る女』の中では「赤坂学院」と描かれていますが、その学校の寄宿舎に葉子は入っていました。一四歳の頃、葉子は「基督《キリスト》を恋い恋うて」「十字架を編み込んだ美しい帯」（一〇三頁）を作ろうと、編み物に熱中したことがありました。熱中のあまり、授業中にもそれを編み、教師に見とがめられて、その教師は、その編み物をだれか特定の男性への贈り物に違いないと断定し、その相手の男の名前を言うようにと葉子を脅迫した（七四頁）と描かれています。そして、このことを「回想の憤怒」（七三頁）とも描いています。

第二として挙げましたところは、キリスト教の拡大という事実に関する話ですから、これを別とすれば、他の三点は、当時のキリスト教徒の否定的なあり方を描いていると言えます。

以上が、『或る女』の始めの方に出てくるキリスト教に関わる部分です。とはいえ、最初の部分にキリスト教に関わることがいろいろ出てきますけれども、そのあとは、あまり出てこなくなります。この作品のちょうど中ごろ、後編の始めの方になると、葉子の婚約者木村――この人にもモデルがいて、有島の友人です――の手紙が出てきます。葉子はアメリカまでやってきたのに病気だからとアメリカに上陸せず、日本に戻ってしまうのですが、木村は、やがて葉子は自分のもとにやってくると考えて、葉子のところに頻繁に手紙を書きます。

僕は繰り返し繰り返し云います。縦令《たとい》貴女にどんな誤謬があろうとも、それを耐え忍び、それを許す事に於ては主基督以上の忍耐力を持っているのを僕は自ら信じています。（三三〇頁）

というのです。ここで「誤謬」と言われているのは、木村は、葉子がかつて木部という男性と結婚して子をなしたことも知っているので出てきた言葉です。それにしましても、「基督以上の忍耐力」を持っているという表現はいかがなものかと思いますけれども。

さて、『或る女』に関して、キリスト教との関わりで私が注目したい点は二つあります。その第一は、日本におけるキリスト教の人間把握に関わる点です。先ほど、葉子の女学生時代に、編み物をしていた葉子に対し、教師がそれを男性に対する捧げ物だと即断し、葉子を厳しく追及したという箇所があることを述べました。つまり、男女関係をかなり厳格に考える傾向が明治期のキリスト教にはあったようです。これに対し、『或る女』で描かれた男女関係は少し違うものです。

私が『或る女』を読みましたときに、印象に残った文言の一つに、葉子が倉地三吉という男性を最初に見たときの表現があります。それは、次のようなものです。――「葉子は、夢ではなく、まがいもなく眼の前に立っている船員を見て、何んという事なしにぎょっと本当に驚いて立ちすくんだ。始めてアダムを見たイブのように葉子はまじまじと珍しくもない筈の一人の男を見やった。」（九三頁）

これと同じような表現が、この作品には、少なくとも三回現われます。「葉子は禁断の木の実を始めて喰いかいだ原人のような渇欲を我にもなく煽りたてて」（一三二頁）という表現があります。さらに、「葉子は失われた楽園を慕い望むイブのように」（一八七頁）とも描かれています。つまり、葉子と倉地の関係が「始めてアダムを見たイブ」として描かれているわけです。三回も繰り返されますと、なぜ有島はこのように繰り返したのか、それによって有島は、何を表現したかったのか、と考えさせられます。これは、明治時代の日本のキリスト教における男女関係の厳格なとらえ方に対し、有島が批判を込めているのだろうかとも推定しますが、そう断定してよいかどうか、私にはよくわかりません。ただ、志賀直哉や島崎藤村がキリスト教から離れていった背景には、男女関係に厳格な当時のキリスト教の教えがあったということは言えるでしょう。

私が注目したい第二の点は、これは第一の点より重要だと私は思っていますが、この『或る女』の最後の部分に関わります。

葉子は、日本に戻ってきた当初は倉地と親密で深い関係にありましたけれど、やがて倉地との関係はほとんど切れてしまいます。いくつかの理由がありますが、最も単純な理由は、倉地が葉子との不倫関係を理由に会社を退職させられ、収入がなくなったことです。そこで彼は、港などの情報を外国に売るというスパイをするようになった。当時の言葉でいえば、露探です。それが発覚したので倉地は警察に追われるようになり、葉子の許に来ることができなくなります。それは、葉子にとっては収入源がなくなることを意味します。また、葉子の婚約者であった木村は、一時はアメリカから葉子に送金してきました。しかし、これもやがて途絶えます。葉子の父親は医者でしたが、遺産をあまり残さず、葉子の手元に残った遺産はもはやありません。まだ小さい娘・定子のことも気になります。葉子は、妹の愛子と貞世を引き取りますが、貞世は腸チフスになって、瀕死の状態になってしまいます。葉子は、貞世の病気が重くなったのは自分が妹の病気に気がつかなかったせいだと思って自分を責めます。と同時に、葉子は「ヒステリー」状態、つまり精神を病んだ状態になり、それが悪化していきます。そこへ、倉地は夫人と葉子以外にも別の女性を「妾」としていたらしいという情報が追い討ちをかけます。ただ、この辺りの描写は、葉子の意識に即して行なわれるといういわば二〇世紀的な小説の描き方になっていて、どこまでが事実でどこが葉子の思い込みなのか、いささか判然としない部分もありますが、それはさておき、葉子自身も病気になり、手術を控えてひどい腹痛に悩むようになります。こうして、非常に絶望的なところに、絶体絶命ともいうべきところに追い込まれるわけです。ここのところは、次のように描かれています。

　又もひどい疼痛が襲い始めた、葉子は神の締め木にかけられて、自分の体が見る見る痩せて行くのを自分ながら感じた。人々が薄気味悪げに自分を見守っているのにも気が付いた。

　それでもとうとうその夜も明け離れた。

　葉子は精も根も尽き果てようとしているのを感じた。(五五五頁)

その葉子が、病室で急に内田、つまり内村鑑三をモデルにした人物を思い出し、葉子の婚約者の木村の友人でもあり、葉子のところを時々訪ねてくれる古藤という人物、有島武郎自身をモデルとしているとのことですが、古藤に、内田が葉子の枕元に来てくれるように伝えてほしいと依頼をします。

『或る女』の最後の場面で、「偏頗で頑固で意地張りな内田の心の奥の奥に小さく潜んでいる澄み透った魂が始めて見えるような心持ちがした」と、葉子の心境が描かれています。つまり、内田（内村といってもよいのですが）が、葉子の木部との結婚にも木村との結婚にも立腹して、葉子に会おうともしなかったことが「偏頗で頑固で意地張りな内田」と言われているわけです。そういう内田ではあるのですけれども、葉子は彼の「心の奥の奥」に希望をつなごうとする。

葉子は誰れにとも何にともなく息気を引取る前に内田の来るのを祈った。（五五六頁）

と描かれています。

葉子がそういう気持ちに至ったのは、葉子自身の中の気持ちの変化があります。葉子は、自分のことを「呪われた女」（二二九頁）だと言うようになっています。また、「懺悔の門の堅く閉ざされた暗らい道がただ一筋、葉子の心の眼には行く手に見やられるばかりだった」（三七一頁）ともあります。（新潮文庫の注釈によれば、有島はこのイメージをダンテから借りて来たとのことです。）こういう葉子自身の自覚が、もう一度内田にすがろうという気持ちを呼び起こしたのだと考えられます。内田は果たして葉子のところに来てくれるのだろうか、ある種の救いが葉子にあるのだろうか。そういう思いを読者にいだかせるところで、この小説は終わるわけです。

葉子自身に神を求める気持ちが芽生え、そこでこの小説が終わっているということは、葉子に救いはあるのかということを読者に考えさせる効果を生んでいる、やや抽象的に言えば、読者に信仰について思いを巡らせるようにする効果を生んでいるようにも思えます。

私はここに、明治のキリスト教の大きな影響力の名残が反映しているようにも感じますが、そういう社会的なことはともかくとして、「背教者」有島武郎は、『或る女』で救いを求める女を描いた。ある意味では非常にキリスト教的なところを描いている。こういう解釈が成り立つと思います。加賀さんも、大筋ではキリスト教的なもの、あるいは宗教的なものとして、この作品を読んでおられます。

しかし、先にも述べましたように、有島自身は『或る女』について、「現代に於ける女の運命の悲劇的な淋しさ」を現すものだと述べています。『或る女』前編に即して言いますと、次の『アンナ・カレーニナ』と比較のところで述べますが、「女でも胸を張って存分呼吸の出来る生活」（一一〇頁）を求める葉子の姿、「新しい女」といってもよい姿が描かれています。その姿と救いを求める女という姿は両立するのか。このように言いますと、今まで述べてきました論を覆すようですが、『或る女』は、葉子を悲劇に追い込んだ社会への批判とも読める。ロンドンでクロポトキンと意気投合し、やがて『宣言一つ』（『改造』一九二二年一月号）を書き、有島農場の開放を実行した有島。時代が前後しますが、「日本の将来の社会問題の根本問題は都会労働者よりも農民のそれだと思ひます」（矢木澤善次宛、一九二〇年二月十一日。『有島武郎全集』第十四巻、一五九頁）と、ある手紙に書いた有島。『或る女』には「農民」は出てこないけれども、このような問題意識を持っていた有島が、『或る女』で救いを求める小説を書いたというのは、やや矛盾する気がしなくもありません。このように複数の視点からの読み解きが可能だというところが、『或る女』の深さを示すものかもしれません。

それに、「新しい女」と言いましても単純ではありません。有島が「現代に於ける女の運命の悲劇的な淋しさ」というときの「女」とは、『或る女』の場合、葉子を指しているのだろうと思いますが、これを愛子、つまり葉子の妹と読んだらどうなるか、という問題があると思います。愛子は、姉の葉子に激しく抑圧されている女性です。葉子と愛子の関係は、有島の中編小説『カインの末裔』における広岡仁右衛門とその妻のような関係ではないか。有島は愛子をどう見ていたのだろうかと思います。

(四)『或る女』と『アンナ・カレーニナ』

最後に、有島の『或る女』と、トルストイの『アンナ・カレーニナ』とを、少しだけ比較してみたいと思います。

有島武郎は、トルストイをよく読んでいました。彼自身アメリカに数年間をすごし、そのあとでヨーロッパに回るのですが、ヨーロッパから日本に帰ってくる五〇日ほどの船旅の際にトルストイの『アンナ・カレーニナ』が愛読書になっていたそうです。有島とトルストイは、ともに地主であるという点が共通していますが、不倫をテーマにしている点でも『或る女』と『アンナ・カレーニナ』とは共通しています。葉子もアンナも、作品の最後で精神的に錯乱していくという点も類似しています。

夫のいるアンナは、ヴロンスキーに強く惹きつけられる。もしもアンナの夫であるカレーニンがアンナとの離婚に同意すれば、アンナの立場は少し楽になったでしょう。それと同じように、倉地が離婚して葉子と結婚すれば、葉子の立場は少し楽にはなったでしょう。（ただし、そうなれば倉地の妻はたいへんに困窮すると葉子も考えています。この面は、『アンナ・カレーニナ』にはありません。）いずれにせよ、これら二つの作品には家族制度・戸籍制度における女性の立場の弱さという問題が描かれているように思います。

ただ、倉地は警察に追われるようになるので、葉子と正式に結婚したとしても、葉子の立場が安定するとは考えにくいのですが。

ヴロンスキーというアンナの恋人・愛人は軍人ですが、軍人を退役しても収入は途絶えない。なぜならヴロンスキーは広大な土地を持つ貴族だからです。しかし、葉子の恋人あるいは愛人である倉地は船の事務長でして、会社に馘首されると、収入がなくなってしまう。この違いに、ロシアの貴族社会の深さのようなものが感じられます。しかし、『アンナ・カレーニナ』の中には、そういう貴族社会への批判がひそんでいるように思います。有島の『或る女』にも、当時の日本社会への批判が含まれていると思います。葉子がアメリカに行こうと考えた理由のひとつは、「結婚と云うものが一人の女に取って、どれ程生活という実際問題と結びつき、女がどれ程その束縛の下に悩んでいるか」（一〇九頁）を考え、先にふれましたが、「女でも胸を張って存分呼吸の出来る生活」（一一〇頁）がアメリカにはあると考えたからだと描かれていますが、これは当時の日本社会のあり方に対する、「新しい女」という観点からの批判でもあります。こういう一種の社会批判を含む点で、二つの作品には共通性があると思います。

それから、アンナは田舎に引籠ってヴロンスキーと二人だけで暮らしてもよいと思っている。しかし、男はしばらくアンナと一緒にいると次第に退屈しはじめます。葉子と倉地の関係も似ていまして、葉子はただ倉地と暮らせれば満足だと思うけれども、倉地は、会社を退職しますが、収入を得るためには、ずっと葉子と一緒にいることは不可能です。それは別としても、葉子とだけすごす生活に間もなく飽きてしまいます。こういう男女の関係は、『或る女』と『アンナ・カレーニナ』とで、非常に共通しています。

ただ、葉子とアンナの自己理解はかなり違うと思われます。先ほど、葉子には罪の意識が出てきたことを述べました。それに対し、アンナは「罪深い女」だと回りから言われますけれども、アンナ自身は自分をそのようには思っていなかったのではないかと思います。にもかかわらず、世間のそのような見方がアンナを追いつめていきます。

アンナが自殺したとき、ヴロンスキーの母親は、「あの女の死に方そのものが、宗教を持たないけがらわしい女の死にざまでございますよ」（新潮文庫版、木村浩訳、下・四七三頁）と言いました。

全部で八編から成る『アンナ・カレーニナ』の第七編の最後でアンナは自殺します。そして、最終編の第八編では、リョーヴィン（岩波文庫本ではレーヴィン）の、信仰についての思索が描かれます。リョーヴィンは、『アンナ・カレーニナ』の中で不幸な三角関係に陥ったアンナと対照的に、幸福な結婚をした人として描かれ、それがアンナの悲劇性を際立たせています。そのリョーヴィンの宗教的な思索はアンナ自身のものではありませんし、小説の構成からすれば、いささか付録的なものと見ることができなくもない気がします。

とはいえ、アンナと葉子という不幸な女たちの物語が、信仰に関する思索をもって閉じられているところが、これら二つの作品のキリスト教との深い関わりを思わせます。

＊本稿は、聖学院大学で行なわれた日本ピューリタニズム学会の研究会（二〇〇八年九月二七日）での発表をもとにして、これに加除を施したものである。

災害史のなかの宮澤賢治
――その詩と『グスコーブドリの伝記』――

はじめに

一九二七年のこと、ある詩人が次のような詩句を書いていた。

〔断章五〕
サキノハカといふ黒い花といっしょに
革命がやがてやって来る
それは一つの送られた光線であり
決せられた南の風である、
諸君はこの時代に強ひられ率ひられて
奴隷のやうに忍従することを欲するか
むしろ諸君よ　更にあらたな正しい時代をつくれ

宙宇は絶えずわれらに依って変化する
潮汐や風、
あらゆる自然の力を用ひ尽すことから一足進んで
諸君は新たな自然を形成するのに努めねばならぬ

〔断章七〕
新たな詩人よ
嵐から雲から光から
新たな透明なエネルギーを得て
人と地球にとるべき形を暗示せよ

新たな時代のマルクスよ
これらの盲目な衝動から動く世界を
素晴しく美しい構成に変へよ

諸君はこの颯爽たる
諸君の未来圏から吹いて来る

透明な清潔な風を感じないのか①

冒頭に「ある詩人」などと思わせぶりに書いたが、それは宮澤賢治である。この作品を読むと、「サキノハカといふ黒い花といっしょに」といった、やや意味のわかりにくい部分もあるが、「革命がやがてやって来る」とか「新しい時代のマルクス」というところに目が引きつけられる。「童話」だけからうかがわれる宮澤賢治についてのイメージに変更をせまるところがあるようにも思われる。

しかし、断章五にいう「革命」とは、同じ断章の末尾に、「あらゆる自然の力を用ひ尽すことから一足進んで／諸君は新たな自然を形成するのに努めねばならぬ」というところ、特に「新たな自然」という語句から推察すれば、「社会革命」を意味するというよりも、いわば「自然」あるいは農業に関する技術的な「革命」を意味するように思われる。

断章七には「マルクス」とあるけれども、変革は「嵐から雲から光から／新たな透明なエネルギーを得て」なされるとイメージされており、「自然」に関わるという意味で「新たな時代のマルクス」という表現になったのではなかったか。

とはいえ、かりにこの推測が妥当だとしても、一九二〇年代後半の日本社会では、「革命」とか「マルクス」と書いた詩は、やはりいささか激越だとしなければならないであろう。

これらの「断章」の書かれた一九二七年といえば、一九二五年の治安維持法成立後まもないし、共産党員とその同調者に対する大弾圧事件、二八年の「三・一五事件」もまだ先のこととはいえ、遠い話ではない時代であった。

そういう時代の一般論に解消できないこともある。『新校本宮澤賢治全集』の宮澤賢治「年譜」によれば、一九二七年の項に、「思想問題」に関連して賢治に対し花巻警察署長の事情聴取があったとある。また、一九二八年二月の項に、第一回普通選挙の際、労農党稗貫支部に二〇円と騰写版一式をカンパしたという意味のことが書かれている(2)。

革命とかマルクスという言葉はともかくとしても、「諸君はこの時代に強ひられ率ひられて／奴隷のやうに忍従することを欲するか／むしろ諸君よ　更にあらたな正しい時代をつくれ」というところなどには、やはり激しいものがある。

その激しさは、賢治が彼の生きていた岩手県の、詩人のことばならイーハトヴの状況・あり方、そのなかでの自分の位置の自覚と密接につながっていた。そのことを以下において述べたい。

一　「鳥のやうにうたってくらした」時代

賢治の『春と修羅』第二集「序」に、「この一巻は／わたくしが岩手県花巻の／農学校につとめて居りました四年のうちの／終りの二年の手記から集めたものでございます／この四ヶ年はわたくしにとって／じつに愉快な明るいものでありました(3)」とある。

また、先に引用した「生徒諸君に寄せる」のうちの「断章一」は、この「序」のいわばヴァリ

アントであるが、そこには、

この四ヶ年が
　わたくしにどんなに楽しかったか
わたくしは毎日を
　鳥のやうに教室でうたってくらした
誓って云ふが
　わたくしはこの仕事で
　疲れをおぼえたことはない(4)

とある。賢治が農学校に勤めたのは一九二一年一二月から二六年三月末までの四年余りであり、その「終りの二年」とは、二四年四月ころ以降ということになろう。前掲「年譜」によれば、たとえば二四年八月には、農学校で生徒たちによる『飢餓陣営』『植物医師』『ポランの広場』『種山ヶ原の夜』が上演され、一般に公開されたとある。(5)この年の一二月は童話集『注文の多い料理店』刊行の時期にあたるが、年譜の八月の項に並んだ四つの劇は、むろんいずれも賢治の創作劇である。

いま、『飢餓陣営』についてみると、この劇のはじめのほうで曹長と特務曹長が、「糧食はなし

四月の寒さ」と歌う。兵士が一〇人、いずれも空腹に苦しんでいて、

いくさで死ぬならあきらめもするが
いまごろ餓えて死にたくはない
あゝたゞひときれこの世のなごりに
バナナかなにかを　食ひたいな。

と合唱すると、そこにバナナン大将が帰還する。
大将の着けているたくさんの勲章は、食べることのできるもので、特務曹長は大将に勲章を拝見させていただきたいと言いつつ、それを次々と兵たちに食べさせてしまう。すると大将は、泣きながら、「ああ情けない。犬め、畜生ども。泥人形ども、勲章をみんな食ひ居ったな。」と叫ぶ。

兵卒三「おれたちは恐ろしいことをしてしまったなあ。」
兵卒十「全く夢中でやってしまったなあ。」〔中略〕
兵卒九「将軍と国家とにどうおわびをしたらい丶かなあ。」
兵卒七「おわびの方法が無い。」〔中略〕
兵卒三「みんな死なう、自殺しやう。」

というふうに話は展開する。狂言の『附子《ぶす》』を連想させるような具合だが、反戦思想とユーモアがからみ合い、しかも、飢餓という抜き差しならないテーマを扱った作品である。

付言するなら、『飢餓陣営』には、五曲の「劇中歌」が残されている。[6] いずれも『飢餓陣営』の台本に即していて、ユーモラスなところもある歌である。作詞・作曲を楽しみ、生徒たちといっしょに歌ってまた楽しんだことが、つまり、毎日を「鳥のやうに教室でうたってくらし」、疲れを知ることがなかったことがうかがえるではないか。

この時期はまた、『注文の多い料理店』の出た時期でもある。この作品集はさっぱり売れなかったとのことであるが、生徒たちとの間ではこの作品集を話題にしていたのだろう。

そう思ってこの作品集をみるならば、たとえば『注文の多い料理店』の「広告ちらし」に、「糧に乏しい村のこどもらが都会文明と放恣な階級とに対する止むに止まれない反感です。[7]」とあることが思い合わされる。それは、飢餓のなかにあるこどもたちが、「氷砂糖をほしいくらゐもたないでも、きれいにすきとほつた風をたべ、桃いろのうつくしい朝の日光をのむことができます。」（『注文の多い料理店』序）ということが可能となる場所に、あえていえば賢治の教室に生じた話だった。

飢餓というテーマに関連しては、この童話集所収の『烏の北斗七星』[8] も思い浮かぶ。この作品は、「お腹《なか》が空《す》いて山から出て来て、十九隻に囲まれて殺された、あの山烏」の話であり、その意味で『飢餓陣営』に通底している。[9] この両作品は「軍隊」内部で起こった話だという点でも共通であるが、先に書いた「反戦思想」でも通底するものがある。『烏の北斗七星』の場合、山烏との「戦争」に勝利した烏の「大尉」は「敵の死骸」を葬ることを認可され、「どうか憎むことのできない敵を殺さないでいゝやうに早くこの世界がなりますやうに」と祈り、また、「許嫁《いひなづけ》といつしよに、演習ができる」ことを喜ぶ。いずれも反戦的、あるいは反軍的な（少なくとも当時の軍隊のあり方・発想にはとうていなじまない）思いが貫かれており、大正末年だからこそあり得た作品だといえよう。

二　疲労困憊

一九二六年（この年の一二月二五日、大正は昭和と改元される）三月末、賢治は農学校を依願退職し、花巻で独居自炊の生活に入り、その後、羅須地人協会を発足させた。

退職については、すでにその一年ほど前、教え子の一人で、樺太にいた杉山芳松あてに賢治が出した手紙（一九二五年四月一三日付）[10]に言及されている。そこには、「内地はいま非常な不景気です」と書かれ、「わたくしもいつまでも中ぶらりんの教師など生温かいことをしてゐるわけに行きませんから多分は来春はやめてもう本統の百姓になります。そして小さな農民劇団を利害なしに創ったりしたいと思ふのです。」という表明がなされていた。

必ずしも明確な展望があったわけではなかろう。『春と修羅　第二集』「三八四　告別」

（一九二五、一〇、二五、）に、「おれは四月はもう学校に居ないのだ／恐らく暗くけはしいみちをあるくだらう」[11]と歌われているからである。

もう少し年譜的なことに即していうなら、これまでにみた「年譜」の一九二六年の項に、一月一五日から三月二七日まで、「地方の中心人物を養成する必要」から、花巻農学校に岩手国民高等学校が開設され、賢治もその講師のひとりとなり、「農民芸術」を講じた。そしてこれを通じて農民への関心が深まったことも、退職の意思を固めさせるものとなったとしておこう。さらには、宮澤家が「殿さまのやうにみんなにおもはれ」（「口語詩稿」「地主」）ていたこと[12]も作用したであろう。

ここにいう「農民芸術」の内容は、「農民芸術概論」「農民芸術概論綱要」「農民芸術の興隆」という表題の原稿にうかがうことができる。[13]

ところで、『新校本全集』第十五巻には賢治の書いた書簡が収録されているが、これを通読して強い印象を受けるのは、一九二八年ころから始まる肥料、砕石工場（石灰など）に関わる説明を主とする書簡群のおびただしさである。[14]残存が判明している書簡についていえば、これらは一九三〇年・三一年に集中している。

角川文庫版の『注文の多い料理店』などに付けられた中村稔氏作成の「年譜」の記述を拝借すれば、一九二七年に、

田植えの時期、肥料設計、稲作の指導に奔走、二千枚をこえる肥料設計書を書く。

この夏、天候不順のため、稲の倒伏もあり、ほとんど狂気のように村々をかけまわる。とある。また、翌二八年には、「七月、下旬から九月中旬まで旱天による不作、稲熱病の発生のため、その予防と駆除の指導に奔走し、疲労困憊する。」とある。ここに、先にみた労農党との関わりも重なる。

二七年・二八年の賢治の手紙は、『新校本全集』にはごくわずかしか収録されておらず、この年譜の記載をその書簡から細部にわたってうかがうのはいささか困難ではある。とはいえ、賢治の生活が「鳥のやうに歌つてくらす」わけにはいかなくなり、「疲れをおぼえたことはない」と歌った詩人自身の生活が激変したことがうかがえる。

この変化は、『新校本全集』第十四巻本文篇に「羅須地人協会関係稿」「東北砕石工場関係稿」として収録された文書にもその一端が現われているが、賢治の作品『グスコーブドリの伝記』[15]に形象化されているといえるので、以下、この作品をみることにしよう。

三　『グスコーブドリの伝記』

この作品は、「児童文学」誌第二冊（一九三二年三月一〇日発行）に掲載された。しかし、この作品には異稿というべき『ペンネンネンネンネン・ネネムの伝記』[16]（以下『ネネムの伝記』と略称）が残されている。[17]

『ネネムの伝記』と『グスコーブドリの伝記』とを比較すると、いろいろな違いがあるのだが、大きな違いは、ブドリが農民のために苦心した話がネネムにはまったく出てこない点である。それは、『ネネムの伝記』の成立がいつであったにせよ、賢治が農学校の教員となって、そこで農民の子どもでもある生徒たちと接して、その生活をつぶさに知るようになる以前であったことを物語る。

それに対し、『グスコーブドリの伝記』は、農民の生活を、その喜びや苦しみや悲しみを深々と知ることなしには成り立ち得ない作品である。ここでは、異稿や「先駆形」との異同にはこれ以上立ち入らず、『グスコーブドリの伝記』をみることにしよう。

この作品の冒頭に、「イーハトーブの大きな森のなかに」生まれた兄ブドリと妹ネリの兄妹が登場する。「ブドリは十になり、ネリは七つに」なった年には、「七月の末になつても一向に暑さが来ないために」、「いちばん大切なオリザといふ穀物も、一つぶもできませんでした」という状態になった。オリザとはむろん米。次の年も「秋になると、たうとうほんたうの飢饉になつてしまひました」という次第で、「こならの実や、葛やわらびの根や、木の柔らかな皮やいろんなものを」食べたけれども、春が来たころにはついにブドリの両親はひどい病気のようになり、父親はある日、「おれは森へ行つて遊んでくるぞ」と言って「よろよろ家を出て行き」、帰って来ず、翌日夜、今度は母親が「わたしはお父さんをさがしに行くから」と家を出て行ってしまう。

グリム童話の『ヘンゼルとグレーテル』では兄妹が親に捨てられるが、『グスコーブドリの伝記』では両親が家を出て、子どもが取り残されてしまうのである。

二〇日ばかりがすぎ、兄妹のところに「籠をしよつた目の鋭い男」が現われ、「私はこの地方の飢饉を救《たす》けに来たものだ。さあ何でも喰べなさい」と言って、兄妹に食べさせるが、男はふいに「ネリを抱きあげて、せなかの籠へ入れて」そのまま連行してしまう。ブドリは妹を連行した男を「どろぼう、どろぼう。」と「泣きながら叫んで追ひかけ」たが、疲れて倒れる。こうして、森のなかに生まれたブドリは、齢一〇にして、両親と離れ、妹も行方知れずとなってしまう。

ブドリが両親と別れる前年の飢饉の記述には、「五月になつてもたびたび霙《みぞれ》がぐしやぐしや降り」とあって、冷害の兆候が描かれる。他方、「三、沼ばたけ」のところでは、ある年の干害のさまが描かれている。

冷害についていえば、これは東北地方をしばしば襲ったものであり、気象学的には、オホーツク気団からの東風あるいは北東の風、「ヤマセ」と呼ばれる風が主に東北地方の太平洋側に吹き、農作物に被害をもたらす。

第二次世界大戦後には、コメの品種改良が進んで寒さに比較的強い品種が登場したけれども、それ以前には事情が異なっていた。つまり、コメが寒さに強くないからこそ冷害が深刻化するのであって、賢治の時代の東北は、まさしくその冷害の直撃を受けることが少なくなかった。その歴史が、『グスコーブドリの伝記』には刻み込まれている。

いずれにせよ、この飢饉は、『グスコーブドリの伝記』においても、克服すべき課題として物語の冒頭に置かれ、それに対するブドリの苦闘が描かれるのである。

ひとりになったブドリの苦闘の最初に登場するのが、「てぐす工場」である。

妹のネリが連行されるのを阻止しようとして追いかけたブドリだったが、疲れ果てて倒れてしまう。目が覚めると、ブドリは「てぐす工場」にいた。てぐすとは、天蚕糸《てぐすいと》を意味する。両親と離れ、妹とも離れ、食べ物も得られないブドリは、「イーハトーブてぐす工場」で働く以外に道はなかった。

四　地震

生糸について補足すれば、賢治が小学校四年生のときに書いた「綴り方」が残っている。題名は「よーさん」であり、「よーさんとは蚕をおくことであります蚕には春蚕や夏蚕や秋蚕などがあります〔中略〕蚕がまゆをつくるとそのまゆの中でさなぎになりますそのまゆからは生糸が出ます[18]」と書かれている。つまり、「よーさん」は、賢治にとって幼い日から目《ま》のあたりにしていたものだったのである。[19]

てぐす飼いの男は「狂気のやうになつて」働き、やがて「六七台の荷馬車が来て」、製造した生糸を運んでいった。冬の間、ブドリは「森と工場の番」をさせられるが、春になるとまた「あの男が六七人のあたらしい手下を連れて、大へん立派ななりをしてやつて来ました」とある。そして工場の仕事が再開されるのだが、この「大へん立派ななりをして」というところに注目すれば、それは生糸で大もうけをしたことを意味しているのであろう。生糸が日本の重要な輸出品であったことはいうまでもないが、その産地が岩手県にまで及んでいたことをこの部分は示している。

しかし、『グスコーブドリの伝記』では、このてぐす工場は操業を停止せざるを得なくなる。その理由はにわかに襲ってきた地震である。「てぐす飼ひの男」は、「おい、みんな、もうだめだぞ。噴火だ。噴火がはじまつたんだ。てぐすはみんな灰をかぶつて死んでしまつた。みんな早く引き揚げてくれ。おい、ブドリ。お前こゝに居たかつたら居てもいゝが、こんどはたべ物は置いてやらないぞ。それにこゝに居ても危いからなお前も野原へ出て何か稼ぐ方がいゝぜ。」（二〇六頁）と言って、工場を捨てた。ここでは、地震が火山爆発とともに起こったように描かれているが、『グスコーブドリの伝記』では、このあとでも地震のことが繰り返し描かれる。

また、この作品には地震や干ばつや冷害の話が出てきて、あたかも災害史の趣を呈している。地震も、火山灰のゆえに養蚕という産業を成り立たなくさせてしまうようなものとして描かれているのである。

ここで、東北地方の地震と賢治の伝記に話を移してみよう。

一八九六年六月一五日、午後八時半、三陸地方に大津波。死者二万七一二二人、流失・破壊一万三九〇戸（『近代日本総合年表』岩波書店）という。宮澤賢治は同年八月二七日、つまり、地震・津波から約二カ月後に誕生した。

一九三三年三月三日、三陸地方に大地震・大津波、死者約三〇〇〇人、流出倒壊約七〇〇〇戸（同上年表）という。賢治は、同年九月二一日、つまり、地震・津波からほぼ半年後に没した。享年三七。

このようにみると、宮澤賢治は三陸地方を襲ったふたつの巨大地震の年に生まれ、死んだことになる。これは、『グスコーブドリの伝記』が「災害史」のごとくであるという点からみれば、すこぶる象徴的である。

宮澤賢治は、東京に住んだ時期もあったが、基本的には岩手県で暮らした。花巻に生まれ、小学校は花巻だが、盛岡中学校、盛岡高等農林学校に在籍した。その後、花巻の農学校教員となり、一九二六年まで四年あまり教員として勤務し、退職後もほぼ花巻で過ごす。

花巻にせよ盛岡にせよ、海からはやや距離のある場所である。だからといってよかろうが、『狼森《オイノ》と笊森《ざるもり》、盗森《ぬすと》』のような森のイメージ、『注文の多い料理店』の「だいぶ山奥」のイメージはわいても、あるいは、水といっても『やまなし』に描かれた「谷川」のイメージは浮かんでも、「海洋」のイメージに連想がのびるとはいいにくい。

一八九六年の地震については、賢治本人にその記憶がないのは当然としても、年配者から話を聞く機会はあっただろう。しかし、同じときに発生した津波については、地理的な条件からみてどこまで具体的な体験談が聞けたものだったか。(20)

そう考えて賢治作品を読むと、やはり『グスコーブドリの伝記』が目につく。この作品には、「地震」という文字が数回登場する。しかし、「津波」は登場しないようである。[21] ここに書いた「地理的な条件」と関係があるのであろうか。

『ネネムの伝記』には、サンムトリという「青く光る三角な山[22]」が大爆発を起こし、「黄金色の熔岩がきらきらきらと流れ出して」とか、「地殻がノンノンノンノンとゆれ」とか、五回にわたる火山爆発が描かれている。

『宮澤賢治イーハトヴ学事典』の「火山爆発」（石黒耀執筆）によれば、「この『ネネム』執筆開始の前年（一九一八）に、賢治の愛した岩手山が水蒸気爆発を起こした事実は注目に値する」とのことである。また同事典の「火山地形」「火山噴出物」（ともに加藤碵一執筆）には、数多くの賢治作品に、関連する記述がみられることが念入りに記されている。

現在では、地震発生のメカニズムがあれこれ解説されるけれども、その有力な理論としてのプレートテクトニクスは一九六〇年代に登場したものであって、賢治自身はそういう学説については想像もできなかったことに注意しなければならない。

『ネネムの伝記』や『グスコーブドリの伝記』の火山噴火や地震についての描写が、作家自身の経験とどこまで結びついているのかは判然としないが、ブドリの境遇にとって重要なものとして描かれていることは確かである。

五　その後のブドリ

『グスコーブドリの伝記』は、てぐす工場から「三　沼ばたけ」に進む。てぐす工場をあとにしたブドリは、農業肥料をめぐって言い争いをしているふたりの男に出会い、ある男のもとで働き始める。それは、オリザ、つまりコメを作る仕事だった(23)。

しかし、そのオリザに病気が発生、対応に苦慮した。しかし、翌年、「ブドリは大きな手柄をたてました。それは去年と同じ頃、またオリザに病気ができかかつたのを、ブドリが木の灰と食塩《しほ》を使つて食ひとめたのでした。そして八月のなかばになると、オリザの株はみんなそろつて穂を出し、その穂の一枝ごとに小さな白い花が咲き、花はだんだん水いろの籾《もみ》にかはつて、風にゆらゆら波をたてるやうになりました。」(二一二頁)

この年はよかったのだけれども、翌年はそうはいかなかった。

植ゑ付けの頃からさつぱり雨が降らなかつたために、水路は乾いてしまひ、沼にはひびが入つて、秋のとりいれはやつと冬ぢゆう食べるくらゐでした。来年こそと思つてゐましたが次の年もまた同じやうなひ〔で〕りでした。(同)

というわけで、この主人は「たびたびの寒さと旱魃《かんばつ》のために、いまでは沼ばたけも昔の三分一になつて」ブドリにいくらかの金と服と靴を渡し、「どこへでも行つてい丶運を見つけてくれ。」と告げたのだった。

そこでブドリは、汽車に乗ってイーハトーブに行くことにした。ブドリは、沼ばたけで働いているときに読んだクーボー博士の本に感心していたので、イーハトーブでは、その博士の学校を訪ねた。するとクーボー博士は、ブドリにイーハトーブ火山局で働くようにと紹介をしてくれた。その火山局にペンネンナームという老技師がいて、ブドリはこの老技師から「イーハトーブ中の三百幾つかの活火山や休火山」のこと、さまざまな「器械」のことを詳しく教授されたのだった。（二一八頁）

　ブドリはここで数年間働く。その仕事は、火山爆発をコントロールしようというもののようである。また、「潮汐発電所」も、「イーハトーブの海岸に沿つて、二百も配置」された。この電気は、「危くなつた火山を工作したり」、「窒素肥料を降らせ」るために必要であった。（二二三頁）

　ブドリをはじめ、火山局のこうした努力もあって、「その年の農作物の収穫は、気候のせい《ママ》もありましたが、十年の間にもなかつたほど、よく出来ましたので、火山局にはあつちからもこつちからも感謝状や激励の手紙が〔届〕きました。ブドリははじめてほんたうに生きた甲斐があるやうに思ひました。」（二二五頁）ということになったのである。

　もちろん、すべてが順調だったのではなく、「三人のはだしの人たち」との場面もある。

「おい、お前、今年の夏、電気でこやし降らせたブドリだな。」と云ひました。

「さうだ。」ブドリは何気なく答へました。その男は高く叫びました。

「火山局のブドリ来たぞ。みんな集れ。」

するとうちの家《うち》の中やそこらの畑から、〔七〕八人の百姓たちが、げらげらわらつてかけて来ました。

「この野郎、きさまの電気のお蔭で、おいらのオリザ、みんな倒れてしまつたぞ。何してあんなまねしたんだ。」一人が云ひました。

ブドリはしづかに云ひました。

「倒れるなんて、きみらは春に出したポスターを見なかつたのか。」

「何この野郎。」いきなり一人がブドリの帽子を叩き落しました。それからみんなは寄つてたかつてブドリをなぐつたりふんだりしました。ブドリはたうたう何が何だかわからなくなつて倒れてしまひました。（二二六頁）

この「こやし」の件は、ブドリの責任ではないことがまもなく判明するのだが、それはともかくとして、ブドリが伏せっているとき、ブドリの遭遇した事件が新聞で報道され、なんとその記事を見た妹のネリが、ブドリの見舞いに現われた。

そして、「それからの五年は、ブドリにはほんたうに楽しいものでした。」そのうえ、ブドリたちに、その両親の墓があることを告げる人がいて、墓参りをすることもできたのだった。

ブドリが二七歳になったとき、「あの恐ろしい寒い気候」が再来する兆候があった。となれば、子どもだったブドリとネリが遭遇した飢饉がまた起こり、多くの家族がブドリの家のような境遇に陥ることになると深く憂慮したブドリは、クーボー博士を訪ねる。

「先生、気層のなかに炭酸瓦斯《がす》が増えて来れば暖くなるのですか。」

「それはなるだらう。地球ができてからいままでの気温は、大低空気中の炭酸瓦斯の量できまつてゐたと云はれる位だからね。」

「カルボナード火山島が、いま爆発したら、この気候を変へる位の炭酸瓦斯を噴くでせうか。」

「それは僕も計算した。〔中略〕地球全体を平均で五度位温《あたたか》にするだらうと思ふ。」

「先生、あれを今すぐ噴かせられないでせうか。」

「それはできるだらう。けれども、その仕事に行つたもののうち、最後の一人はどうしても遁《に》げられないのでね。」

「先生、私にそれをやらしてください。〔以下略〕」（二二八〜九頁）

という会話があって、結局ブドリは、その「最後の一人」になる。カルボナード火山島はどうなったか。

イーハトーブの人たちは、青ぞらが緑いろに濁り、日や月が銅《あかがね》いろになつたのを見ました。けれどもそれから三四日たちますと、気候はぐんぐん暖くなつてきて、その秋はほぼ普通の作柄になりました。そしてちやうど、このお話のはじまりのやうになる筈の、たくさんのブドリのお父さんやお母さんは、たくさんのブドリやネリといつしよに、その冬を暖いたべものと、明るい薪で楽しく暮すことができたのでした。（二二九頁）

という次第となって、この作品は終わる。

現在では温室効果ガスとして削減が求められている「炭酸瓦斯」が、ここでは温暖化をもたらす有用なものとして描かれているのにはいささか複雑な思いもするが、その温暖化が人びとに幸いをもたらすという結末である。

このように『グスコーブドリの伝記』は、冷害、干ばつによる凶作、飢饉、地震がうち続く、「災害史」としての側面をもち、かつまた、それに対するブドリの苦闘あるいは取り組みを描いているともいえる。

六　その詩集から

この『グスコーブドリの伝記』には宮澤賢治の伝記と重なる部分があることはいうまでもないけれども、木樵の息子ブドリという設定が賢治とは異なることひとつをとっても、重ならない部分も多いことは自明である。また、火山爆発のコントロールを試みる「火山局」なども、空想の産物以外ではないだろう。

しかし、ブドリの努力が飢饉への対応に向けられていることも明らかであって、その点は賢治の生き方に重なる。

しかし、賢治のひたすらなる挺身が、必ずしも周囲の理解を得られていたわけではなかったことにも注意しなければならない。その点は、誤解にもとづくものとされてはいるものの、ブドリが農民たちの殴打を受ける場面に象徴的に示されている。

こうした時代状況などについては、彼の詩作のなかにも描かれている。彼の詩や歌に歌われた世界とブドリのたどった道が重なるということは、それが宮澤賢治にとって、その人生をかけたものであったことを物語る。

まず、『春と修羅　第二集』の「三三五　測候所」（一九二四、四、六、）は、

なんだか非常に荒れて居ります
……凶作がたうたう来たな……
杉の木がみんな茶いろにかはってしまひ
わたりの鳥はもう幾むれも落ちました(24)

と歌う。『春と修羅　第三集』をみると、その七一五、「道べの粗朶《そだ》に」と始まる詩（一九二六、六、二〇、）には、「花咲いたま丶いちめん倒れ／黒雲に映える雨の稲(25)」とみえる。また、「七三〇ノ二　増水」（一九二七、八、一五、）では、「古川あとの田はもうみんな沼になり／豆のはたけもかくれてしまひ／桑のはたけももう半分はやられてゐる(26)」とあって、題名通り、「増水」による被害である。

さらに、「一〇八八」で、「もうはたらくな」と始まる詩（一九二七、八、二〇、）では、「今朝のはげしい雷雨のために／おれが肥料を設計し／責任のあるみんなの稲が／次から次と倒れたのだ」とあり、それが、「けれどもあ丶またあたらしく／西には黒い死の群像が湧きあがる」と連なっ

ていく。(27)

多雨によるものもあれば、干害によるものもある。『新校本全集』第四巻本文篇に「詩ノート」として収録された作品のうち、「一〇九二　藤根禁酒会へ贈る」（一九二七、九、一六、）には、

この三年にわたる烈しい旱害で
われわれのつゝみはみんな水が涸れ
どてやくろにはみんな巨きな裂罅《れつか》がはいっ《ママ》た(28)

とある。また、「口語詩稿」の「毘沙門天の宝庫」には、「大正十三年や十四年の／はげしい旱魃のまっ最中も(29)」という詩句がみえる。

「文語詩稿　一百篇」の「旱害地帯」では、

多くは業にしたがひて　指うちやぶれ眉くらき
学びの児らの群なりき
花と侏儒とを語れども　刻めるごとく眉くらき
稔らぬ土の児らなりき

……村に県《あがた》にかの児らの　二百とすれば四万人
　四百とすれば九万人……(30)

とあって、詩人は旱害の広がりを見すえている。

だが、一九三二年六月に書かれたとみられる手紙（宛先不明）の下書きには、
　只今の県下の惨状が今年麦や稲がとれる位の処でどうかなるとは思はれません。(31)

とあり、事態は深刻の度を増していた。

『新校本全集』では「口語詩稿」に収録された、「鉛いろした月光のなかに」と始まる詩には、いかなる理由によるかは判然としないが、おそろしい光景が歌われる。

こんな巨きな松の枝が
そこにもここにも落ちてゐるのは
このごろのみぞれのために
上の大きな梢から
どしゃどしゃ欠いて落されたのだ〔中略〕
あすこの凍った河原の上へ

はだかのまゝの赤児が捨ててあったので〔中略〕
それからちゃうど一月たって
凍った二月の末の晩
誰か女が烈しく泣いて
何か名前を呼びながら
あの崖下を川へ走って行ったのだった
赤児にひかれたその母が
川へ走って行くのだらうと〔中略〕
何べん生れて
何べん凍えて死んだよと
鳥が歌ってゐるやうだ[32]〔以下略〕

こうした子殺し（ブドリやネリも、この赤児と同じ運命をたどる可能性もあったのだ）の進行する地域と時代。いや、「子殺し」だけではない。「文語詩未定稿」に、「ながれたり」と始まる長い詩がある。摘記するだけにとどめるが、次のような詩句を含む。

ましろに寒き川のさま

地平わづかに赤らむは
あかつきとこそ覚ゆなれ〔中略〕
青ざめし人と屍　数もしら
水にもまれてくだり行く
水いろの水と屍　数もしら
　　（流れたりげに流れたり）〔中略〕
髪みだれたるわかものの
筏のはじにとりつけば
筏のあるじ瞳《まみ》赤く
頬にひらめくいかりして
わかものの手を解き去りぬ〔中略〕
死人の肩を嚙めるもの
さらに死人のせを嚙めば
さめて怒れるものもあり(33)〔以下略〕

この光景はいったい何であろうか。特定の水害のときにおこったことなのか。筏の主は、とりすがる若者を見捨てたとしか読めない聯。「死人の肩を嚙」むとはどういうことか。空腹ゆえか。

地獄のさまを描いた『往生要集』の世界のごとくである。「さめて怒れる」とあるのは、まだ死んでいなかったということだろうが、なんということか[34]。

これは、特定の水害のときに起こったことを描いたものではなく、空想の産物、形而上詩であると思いたい。

さらには、「補遺詩篇Ⅰ」に、「倒れかかった稲のあひだで」と始まる詩句。

倒れかかった稲のあひだで
ある眼は白く忿《いか》ってゐたし〔中略〕
ごろごろまはるからの水車
もう村々も町々も、
衰へるだけ衰へつくし
中ぶらりんのわれわれなんどは
まっ先居なくなるとする[35]〔中断〕

このように「衰へるだけ衰へつくし」たところで、つまり「崩壊」する社会のなかで賢治は苦闘した。その苦闘のなかには「肥料設計」の仕事も含まれていた。しかし、その仕事がうまくいったとして、事態は切り開けるのか。「口語詩稿」の「会見」に、

（ぜんたいいまの村なんて
借りられるだけ借りつくし
負担は年々増すばかり
二割やそこらの増収などで
誰もどうにもなるもんでない
無理をしたって却ってみんなだめなもんだ[36]）

とある。この崩壊現象のなかで、「政治」に期待できるのか。「詩ノート」に「一〇五三　政治家」（一九二七、五、三、）というのがある。

あっちもこっちも／ひとさわぎおこして／いっぱい呑みたいやつらばかりだ
　羊歯《しだ》の葉と雲／世界はそんなにつめたく暗い
けれどもまもなく／さういふやつらは／ひとりで腐って／ひとりで雨に流される／あとはしんとした青い羊歯ばかり／〔そ〕してそれが人間の石炭紀であったと／どこかの透明な地質学者が記録するであらう[37]

また、『春と修羅　第二集』のうち、「三一四　業の花びら」（一九二四、一〇、五、）には、複数の「下書稿」があって、テクスト・クリティーク上錯綜しているが、そのなかに、「こころの暗い〔経済は〕／恐らく微動も／しないだらう」「それらが楽しくあるためにあまりに世界は歪んでゐる」[38]とみえる。

本稿冒頭に、宮澤賢治の「激しさ」と書いたけれども、ここに描かれた「政治家」や「暗い経済」に対し、怒りにも似た激しさを賢治はもっていたとみることができよう[39]。

こうした歪んだ世界において、賢治はひとり苦闘をしいられた。「ひとり」というのは、『春と修羅』「小岩井農場」パート四に、

いまこそおれはさびしくない
たつたひとりで生きて行く
こんなきままなたましひと
たれがいつしよに行けやうか[40]

とあるところによる。その孤独。それは、「補遺詩篇　Ⅱ」の「くらかけ山の雪／友一人なく」[41]とあるところ、また、『銀河鉄道の夜』（第十一巻本文篇所収）に描かれたジョバンニの孤独と通底するものであろう。

ブドリの最後の行動は、『銀河鉄道の夜』におけるジョバンニのことば、「みんなの幸のためな

らば僕のからだなんか百ぺん灼いてもかまはない」（二六七頁）に通じるものがあろう。『グスコーブドリの伝記』の最後では、ブドリは死ぬけれども、「たくさんのブドリのお父さんやお母さん」は生き延びて、「たくさんのブドリやネリ」と「楽しく暮す」ことができたとなっている。

しかし、ここに描かれた楽しさが詩人の空想、あるいは夢であることはいうまでもなく、実際には賢治は悪戦苦闘し疲労困憊した。また、一九二八年夏以降、病気がちとなり、むろんその間にいろいろな作品をつくり、旧作に手を入れたけれども、三三年に、三七歳の生涯を終えた。

詩人は苦闘し、「暗くけはしいみち」で「敗北」したようにみえる。

しかし、「敗北」したのであろうか。それが「敗北」だとして、では、一九二〇年代から三〇年代前半の東北地方で、旱害や冷害に苦しむ農村に身を置き、農民の立場になって考えようとしたとき、

きみたちがみんな労農党になってから
それからほんとのおれの仕事がはじまるのだ[42]

とは歌いはしたが、政治的な展望を描くことはできず、寄生地主制のくびきに深くつながれた社会で、「敗北」しない道はどこにあったのか。[43]

資産家の息子であり続ける以外に道のなかった賢治でなくても、「盲目な衝動から動く世界を／素晴しく美しい構成に」変える展望を、どこに見いだすことができたのか。むしろ、「勝利」しなかったからこそみつめたところを歌い、その苦闘を文学として刻み込んだことに意味があったというべきであろう。

注

（1）これらの「断章」は、『新校本宮澤賢治全集』第四巻本文篇（筑摩書房、一九九五年。以下、『新校本全集』と略記する。ちくま文庫版全集から一カ所だけ引用したが、それ以外すべて新校本全集から引用）では、「詩ノート」付録として収録された「生徒諸君に寄せる」というタイトルの八つの「断章」（二九五頁以下）に含まれている（断章というのは編者の命名だが、以下では単に「断章」と記す）。『新校本全集』第四巻校異篇の説明によれば、これらの「断章」は、一九二七年に「盛岡中学校校友会雑誌」への寄稿を求められて着手され、「しかしついに完成に至らなかったと見られるもの」（三五一頁）だという。

断章五からの引用中の「といふ黒い花といっしょに革命がやがてやって」は、『全集』本文篇では欠落している。その校異について『新校本全集』第四巻校異篇、三五六頁に説明があり、テクスト・クリティーク上問題のある箇所といえよう。しかし、ここでは、『宮澤賢治全集』2（ちくま文庫版）の三〇一頁にしたがって引用した。

（2）『新校本全集』第十六巻（下）、年譜篇、三四三頁、三六六頁。なお、この年譜篇、三六一頁＊59は、このカンパについて考える上では重要だが、ここでは立ち入らない。

（3）『新校本全集』第三巻本文篇、七頁。引用中の／は原文では改行されているところだが、スペースの都合上、改行を／で示す。以下同じ。

（4）『新校本全集』第四巻本文篇、二九五頁。

(5)『新校本全集』第十六巻(下)、年譜篇、二七四頁以下。
(6)「飢餓陣営」は『新校本全集』第十二巻本文篇、三三五頁以下。その劇中歌は『新校本全集』第六巻本文篇、三三七頁以下。
(7)『新校本全集』第十二巻校異篇、一二頁。
(8)『新校本全集』第十二巻本文篇、三八頁以下。
(9)西成彦『新編 森のゲリラ 宮澤賢治』(平凡社ライブラリー、二〇〇四年)は、「空腹」を主題とする童話に注目し、「童話学」について述べている。
(10)『新校本全集』第十五巻本文篇、二二六頁。
(11)『新校本全集』第三巻本文篇、二四八頁。
(12)『新校本全集』第五巻本文篇、六三頁。なお、見田宗介『宮澤賢治』(岩波書店、同時代ライブラリー版、一九九一年、九一頁)では、「殿さまのやうに」思われたのは「宮沢家のことでもある」と解釈されている。
(13)『新校本全集』第十三巻(上)本文篇、所収。
(14)宮澤賢治の書簡集を通読して印象に残ることのひとつは、学友の保阪嘉内に宛てた一九二〇年から二一年にかけての書簡で、賢治が日蓮宗の国柱会に入会したこと、日蓮宗の信者になったことが報告され、保阪にも入信するようにというほとんど狂信的な勧誘の手紙が数多く書かれていることである。しかし、この国柱会の問題については、ここではふれない。
(15)『新校本全集』第十二巻本文篇、一九九頁以下。
(16)『新校本全集』第八巻本文篇、三〇五頁以下。
(17)その他にも、「先駆形」として『グスコンブドリの伝記』(第十一巻本文篇、二三三頁以下)があり、「ペンネンノルデはいまはいないよ 太陽にできた黒い棘をとりに行ったよ」という「覚え書き」がある。
(18)『新校本全集』第十四巻本文篇、六頁。
(19)宮沢家が少なくとも一時期養蚕に関わっていたことは、賢治の父・政次郎あての書簡(一九一八年六月二四日）にもうかがえる。『新校本全集』第十五巻本文篇、八六頁。

(20) 関東大震災のあった一九二三年九月一日、農学校の教員であった賢治は、花巻にいたのであろう。とはいえ、『春と修羅』所収の「昴」という詩（一九二三、九、二三、）には、「東京はいま生きるか死ぬかの堺なのだ」という箇所がみえる。（『新校本全集』第二巻本文篇、二〇三頁）

(21) 漱石の『行人』（単行本化は一九一四年）には、津波は「海嘯」として表記されている。海嘯についての漱石のイメージは、一八九六年の三陸の津波に由来するのであろうか。なお、『宮澤賢治イーハトヴ学事典』（弘文堂、二〇一〇年）をみると、その「事項索引」に「津波」の項があるけれども、それをみても、賢治の作品自体に津波という言葉が出てくるという話ではない。ちなみに、「事項索引」には「地震」という項はないが「大地震」という項があり、事典本文にその項目が立てられている。

(22)『新校本全集』第八巻本文篇、三三八頁。

(23)『グスコーブドリの伝記』について、簾内敬司『宮澤賢治』（影書房、一九九五年）は、「ブドリの足跡とともに、森から田へ、そして街へと、めまぐるしくエネルギッシュに世界は傾斜し、変換されていく。それはまるでめくるめく近代日本史の運行絵巻のようだ」と書いている（七一頁）。また、秋田県や宮城県のような「水稲単作農業地帯」とは異なる、「複合農業の色彩が濃厚」な岩手県の特徴を論じている。同じ秋田県でも地域によると思うが、この対比は類型化だとみればよかろう。

(24)『新校本全集』第三巻本文篇、三三三頁。

(25)『新校本全集』第四巻本文篇、一一二頁。

(26) 同、一〇四頁。

(27) 同、一一三頁以下。

(28) 同、一九二頁。

(29)『新校本全集』第五巻本文篇、五二頁。

(30)『新校本全集』第七巻本文篇、九二頁。

(31)『新校本全集』第十五巻本文篇、四〇九頁。
(32)『新校本全集』第五巻本文篇、二二頁以下。
(33)『新校本全集』第七巻本文篇、一九七頁以下。
(34)この詩のイメージと重なるものに、保阪嘉内あての賢治の葉書(一九一八年一〇月一日消印)がある。冒頭だけ引用すると、「私の世界に黒い河が速にながれ、沢山の死人と青い生きた人とがながれを下って行きます。青人は長い手を出して烈しくもがきますがながれて行きます。」(『新校本全集』第十五巻本文篇、一〇七頁)
(35)『新校本全集』第五巻本文篇、二〇八~九頁。
(36)同、六六頁以下。
(37)『新校本全集』第四巻本文篇、二三二頁。
(38)『新校本全集』第三巻校異篇、三三三頁。
(39)時期が異なるけれども、賢治はみずからの怒りの感情について、保阪嘉内あての手紙(一九二〇年六月~七月。月日不明。『新校本全集』第十五巻本文篇、一八六頁)に、「いかりは赤く見えます」などと書いていた。
(40)『新校本全集』第二巻本文篇、七四頁。
(41)『新校本全集』第六巻本文篇、一一〇頁。
(42)「詩ノート」一〇一六の「黒つちからたつ」(一九二七〔七〕、三、二六、)、『新校本全集』第四巻本文篇、一八五頁。
(43)労農党に共感した賢治の社会主義思想につながる一面は、協同組合的な発想を含んでいたのであろう。それが彼の「ポランの広場」と関連するが、その点については別の機会に論じたい。

叙事詩としての『夜明け前』

加賀乙彦氏は、その『日本の10大小説』[1]において、島崎藤村（一八七二〜一九四三）の『夜明け前』（一九二九〜三五年）を「日本の10大小説」のひとつに選んだ。また、篠田一士氏の『二十世紀の十大小説』[2]は、「二十世紀」といっても選ばれた作品はマルケス『百年の孤独』以外すべて世紀前半に発表されたものではあるが、それはともかく、日本の小説からただひとつ、『夜明け前』を選定している。

しかし、こういう高い評価に対し、この作品を肯定的にみない人もいる。それは発表当初からあったことである。『夜明け前』の『中央公論』連載が始まったとき、川端康成は「文芸時評」のなかでこれを取りあげ、『夜明け前』に一定の評価はしているものの、「非常な疲労を感じさせる」といった調子で、否定的なニュアンスを表明している。[3]時代は飛んで、加藤周一氏は日本の「自然主義文学」をほぼ全面的に否定していたが、その『日本文学史序説』の藤村について述べた部分では、藤村の『新生』について「小説家が家事手伝いに来ていた姪と関係し、姪が妊娠したのにおどろいてパリへ逃げだし、三年経ってから帰国して彼女とよりを戻すという話をむやみに詳しく書き」と述べていて、田山花袋の『蒲団』に対してと同様、断罪というか侮蔑の趣である。『夜明け前』については、「日本の小説家が書き得たもっとも壮大な叙事詩の一つであろう」とは書いているけれども、「その維新史の解釈には創見がない」と、留保つきである。[4]

十川信介氏の近著『島崎藤村』の「はじめに」では、「島崎藤村は好悪の評価がはっきり分かれる作家である」と書きはじめられ、具体例があげられている。[5] その具体例の紹介は省くが、要は藤村評価が大きく分かれるということを確認すれば足りる。

叙事詩

ここではまず、『夜明け前』を留保つきとはいえ「日本の小説家が書き得たもっとも壮大な叙事詩の一つ」とした加藤氏の評価を手がかりに少し考えてみよう。この作品の第一部は、「黒船」浦賀来航の嘉永六（一八五三）年から慶応四年の王政復古の大号令あたりまで。第二部は、それ以降で青山半蔵の死去する明治一九（一八八六）年までの三〇年余を扱う。この作品は、日本における近代国家の成立期を、その黎明期を骨太に描いている点で叙事詩的といえようが、それだけではない。かつて藤田省三氏は、遠山茂樹『明治維新』を評して、これを「「政治史」「経済史」「社会運動史」「思想史」「外交史」の五次元を統合しながら、寸分の隙なく展開された、学問的形態の叙事詩」だと書いた。[6]『夜明け前』は、「学問的形態」をとるものではないけれども、ペリー来航以降の「大激流が作り出す渦巻き」を、「狂瀾怒濤の目くるめく変転の次第」（藤田省三）を重層的に多彩に描いたという意味で、「壮大な叙事詩」というべきであろう。

ここに「重層的に多彩に」と書いたが、その例を挙げ、いささかの注釈をつけてみよう。

『夜明け前』は、青山半蔵という人物を軸にして、木曾の馬籠を舞台に展開される。馬籠は、江戸時代には中仙道の宿場町として栄えたところであり、青山家はそこの本陣、つまり大名などの宿泊所をつとめ、かつ庄屋・問屋も兼ねる家であった。文久元（一八六一）年秋、皇妹和宮が将軍家茂との結婚のために京都から江戸にむかい、中仙道を通過する。「和宮様の御通行」は、

本来なら、これは東海道経由であるべきところだが、それが模様替へになつて、木曾街道（中仙道）の方を選ぶことになつた。東海道筋は頗る物騒で、志士浪人が途に御東下を阻止するといふやうな計画があると伝へられるからで。（第一部第六章、一九三頁）[7]

とある。「東海道筋は頗る物騒」というのは、横浜などにいる外国人を侍が襲撃して殺傷するなどという事件がくり返し起きていた事態などをさす。また、家茂と和宮の結婚は「公武合体」の象徴のように考えられたから、その路線に反発する「志士浪人」が何を引き起こすかわからないという懸念があったわけである。この作品のなかでは、和宮降嫁よりのちの事件であるが、生麦事件のことがやや立ち入って書かれている。馬籠は、一宿場町とはいえ、このような政治動向が生々しく伝わる位置にあった。もっとも、和宮が馬籠を通過したとき、その直前に起こった馬籠の大火のため、和宮が本陣に宿泊することはなかったのだが。

青山家は、その祖先をたどれば相模国三浦の本家から分かれていた。半蔵は馬籠に立ち寄った山上七郎左衛門という人物から、自分は三浦に暮らしているが、家紋などから考えて、馬籠の青山家は自分と同族だと聞かされた。それを機に、半蔵は義兄の寿平次とともに中仙道から江戸へ、そして三浦へと旅をし、祖先を同じくする山上家を訪問する。三浦のその地はペリー来航の地から隔たっていない場所。七郎左衛門はペリー来航時のことなどを「それからそれと」語り、半蔵は三浦半島の漁村へも「さうした世界の新しい暗い潮が遠慮なく打ち寄せて来てゐる」「容易ならぬ時代」（二二七頁以下）だと感じていた。

青山半蔵には、別の困難があった。宿役人には街道沿いの村から人馬を動員する「助郷」という厳しい制度があり、それによって大名行列の類いを円滑に通行させることで封建社会の「秩序」保持に協力する必要があったのだが、「いつまで伊那の百姓が道中奉行の言ふなりになつて、これほど大掛りな人馬の徴集に応ずるかどうかは頗る疑問であつた」（一九一頁以下）からである。また、「徳川様の御威光といふだけでは、百姓も言ふことを聴かなくなつて来ましたよ」（一九六頁）ということばによって、世の変動が「百姓」の世界にまで深く及んできていることが示される。とはいえ、その「百姓」のことが『夜明け前』にほとんど描かれていないという点は、いろいろな人によって指摘されているが、そのことにはここでは立ち入らない。

また、慶応四（一八六八）年春、有栖川宮熾仁の指揮する「官軍」は、東海・東山・北陸の三道を江戸にむかう。

四日に亘つて東山道軍は馬籠峠の上を通り過ぎて行つた。過ぐる文久元年の和宮様御降嫁以来、道幅はすべて二間見通しといふことに改められ、街道に添ふ家の位置によつては二尺通りも石垣を引き込めたところもあるが、今度のやうな御通行があつて見ると、それでもまだ十分だとは言へなかつた。（第二部第四章、一一〇頁）

大名などの馬籠通過はたいへんな騒ぎであったが、それが「官軍」となるとなおさらであった。人馬を大量に動員する必要があるのはもとより、この引用にみられるように、道路の拡幅工事まで行わなければならないから、動員される百姓たちの困難も甚大であった。

以上に、和宮の、そして東山道軍の馬籠通過の箇所を短く引用した。これらの引用だけからも、『夜明け前』が、一方ではペリー来航にはじまる幕末の騒乱を描き、東山道軍のような政治局面を描き、他方では木曾・伊那地方の交通史から付近の村民の困難な境遇やその動向を社会史的に描いていて、これらを重層的に多彩に包含する長篇小説であることがうかがえるであろう。それゆえに、『夜明け前』は叙事詩的というべきであるし、興味のつきないところである。

国学

『夜明け前』を読みはじめると、国学の話が目につく。ここから話をはじめよう。まずは、半蔵の国学への傾斜、あるいは熱中であるが、これは国学といっても、平田篤胤（一七七六～一八四三）の国学である。すでにふれたように、半蔵は同族の山上家を訪ねるべく三浦半島まで出かけるが、彼が江戸に出た目的のひとつは、篤胤の継承者平田鐵胤に面会し、「篤胤没後の門人」に加えてもらうことにあった。そのように国学に傾斜したのは、若き半蔵が接した学問が国学だったことが大きい。

馬籠から約三里に位置する中津川の医師・宮川寛斎は、半蔵の国学上の師で、半蔵は中津川に住む蜂谷香蔵、浅見景蔵とともに寛斎の教えを受けた。景蔵は、中津川本陣の相続者であったが、国学イデオロギーに強くとらわれ、尊皇運動に挺身すべく、幕末の京都に拠点を移すに至る。

国学の徒といっても、この作品には様々な色彩の人物が登場する。熱狂的な国学の徒は暮田正香であって、暮田は「尊皇の意志の表示」（第一部第六章、二四八頁）のため、「等持院に安置してある足利尊氏以下、二将軍の木像の首を抜き取つて」「三条河原に晒しものにした」（同）人物である。暮田はこの行動のゆえに幕府側から追及を受け、それを逃れて、平田門人の多い伊那地方に逃れるべく、半蔵のもとにいっとき身を潜めるという話が出てくる。足利尊氏木像抜き取りのような児戯に等しいこの行動の話はくり返し登場し、国学の徒のなかでひとつの流れを形成することが示されている。

しかし、平田派国学の影響力は明治に入れば急速に失われていくわけで、明治一九（一八八六）年までを描く作品に、なぜそういうものを大きくとりあげたのか。この点は、藤村はなぜ半蔵に「篤胤死後の門人」という役回りを与えたのかという疑問にもつながる。この疑問は、藤村の伝記に即して考えれば、半蔵のモデルである藤村の父・島崎正樹がまさしくそういう人物だったからだということになろう。

けれども、それだけのことなのだろうか。たとえば藤村の『春』（一九〇八年）の登場人物たちにはモデルがあるが、その人名を変え、その住居や出身地をずらすなど、かなりの仮構部分があることはつとに指摘されている。また、『家』（一九一一年）にも、「意識的な地名の消去」[8]がある。さらに、若き日の藤村の小説『水彩画家』（一九〇四年）は、「モデル問題」を引き起こしていた[9]。加えるに、『夜明け前』自体に関しても、いろいろな種類の「詩と真実の綱引き」があったという立ち入った研究もある[10]。

そういうことを勘案すれば、青山半蔵を平田派国学に傾倒する人物とするのは、モデルの「事実そのまま」ではあるにしても、藤村の選択の結果とみることはできないであろうか。

小谷汪之氏は、「青山半蔵」が「父と子の二重映しの像にほかならない」と説得的に指摘しているが[11]、それはともかくとして、半蔵を国学の徒とすることから生じていることが二点指摘できる。第一点は小説構成上の問題に関わり、第二点は明治維新への批判的な観点に関わる。

小説構成と国学

第一点の小説構成上の問題とは、次のようなことである。先にみたように半蔵とともに国学を学んだ浅見景蔵は京都に移る。そして、京都から半蔵に手紙がしばしば舞い込んでくる。そこには、京都の動向がつぶさに記されている。一例が文久三（一八六三）年四月の手紙。当時、第一四代将軍家茂は、京都にあった。その家茂を糾弾すべく三条の橋詰に貼りつけられたという評判の貼り紙の写しまで、その手紙には書きこまれていた。また、景蔵は「勤王」を標榜して宮中に人脈をつくり、その方面の情報も手紙に盛り込んでいた。（第一部第八章）

ここでは小説の展開が手紙を通じて行われていく形になっている。馬籠にいる半蔵を軸に、あるいは半蔵の視点で小説を展開させる場合、江戸や京都で起こったことを半蔵と無関係に書くのでないとすればどういう手法を用いるか。それがここの例では、景蔵からの手紙で表現するという手法になっているが、東美濃から伊那地方には国学の徒が少なくなかったので、その筋からの情報も半蔵のところに伝えられるという形で、つまり国学の徒のネットワークを活用する手法で物語が展開されるのである。このようにみるなら、半蔵を国学に染まった者としたことが小説の展開の上に効果的に作用しているといえよう。なにしろ、「王政復古」のころ、全国に同門の者が三千人（第二部第二章、七二頁）という勢力となるほどだったからである。

そう考えれば、半蔵を国学の徒とすることには、小説構成上の内的な必然性があったことになる。とはいえ、この視点あるいは手法が『夜明け前』に貫かれているともいえない。たとえば、第一部第三章「五」は作者藤村が顔を出した「説明」になっている。小谷汪之氏が的確に指摘しているように、「作中人物の視点と著者自身の視点とがかなり自由に入れ換わっている」のである。[12] けれども、そのように、方法上一貫しないともいえる「入れ換わり」と『夜明け前』の多面的な内容の展開とは、表裏一体をなしているともいえる。

私は今、「国学の徒のネットワーク」と書いた。しかし、その機能が『夜明け前』の第一部と第二部では大きく変化する。つまり、参勤交代が廃止され、木曾福島の関所が廃止され、馬籠のさまが激変し、他方で、平田国学の信奉者も激減する明治期となると、「国学の徒のネットワーク」といってもかつてのようには機能しなくなる。叙事詩の展開を支える視点が失われるとはいわないまでも、薄弱になるのである。（そのぶんだけ、半蔵の姿が前面に出てくることになる。）

明治維新への批判的な観点と国学

第二点の明治維新への批判的な観点とは何か。討幕運動も、その担い手が「自己の力を過信し易い武家であるかぎり、またまた第二の徳川の代を繰り返すに過ぎないのではないか」（第一部第十一章、四四〇頁）という視点である。また、半蔵が本居宣長の『直毘の霊』、つまり『古事記伝』第一巻に属する部分を読む場面が出てくるが、そこに半蔵は「武家以前への暗示」を読みとった。それは「おのづからな神の道」であり、「復古」であり、「まことの革命への道」（第一部第十二章、五〇八頁以下）であり、「草叢《くさむら》の中」（五三二頁）から起きてきたものだとみた。ときあたかも「王政復古」の大号令の出されようとする時期であった。

明治時代となって、馬籠付近の山林にも変化が起きた。このあたりは、幕府時代には尾張藩支配下であったが、幕府の倒壊とともに「官有林」となった。山林の問題は、「旧領主と人民との間に続いた長い紛争の種」（第二部第八章、二六四頁以下）だったが、新政権になって事態が改善されるであろうと期待した人民の希望とは裏腹に、新たに設置された筑摩県の官吏が幕府時代の慣例をも無視して一段と厳格な山林管理を行ない、そのために日常の薪炭をとりに林に入った百姓たちは「盗伐」の廉で「腰縄付きで引き立てられて行く」こととなった。戸長となっていた半蔵は、事態の改善を目指し、あちこちの村を訪ね回って意見調整をし、「十五人の総代の署名と調印とを求め」、古い木曾山が「自由林」であったことを文書上から確認し、過去の嘆願書の写しまで添えて、明治六（一八七三）年はじめ、木曾の福島支庁に書面を提出したのに、支庁から召喚状が来て、出かけてみると、半蔵を待っていたのは「今日限り、戸長免職と心得よ」というお達しであった。

翌日の帰り道には、朝から晴れた。青々とした空の下へ出て行つて、漸く彼も心の憤りを沈めることが出来た。いろいろ思ひ出すことが纏まつて彼の胸に帰つて来た。

「御一新がこんなことでいいのか。」

と独り言を言つて見た。（同、二八六頁）

維新とは何だったのか。現に進行している「維新」は、半蔵の思い描いた「武家時代以前」にではなく、「第二の徳川の代を繰り返すに過ぎない」のではないか。その批判的視点を形成しているのが半蔵の国学理解であった。半蔵はまた、国学の先駆者たちのなかに「一大反抗の精神」（第一部第二章、五六頁）をみていた。その精神にしたがって、また戸長としての職責上、半蔵は嘆願書提出に奔走した。[13] その彼を迎えるに戸長免職をもってした官庁の対応に対する批判的な視座の根拠を、この時代において半蔵はどこに求めることができたか。明治六年はじめといえば、福沢諭吉の『学問のすすめ』もまだその「初編」だけしか出ていない時期であった[14]。

そう考えれば、半蔵に批判的な視座を提供する思想としては国学以外にみあたらなかったがゆえに、半蔵を平田国学の徒として積極的に位置づけたということでもあろう[15]。

しかし、青山半蔵は、国学を「純粋に」あるいはもっぱらイデオロギーとして信奉したために、第二部後半に至り、献扇事件を起こし、寺に放火しようとした結果として、座敷牢に閉じ込められて狂死する。半蔵の死は、「御一新がこんなことでいいのか」という抗議のことばの延長線上にある。その「御一新」を批判する視点は、半蔵の意識としてはやはり国学に基づいており、これを「反近代」と位置づけることもできよう[16]。いずれにせよ、第二部後半が、第一部から第二部の前半にかけてみられる重層的で多彩な、叙事詩的といえる性格を著しく弱める結果になっていることは否定しようもないだろう。

「現代」との関連

『夜明け前』を読んでいると、ふとこれは「現代」、つまりこの作品が発表された一九三〇年前後のことではないかと思わせる記述が出てくる。たとえば、咸臨丸の話題が出てくるから、一八六〇年ころの話であろうが、

安政大獄以来の周囲にある空気の重苦しさは寛斎の心を不安にするばかりであつた。ますま

す厳重になつて行く町々の取締り方と、志士や浪人の気味の悪いこの沈黙とはどうだ。(第一部第四章、一四九頁)

というのだが、『夜明け前』の連載が始まったのは一九二九年四月であり、第一部の連載の完結が三一年一〇月。二七年三月には金融恐慌が起こり、翌二八年には共産党員とその同調者に対する全国的大検挙(三・一五事件)が起き、二五年に制定された治安維持法が二八年六月には緊急勅令によって死刑・無期刑を含む形に「改正」されていた。同じ月には中国で張作霖爆死事件が起きていた。

また、第一部第二章に描かれた「牛方事件」も印象深い。一八五六年に起こったこの事件は、街道で荷物運搬に従事する牛方たちと問屋との紛争で、結局牛方たちの勝利に帰したものである。半蔵の眼は、「上に立つ役人や権威の高い武士の方に向はないで、いつでも名も無い百姓の方に向ひ、従順で忍耐深いものに向ひ向ひした」(第一部第二章、八三頁)し、「下層にあるものゝ動きを見つけるやうになつた」とある。

このあたりは、一九二〇年代後半に頻発した労働争議や小作争議を連想させる。岩波の『近代日本総合年表』によれば、一九二七年に小作争議二〇五二件(参加九万一三三六人)、二八年に小作争議一八六六件(参加七万五一三六人)とある。こうした時代的雰囲気と『夜明け前』の描写を重ねることを藤村がどこまで意識していたか、私にはわからないが、『夜明け前』を読むと、そういう連想が頭をよぎる。

別の例を挙げる。慶応元（一八六五）年秋、兵庫開港をめぐる政局において、「阿部豊後、松前伊豆両閣老免職の御沙汰が突然京都から伝へられた」（第一部第十一章、四六二頁）とある。つまり、老中阿部正外、同松前崇広が兵庫開港を英・米・仏・蘭の四カ国に約した廉で「叡慮により官位を召し上げ」というのだが、これでは将軍の権力をないがしろにするものではないかという至極当然の反発が幕府内に生じる。歴史上の詳細な経緯はともかくとして、ここには朝廷と公儀（幕府）の二重権力状態が現出していた。一九一〇年代から二〇年代の政治は、衆議院を軸とした憲法的機関と、元老・軍部・枢密院などの非立憲的な「変態的制度」（吉野作造）との相克という側面[17]をもち、そう考えれば、どこか幕末の二重権力状態を連想させる。

加えるに、幕末の二重権力状態は、「決められない政治」のようでもあり、今世紀に入っての日本の政治状況を連想させるところがあるが、さりとて「決められる政治」が望ましいかどうかは別問題である。

もうひとつの例。相良惣三（相楽総三）の「偽官軍」事件に関連してだが、次のようなくだりがある。

地方の人民に宛てゝ東山道総督執事が発した布告は、ひとりその応援を求める意味のものにとゞまらない。どんな社会の変革でも人民の支持なしに成し就げられたためしのないやうに、新政府としては何よりも先づ人民の厚い信頼に待たねばならない。〔中略〕こんな風に、新政府が地方人民を頼むことの深かつたのも、一つは新政府に対する沿道諸

藩が向背のほども測りがたかったからで。〔第二部第三章、七七〜七八頁〕

ここに「地方人民を頼む」とあるのは、相楽総三などを新政府が利用したという含みをもつのだろうが、半蔵も利用されたとみることができよう。ただ、半蔵は武士ではなかったから、相楽の運命とは別の運命をたどることになった。

それはともかく、このあたりの描写は、一九二〇年代と重なるというより、「世論」にある意味で敏感な二一世紀の現在と微妙に重なるようにも思われる。

以上、『夜明け前』発表期と「現代」との重なりについて書いたのだが、このことは『夜明け前』発表のころからいわれていたことでもある。『夜明け前』第一部の『中央公論』連載が完結してまもなく、青野季吉「『夜明け前』（第一部）を論ず」が雑誌『新潮』（三二年二月号）に掲載された。この評論のなかで青野は、

『夜明け前』の第一部を読み味つた何人も、その全体の感銘が恰も現在を材料にした世界のやうに受取れるのに驚くであらう。〔中略〕

作者をかういふ過去の再認識へと追ひやつたものが何であるかは、寧ろくどいほどに第一部で繰返し表現されてゐる。それは現在の社会の動揺であり、胸を打つやうな変移の相であり、『内にも外にも』ある嵐の圧力であるのだ。(18)

と書いている。また、第二部が完結をみてほどなく書かれた勝本清一郎「島崎藤村論――『夜明け前』完成を機会に」（『日本評論』一九三五年十二月）で勝本は、

水戸学の根底を批判してゐる点ではその系統のイデオロギーといまだに縁の切れてゐない現時の滔々たるファッショ思潮に対して、巨匠渾身の鬱然たる熱烈峻厳なる抗争を形成してゐるのが、この「夜明け前」の一書だと云ふ事も出来るのだ。第一部を書き終へた時の附記〔一九三二年一月号〕の中に作者は「今満洲事変の空気の中でこれを書き終つたところである」と感慨深く記してゐる。あの空気の中でもすでにこの作者は、その遠くを見る清澄な眼でかかる深い警告を考へてゐた訳である。(19)

と書いている。「水戸学の根底を批判」というところを、排外主義イデオロギーと解釈すれば、現在の日本が「尊王」や「攘夷」の「心理的悪癖」（藤田省三）に離れがたくとりつかれていないのか、そんなことを考えさせられる。

青野が「その全体の感銘が恰も現在を材料にした世界のやうに受取れるのに驚くであらう」と書いているところを読み、わが意を得たりの思いであったが、青野のいう「現在」がまた二一世紀の「現在」であるかのようにもみえてしまうところにも、『夜明け前』の面白さがある。

ついでに補足すると、一九三二年に単行本となった『夜明け前』第一部は、三四年秋に結成された新協劇団の旗揚げ公演として、同年一一月に築地小劇場で上演された。村山知義脚色、久保栄演出で、半蔵役は瀧澤修であった。(20)左翼演劇であるから、時代状況に抗議する意味合いが込められていたのであろうし、左翼的演劇人の思いに重なるものをも『夜明け前』は備えていたといえよう。

青野季吉、勝本清一郎と、もっぱら左翼的評論家に依拠するようだが、それとは別系列の小林秀雄や和辻哲郎も『夜明け前』をおおいに評価していたことを書き添えておこう。(21)

地震・海嘯

『夜明け前』を読みはじめてしばらくすると、地震や海嘯《つなみ》の記事が目につく。岩波の『近代日本総合年表』によれば、嘉永七(一八五四)年一二月二三日陰暦一一月四日、駿河・遠江・伊豆・相模に大地震・津波。倒壊流失八三〇〇戸、死者一万人余。続いて五日、伊勢湾から九州東部にかけて大地震。倒壊一万戸、死者多数、東海道交通途絶、とある。

翌安政二年一一月一一日陰暦一〇月二日夜、江戸に大地震。余震八〇回、火災各地におこる。江戸城・諸侯邸・民家・社寺の被害甚大。倒壊一万四〇〇〇戸、死者七〇〇〇人余(安政大地震)、とある。

藤村が『夜明け前』執筆に際し、「これなら安心して筆が執れるといふ気」にさせたのが『大黒屋日記』であることは周知のところである。これは、馬籠の大黒屋・大脇家の「年内諸事日記帳」であり、文政九(一八二六)年から明治三(一八七〇)年に至る四十余年にわたる記録である。藤村は大黒屋十代目当主からこれを借り受け、『大黒屋日記抄』をつくった。『藤村全集』第十五巻に「『夜明け前』ノート」として収録され、この巻の五〇〇頁分余りになる膨大な「日記抄」である。(22)

この『大黒屋日記抄』には、ここに記した地震のみならず、木曾地方で感じられた地震のさまが丹念に記されている。一例を挙げれば、一八五四年一一月四日以降の『日記抄』には、馬籠の様子が克明に記録されているだけではなく、各地からの手紙への言及もあって、「東海道岡崎宿・吉田・あら井宿海嘯にて余程損じ候様子に候」（全集版、二七二頁）とか、「大坂地震絵図並に東海道宿々損所書付とも委細拝見申候処、噂よりも大変。驚入。前代未聞と申事に候。尼ケ崎などは地中へ二尺八寸〔約八五センチ〕ほど地行沈み、津波大変。東海道宿出火、潰れ家、おびたゝ《ママ》しく、宮宿より吉原宿までの間無難の宿は漸く二宿のみ」（二七三頁）といった具合で、同種の情報が次々に記されている。

『大黒屋日記』に書かれた地震の記事に藤村が着目し、『日記抄』に書き込んだのは、関東大震災（一九二三年）の体験がなまなましく残っていたからに相違ない。また、馬籠が片田舎の一宿場にすぎないのではなく、各地の情報が集まってくる場所であったことも改めて印象づけられる。地震についても幕末と一九二〇年代の重なるところであるし、『日記抄』における震災の記述もじつに印象深いけれども、震災・災害の問題には、ここではこれ以上立ち入らないことにする。

維新史

さて、『夜明け前』第一部は、歴史小説の趣が強い。その時代は、「黒船」浦賀来航から青山半蔵の死去までの三〇年余である。

その間の「歴史小説」ということになるが、この作品はすでに述べたように国学を大きく取り扱っているから、思想史的な観点から重要な人物が出てくるかといえば、福沢諭吉も中江兆民も、まったく登場しないわけではないが、その名前が二回程度出てくるだけのようであるし、「自由民権」ということばも、この作品の末尾近くに一度出てくる（第二部第一四章、四七一頁）だけかと思われる。[23]

福沢や兆民に比べれば、西郷隆盛や伊藤博文の名前はそれぞれ一〇回以上登場する。しかし、西郷の名前は、「相良惣三」の偽官軍事件に関連して示唆され、征韓論や西南戦争の話題に関連して短く言及されるにとどまり、伊藤も「俊介」（俊輔）という若き日の名前でエピソード的に登場するにすぎない。

なぜ、福沢や兆民、西郷や伊藤がほとんど登場しなかったかといえば、この小説が馬籠を中心に展開されていることに関係があろう。「伊藤俊介」が中仙道を通過したことがあったかどうか私は不案内だが、通過していたとしても馬籠「本陣」に宿泊することはなかったに相違ない。（また、明治期に入ると、馬籠は交通の要衝としては急速に衰えるから、馬籠を中心とする「叙事詩」の展開ははなはだ困難になってくるといえるであろう。）

では、『夜明け前』に出てくる政治的な「歴史」として印象深いものは何かといえば、相良惣三の偽官軍事件（第二部上）や、水戸の「天狗党」の逃走（第一部下）が思い浮かぶ。

なぜこれらの事件が印象的に書かれたかといえば、両方とも中仙道を通過したからであって、ことに偽官軍事件の場合は、半蔵もこの通過にいささか協力し、あとになってお咎めを受ける羽目になるし、それがまた半蔵の明治政権に対する印象の一部を形成することになる事件でもあったからである。

ただ、この偽官軍事件が歴史学的に「正確」に書かれているかという基準で考えれば、疑問もあるのかもしれない。だが、この作品では、この事件が半蔵やその周囲の人びとにどのように伝わってきたのかということを含めて書かれている。現在でも、政治にまつわる事件は情報が錯綜する形で入ってきて、「真相」が必ずしも明確でないということはあるだろう。偽官軍事件のくだりを読むと、そんなことも考えさせられる。

いずれにせよ、馬籠に視点を置きながら物語を展開させるという手法は、明治期の「歴史小説」という角度からみれば、つまり大まかにいって『夜明け前』第二部、ことにその後半になると、描かれた話が周縁化したものになる結果を強めているといわざるを得ない。

このことに関連して、藤村は、青野季吉に対して次のように語っている。

あの主人公は、兎に角世の中の事を本当に心配する気持はあつた人には相違ないが、しかし、つまり時勢といふものを本当には摑み得なかつた、といふやうなさういふ悲みを有つて居るのかと思ひますな。(24)

つまり、半蔵は明治期に入ると「時勢」の流れから取り残されたようになったということであって、私が「話が周縁化したものになる」と書いたことを裏書きしている。

開明的外交官

しかし、第一部では、そうとはいえない。第一部に登場する政治家（外交官）として強い印象を残すのは、幕府方の岩瀬肥後と山口駿河である。

岩瀬肥後も山口駿河も馬籠本陣に宿泊したことのある人物であるが、岩瀬については半蔵の師である宮川寛斎が、喜多村瑞見という元幕府奥詰の医師と横浜で知己を得て、喜多村から岩瀬の話を詳しく聞くという形で物語が展開する。だから、半蔵の聞いた話のようにもみえるけれども、横浜で先駆的に絹を売りさばいて利益をあげた寛斎は、半蔵のもとに立ち寄らずに中津川にもどったとあるので、半蔵が寛斎から岩瀬のことを詳しく聞いたとは思えない。山口駿河に関しては、京都・大坂方面からいろいろな情報が来ているということではあるが、半蔵が把握していた情報では判明しないと思われる話がいろいろに描き込まれていて、馬籠に視座を据える、あるいは半蔵の耳目に入ったことを書いていくという手法が貫かれているとも思えない。それだけに、藤村はこれらの人物を浮き彫りにすること自体に大きな関心をいだいていたといえるのであろう。

喜多村瑞見についていえば、藤村は、幕臣栗本鋤雲（一八二二～九七）のおもかげを『夜明け前』に写したと回想している。栗本は（作中の喜多村も）医師ののち、昌平黌《しょうへいこう》頭取となり軍艦奉行となった人物。藤村の回想文を引けば、「横須賀造船所建設の創案に、仏式陸軍の伝習に、仏国語学所の開設に、およそ翁の考案に出たものは施設みな時宜に適はないものはなく、新日本の建設の土台となつたやうなものばかり」だという。[25] 開明的にして潔い人物であった。

瑞見のことを、宮川寛斎は「こんな頼母《たのも》しい人物も幕府方にあるかと思はれるやう」（第一部第四章、一五二頁）といっている。その瑞見は、岩瀬肥後守を「神奈川条約（日米和親条約）の実際の起草者」（同、一五二頁）とし、さらに次のように評している。

瑞見に言はせると、幕府有司の殆んどすべてが英米仏露をひきくるめて一概に毛唐人と言つてゐたやうな時に立つて、百方その間を周旋し、いくらかでも明るい方へ多勢を導かうとしたものゝ摧心《さいしん》と労力とは想像も及ばない。岩瀬肥後はそれを成した人だ。最初の米国領事ハリスが来航して、いよいよ和親貿易の交渉を始めよう《ママ》とした時、幕府の有司はみな尻込みして、一人として背負《しよ》つて立たうとするものがない。皆手を拱《こまね》いて、岩瀬肥後を推した。そこで彼は一身を犠牲にする覚悟で、江戸と下田の間を往復して、数ケ月もかゝつた後に漸く草稿が出来たのが安政の年の条約だ。（同、一五三頁）

半蔵にしてもその師・寛斎にしても国学の徒ではあるが、狂信的な排外主義から切れた一面のある人物であり、「夜明け前」の世界を「いくらかでも明るい方」へ進めようとした岩瀬肥後の知的理解力と勇気を見極める眼をもっていた。

今ひとりが山口駿河である。山口は外国奉行の首席であって、一八六五年に英米仏蘭の兵庫開港要求に際し、交渉の役目を負わされ江戸から大坂に赴いた人物である。英仏の外交官との交渉に当たったのは、老中松平伯耆守らと山口駿河。先に少しふれたように、この時点の日本は、公儀（幕府）と朝廷による二重権力的な外交がなされているから、実際に現場で外国の外交官と交渉する担当者の苦労困難は並大抵ではない。山口駿河は、兵庫開港の承認という形で話をまとめようとするが、老中連は逃げの一手。

各国艦船が淀川を遡上して京都に進もうとする気配をみせるなか、山口は面識もあり会話も出来るロセス（フランス人外交官レオン・ロッシュ）と交渉し、「万事満足な結果に終了」（第一部第十一章、四七〇頁）、つまりは兵庫開港を承認する形で話をまとめ、翌朝には外国船が横浜に戻っていくこととなった。

しかし、これを認めようとしない朝廷側への配慮から、山口駿河は京都を離れることを命じられ、しばらく前に上ってきた中仙道を再び江戸に向かう。その途中、駿河は馬籠本陣にたどり着き、一泊した。翌日、半蔵が駿河の逗留する部屋を訪れる。

午後にも半蔵はこの客人を見に来た。雨の日の薄暗い光線は、その白地に黒く雲形を織り出した高麗縁の畳の上に射して来てゐる。そこは彦根の城主井伊掃部頭も近江から江戸への往き還りに必ずからだを休め、監察の岩瀬肥後も神奈川条約上奏のために寝泊りして行つた部屋である。この半蔵の話が、外交条約のことに縁故の深い駿河の心をひいた。〔中略〕

深い秋雨はなかなか止みさうもない。大目付に随いて来た家来の衆はいづれもひどく疲れが出たといふ風で、部屋の片隅に高鼾《いびき》だ。半蔵は清助を相手に村方の用事なぞを済まして置いて、また客人を上段の間に見に行かうとした。心にかゝる京大坂の方の様子も聞きたくて、北側の廊下を回つて行つて見た。思ひがけなくも、彼はその隠れた部屋の内に、激しく啜り

泣く客人を見つけた。（同、四七四～五頁）

半蔵は、山口駿河から京都大坂の様子をつぶさに聞くことはなかったかのようである。しかし、全力で外交交渉に当たったその努力が必ずしも認められなかった悲しみ、あるいは怒りが、木曾山中をつつむ深い秋雨の印象とともに読むものに迫る場面である。

ここで私は、岩瀬肥後と山口駿河という『夜明け前』第一部に登場する印象深い人物について、簡略に紹介した。藤村が幕末・維新史を描くにあたり、幕府の開明的官僚に共感的なまなざしを注いだ(26)ということは、明治以降の藩閥政治に対する批評的意味を含意しているようにも思われるが、しかし、それだけではない。このふたりは、国際性のある開明的で勇気ある外交官として描かれるが、そのような外交官を満洲事変開始直前の時点で描き出したところに、『夜明け前』のみのがせない一側面があるというべきであろう。

その文章

私が『夜明け前』に引きつけられた一因は、その文章である。その点を、藤村そのひとの書いているところを借りて説明してみることにしよう。藤村は、「言葉の術」というエッセイで、モウパッサンの意見に、

『思想のあらゆる陰影を具体にするためには、偏異な語彙、即ち現今文芸の名に於いて、われらに強ひらる、複雑多種な外国的言語を要しない。われらは反つて同一語がその充たす

場処によつてその価値に変化を来す所以を、最も明確に識別すべきである。』これは適所に置かれた言葉の力がいかに強いかを教へたものだ。同じモウパッサンは、今よりは数は少くとも、その意義の殆んど測り知られないほど陰影をもつた名詞、動詞、及び形容詞があらば足りると言つた。〔中略〕この意見をもつた人の書いた『女の一生』が仏蘭西にある散文の最高潮に達したものとして、かなり気質の違つたトルストイをして感嘆措くあたはざらしめたといふことも不思議はない。一方から言へば、トルストイはそれを感知するほど言葉に敏感であつたとも言へる。(27)

と書いている。藤村は、これが『夜明け前』執筆時の心がけだと言っているわけではない。藤村が『夜明け前』連載開始に当たって述べたのは、「私はまた成るべくやさしい平談俗語をもつてこれを綴るであらうといふこと(28)」であった。

この「平談俗語」という表現は、『千曲川のスケッチ』(一九一二年)に藤村がのちに付けた「奥書」(一九三六年)に、「徳川時代に俳諧や浄瑠璃の作者があらはれて縦横に平談俗語を駆使し、言葉の世界に新しい光を投げ入れたこと」が明治の近代文学にとって重要だったと述べられているところにもみられる。

このことを念頭に、ここに引用したモーパッサンについての論を読めば、それは藤村がこの「奥書」で「平談俗語」と言っているものと重なると理解できよう。とはいえ、実際には藤村自身が『夜明け前』について、「作の性質はさうやさしい言葉ばかりも許さないやうな場合も起つて来

てゐる」と述べた。勝本によれば、

勝本清一郎は、先に引いた評論のなかで、「藤村氏のこの作品の言葉の特殊な美しさに打たれた」と認めるような場合もあった。[29]

膠着語である日本語には源氏物語以来、蔭影に富んで柔かな暈のある絵画的な性格があつて、谷崎潤一郎氏などは専らそれを目掛けてゐるのだが、藤村氏が捉へてゐる日本語の美しさは日本語のもつと他の側面のもの——輪郭の明晰な、誇張のない、理性的な明るみと骨ぶとの感情味を持つた、簡潔な語法の彫刻的な効果をめざしたものである。日本語のさうした骨太の彫刻的な側面は古事記や万葉集で生かされて以後、長いこと埋もれてゐたものである。[30]

ということになる。ここで勝本は、文章における谷崎的な行き方と藤村的な行き方を対比しているのであるが、叙事詩的な歴史小説の文体として考えれば、藤村の行き方が当然の方向だったといえよう。

「歴史」といえども、「言葉」であった。藤村は、

『夜明け前』を書くためには、作の性質から言つても参考となるべき種々な旧い記録を読まねばならなかつた〔中略〕わたしはやはり『言葉』から入つて行つた。『言葉』から歴史に入ることは、わたしなぞの取り得る真実に近い方法だ。[31]

いかに故実をよくしらべ、考証の行き届いたやり方でも、たゞそれだけでは歴史は活き返つ

て来なかつたとも言はれよう《ママ》。[32]

と書いている。

『夜明け前』に対する批判として、歴史上の事実との「整合性」という角度から諸家の指摘がある。むろん、歴史的事実にそぐわないことは問題であろう。しかし、藤村の志向が、歴史家のそれとは異なっていたこともたしかであろう。藤村はいう。

考証家は表面にあらはれただけの事実でも成るべくそれを精しく捉へよう《ママ》とする。私は違ふ。私は自分の心に何度となく活き返り活き返りするものを求める。さういふものこそ、自分の生まれて来た時代の源であつたと考へる。そして、さういふものを通して、何度となく夜明けの時の気分に帰つて行かうとする。[33]

引用が多くなったが、もうひとつ。

『一日として事なき日なし』といふことを座右の銘としたゾラを今日に活かして見たい。〔中略〕彼は現実を摑み出して紙の上にひろげて見せる逞しい力に富んだ作家であるから、現代日本を観察して何を捉へ何を赤裸々に描写するか、興味ある問題となつたであらう。彼は実験的な方法を文学に取り入れ《ママ》ようとした作家であるから、かなり簡潔で、且つ明快な日本文を書いたであらう。[34]

これは、一九三〇年に春秋社から翻訳出版された『ゾラ全集』に寄せた一文と思われるので、ここで藤村が「今日に活かして見たい」と書いているのは、時期的にみて『夜明け前』を念頭に置いたものだと判断してよかろう。とすれば、「現実を摑み出して紙の上にひろげて見せる逞しい力」を自らも発揮し、それを「かなり簡潔で、且つ明快な」「平談俗語」で書こうとしたように読める。作家が意図すればそれが作品に実現されるとは限らないけれども、ここに記した彼の気迫が『夜明け前』という叙事詩を支える散文を生んだと考えたい。

注

（1）加賀乙彦『日本の10大小説』ちくま学芸文庫（筑摩書房）、一九九六年。
（2）篠田一士『二十世紀の十大小説』新潮文庫、二〇〇〇年（親本、新潮社、一九八八年）。
（3）川端康成「島崎氏の「夜明け前」」（『文藝春秋』一九二九年八月「文藝時評」）、『新装版藤村全集』別巻（分冊・上）筑摩書房、一九七四年再版、所収。以下、藤村の全集はこの再版により、単に『藤村全集』と記す。
（4）加藤周一『日本文学史序説・下』『加藤周一著作集』第十五巻、平凡社、一九八〇年。
ついでながら、『夜明け前』刊行のころの明治維新史への関心という点では、マルクス主義的な観点の『日本資本主義発達史講座』（岩波書店、一九三二〜三三年）は別としても、史学会（東京帝大を中心とする）編『明治維新史研究』（冨山房、一九二九年）という八〇〇頁を超える著作が出ていた。三上参次が「序」を、黒板勝美が「跋」を書いており、三〇名ほどの論文がならんでいる。このように、当時は明治維新から六〇年ほどが経過し、明治維新に対する一定の関心が生まれていた。
（5）十川信介『島崎藤村』ミネルヴァ書房、二〇一二年。
（6）藤田省三「史学における叙事詩――「遠山茂樹著作集」刊行に寄せて――」（一九九〇年）『藤田省三著作集8　戦後精神の経験Ⅱ』みすず書房、一九九八年。
（7）『夜明け前』第一部・第二部は、それぞれ『藤村全集』第十一巻、第十二巻により、引用に際しては、原則として旧字体は新字体に改め、「くの字点」なども当世風に改めた。
(8) 笹淵友一『小説家島崎藤村』明治書院、一九九〇年、二八三頁。
(9) 伊藤整『日本文壇史11　自然主義の勃興期』(新装版)講談社、一九七八年、第四章参照。
(10) 滝藤満義『島崎藤村　小説の方法』明治書院、一九九一年、二五六頁。
(11) 小谷汪之『歴史と人間について　藤村と近代日本』東京大学出版会、一九九一年、六九頁。
(12) 同前。唐突のようだが、萩原延壽『遠い崖』は、一八六二年に来日したイギリスの外交官アーネスト・サトウの日記を軸とする長大な伝記であり、『夜明け前』に描かれた事件と重なるところも描かれている。『遠い崖』は小説ではないから、作品中の主人公の視点と著者の視点は、「入れ換わる」のではなく、明瞭に区別して記述される。馬籠に拠点を置き、幕末維新を「下から」見ようとする意図をもった『夜明け前』では「国学の徒のネットワーク」を設定することが必要であったが、『遠い崖』では外交官であるサトウにはさまざまな情報が入り込んでくるから、彼とともに時代を追う条件が整っているといえる。
(13) 半蔵が村のリーダーとしての職責上から行動したという点で、私は田中正造が下野国小中村の名主として行動したことを連想し、半蔵の「献扇事件」では正造の「直訴」事件を連想する。この連想は妥当であろうか。
(14) のちにふれる『大黒屋日記抄』の天保二(一八三一)年の見出しに「正樹(生る)」とある。藤村が父正樹の誕生時期をメモしたものである。同様の見出しのうちに、天保五(一八三四)年に「(この年福沢氏生る)」とある。『藤村全集』第十五巻所収の「島崎氏年譜」(藤村作成)をみると、福沢諭吉にまつわる記述が実に多く、福沢全集からの引用まで含まれている。それほどの福沢への関心の深さと、『夜明け前』での福沢への言及の少なさは対照的で、ふしぎといえばふしぎである。
　ちなみに、「島崎氏年譜」の起点は享和元(一八〇一)年だが、そこには「本居宣長の死(九月)」とあり、国学への思い入れが象徴的に特記されている。
(15) 藤村が『夜明け前』執筆に際して資料として重視したものに、市村咸人『伊那尊王思想史』(一九二九年一〇月)がある。この本の出版時、すでに『夜明け前』の連載は始まっていた。市村のこの本について手短には、鈴木昭一「「夜明け前」――『伊那尊王思想史』との関連――」伊東一夫（代表）編『島崎藤村――課題と展望』明治書院、一九七九年、所収、参照。

(16) 三好行雄『島崎藤村論』筑摩書房、一九八四年、三二五頁以下。

(17) 太田哲男『大正デモクラシーの思想水脈』同時代社、一九八七年、第七章参照。

(18) 青野季吉「『夜明け前』第一部を論ず」『新潮』一九三二年二月号、『藤村全集』別巻（分冊・上）三〇六頁。

(19) 勝本清一郎「島崎藤村論――『夜明け前』完成を機会に」『日本評論』一九三五年一二月、『藤村全集』同、三四四頁。

(20) 高沖陽造著、太田哲男・高村宏・本村四郎・鷲山恭彦編『治安維持法下に生きて』影書房、二〇〇三年、一一二頁参照。松沢弘陽・植手通有編『丸山眞男回顧談』上、岩波書店、二〇〇六年、一七七頁以下に、丸山の『夜明け前』観劇の回顧がある。なお、『夜明け前』の劇化後に映画化の話もあったことは、藤村の徳田秋聲宛書簡（一九三六年四月一三日付）にうかがえるが、映画化は、藤村存命中は実現せず、戦後になって実現をみた。『藤村全集』第十七巻、五一八頁以下。この映画『夜明け前』は吉村公三郎監督、一九五三年作品。

(21) 和辻の見方は、『夜明け前』第一部を藤村から贈られたとき、和辻が藤村に送った手紙にうかがえる。和辻哲郎から島崎藤村宛、一九三二年、日付は「三月二十二日」と「二月二十二日」が併記されていて、どちらが正しいのか不明。『藤村全集』第十七巻、五一五頁以下。小林秀雄の見方は、『文學界』一九三六年一月号、一七七頁以下。ただし、和辻の手紙と小林の文章には、「現代」と重ねるという観点は出ていないが。

(22) 『藤村全集』第十五巻、所収。なお、『大黒屋日記』については、高木俊輔『『夜明け前』の世界「大黒屋日記」を読む』平凡社、一九九八年、参照。

(23) 先に注14で福沢に言及した。それに対し、「島崎氏年譜」には、兆民の名前は一度も出ず、自由民権についても、「土佐人士を中心に（？）民権の樹立を期し自由解放を叫ぶ声漸く盛んなり」（六九二頁）とあるだけで、福沢についての記述の多さとの落差は際立つ。藤村も兆民もフランスに数年をすごしたこと、また、藤村のルソーへの関心をあわせ考えると、これまたいささかふしぎな感じがする。

(24)「夜明け前を中心として」(聞き手・青野季吉)『新潮』一九三五年十二月号、『藤村全集』第十二巻、五四七頁。

(25) 藤村「栗本鋤雲の遺稿」『藤村全集』第十三巻、五〇五頁以下。なお、この文章の末尾には「昭和十八年初夏の日」とある。藤村死去間近の一文である。

(26) 藤田省三氏はその『維新の精神』(一九六五・六六年)において、「処士横議」と「浪士横行」に「維新の精神」をみた。そして、その精神は、「尊皇倒幕」の「志士」の側だけにあったのではなく、「佐幕派」の「志士」もまた同様な社会的課題を実現しつつあったとあざやかに論じた。(『藤田省三著作集4　維新の精神』みすず書房、一九九七年、所収)『夜明け前』の岩瀬肥後と山口駿河は「処士」でも「浪士」でもないが、たとえば、岩瀬肥後は「平生彼の説に賛成したもの」とともに一四代将軍として慶喜の擁立を主唱し、江戸城で大老井伊直弼と激論を交わしたことが描かれ、しかもそれが「血統の近いもの」という考えを退け、「内は諸藩の人心を鎮め、外は各国に応じて行かねばならぬ」(第一部第四章、一五五頁)という課題に即したものであったことが描かれている。藤田氏のいう「維新の精神」の一端が肥後にもあらわれていたといってよかろう。

(27) 藤村「言葉の術」『藤村全集』第十三巻、一二頁以下。ついでながら、モーパッサンの文章を絶賛したひとりが、ニーチェであった。彼の『この人を見よ』参照。

(28) 藤村「『夜明け前』を出すについて」『中央公論』一九二九年新年特別号、『藤村全集』第十三巻、三三五頁。なお、これと同じ文章が第十一巻の「解題」(五四三頁)に採録されている。

(29) 藤村「附記」(第二部第十四章への)『藤村全集』第十二巻、五四三頁。

(30) 勝本清一郎、前掲「島崎藤村論」、三四五頁。

(31) 藤村「覚書」『藤村全集』第十三巻、二八九頁以下。

(32) 藤村「歴史と伝説と実相」『藤村全集』同、三一六頁。

(33) 藤村「明治文学の出発点」『藤村全集』同、一〇四頁。

(34) 藤村「ゾラ(ルゴン・マカアル叢書の編輯者より言葉を求められて)」『藤村全集』同、二七〇頁。

II

大江健三郎初期作品における「自然」

（一）『飼育』の一場面

「日本文学における自然」というのが今回のテーマである。このテーマなら、花鳥風月を愛でる日本の自然観を思いうかべる人も少なくないに違いない。

このテーマで私が連想するのは、大江健三郎のノーベル文学賞受賞講演「あいまいな日本の私」（一九九四年）のことである。そこで大江は、川端康成のノーベル文学賞受賞講演「美しい日本の私」を引き合いに出し、川端が言及した「自然」との対比で自己を語った。（大江『あいまいな日本の私』岩波新書、一九九五年）

その大江は、どのように「自然」を描いたか。すぐに思いうかぶのは、「森」である。だが、それとは別に、私にはあざやかにうかんでくる大江作品のなかの光景がある。

それは、たとえば、大江の初期作品の一つである『飼育』（『文学界』一九五八年一月号）にみられる描写である。この作品は、第二次世界大戦末期に、アメリカの飛行機がある「村」に墜落し、そこから脱出した「黒人兵」を村人が捕らえ、この黒人兵をどう「処理」するかの指令が来るまでの短い時期の出来事を描いたものである。村の子どもたちが、黒人兵に親近感をもつようになって、彼を「共同水汲場」に連れていった場面。

僕らはみんな鳥のように裸になり、黒人兵の服を剝ぎとると、泉の中へ群らがって跳びこみ、水をはねかけあい叫びたてた。僕らは自分たちの新しい思いつきに夢中だった。裸の黒人兵は泉の深みまで行っても腰がやっと水面にかくれるほど大きいのだったが、彼は僕らが水をかけるたびに、絞め殺される鶏のように悲鳴をあげ、水の中に頭を突っこんで、喚声と一緒に水を吐きちらしながら立ちあがるまで潜り続けるのだった。水に濡れ、強い陽ざしを照りかえして、黒人兵の裸は黒い馬のそれのように輝き、充実して美しかった。僕らは大騒ぎし、水をはねかえして叫び、そのうちに最初は泉のまわりの樫の木のかげにかたまっていた女の子供たちも小さい裸を、大急ぎで泉の水へひたしに来るのだった。兎口は女の子の一人を摑まえて彼の猥らな儀式を始め、僕らは黒人兵を連れて行って、最も都合の良い位置から、彼に兎口の快楽の享受を見せるのだった。陽が熱く僕らすべての硬い躰にあふれ、水はたぎるようにあわだち、きらめいていた。（新潮文庫、一二四頁）

戦時中における子どもたちと「敵」の黒人兵とのつかの間の交歓が印象深いが、その印象は強い陽射しや樫の木かげや水のきらめきによって輝きを増す。「水に濡れ、強い陽ざしを照りかえして、黒人兵の裸は黒い馬のそれのように輝き、充実して美しかった」という審美観は、日本の

「伝統」にはなかっただろう。

この『飼育』は、実際に起こったことのようでもあり、ファンタジーのようでもあるが、それはともかく、この描写のあと間もなく、黒人兵の運命は暗転する。その暗転に向け、読者を惹きつけてゆく描写の迫力は圧倒的である。それだからこそますます、泉でのこの交歓の場面が印象に残る。

(二)『芽むしり仔撃ち』

大江健三郎の初期作品のうちでも、戦争中を舞台とする重要な作品が、『芽むしり仔撃ち』(一九五八年)である。これは、第二次世界大戦末期、おそらくは一九四四年から四五年にかけての冬に、どこかの「村」で起こったとされる、感化院の少年たちの集団疎開に始まる物語である。

この作品にも、当然ながら「自然」はさまざまに描写されている。作品冒頭の段落の後半部分。ここも、「美しい日本の私」とは全く異なる趣の世界である。

前日の猛だけしい雨が鋪道をひびわれさせ、その鋭く切れたひびのあいだを清冽な水が流れ、川は雨水とそれに融かされた雪、決壊した貯水池からの水で増水し、激しい音をたてて盛りあがり、犬や猫、鼠などの死骸をすばらしい早さで運び去って行った。(新潮文庫、七頁)

という具合で、不吉な印象をたたえて物語が開始される。森についての描写もないわけではない。たとえば、少年たちが夜道を辿るとき、回りの森は、「夜の森は静に荒れくるう海だった」(三三頁)

と、象徴的に描かれている。さらに、犬や、牛や山羊などの家畜はもとより、モズや雉などの鳥、野生動物まで登場する。

だが、「自然」というカテゴリーが、山川草木、花鳥風月から動物だけに限定されず、人間世界も「自然」という側面をもつと考えてみたとき、『芽むしり仔撃ち』の世界はどうなるか。これについては、二つのことを指摘したい。

第一に、『芽むしり仔撃ち』という題名についてである。新潮文庫版には、平野謙の「解説」が収録されていて、この作品の最後の方で「村長」が「僕」に対して、「悪い芽は始めにむしりとってしまう」(二〇六頁)とおびやかすところに由来すると説明されている。しかし、これは「芽むしり」の説明ではあるにしても、「仔撃ち」の明示的な説明ではない。白川静『字通』に、「仔」は「鳥獣の子」とある。実際、『芽むしり仔撃ち』には、「僕は弟の傍で、藁の中にもぐって動物の仔のように睡りたかった」(一六八頁)という表現があり、「仔」は「動物の仔」なのであった。この作品の場合、なぜ「子撃ち」でなく「仔撃ち」なのか。それは、「僕」がこの「村」に属さず、「ひねりつぶす」対象に容易に転化する存在だった、つまり、家畜と選ぶところがなかったからであろう。それは、「僕」の属する世界が村という「社会」から疎外された世界、その意味で「自然」の世界だったからではないのか。

第二に、『芽むしり仔撃ち』では、感化院の少年たちと、脱走兵と、朝鮮人少年・李、そして、疫病にかかったらしい母親の元を離れなかった少女の間に、ゆるやかな「愛と連帯」が生じた。

それは、戦時下の日本では（戦時下でなくても）ほとんどあり得ないようなつながりである。考えてみれば、『飼育』において黒人兵と村の子どもたちの間に生まれた交歓も、同質であったといえるであろう。それは、既存の「秩序」と全く相容れないものであって、この既存の「秩序」を「社会」というなら、この「愛と連帯」や「交歓」を「自然」と見立てることも不可能ではないかもしれず、社会契約説の想定する「自然状態」だとみることもできよう。とすれば、この小論に与えられたテーマである「自然」の枠組みがかなり変わることになる。このように「自然」を拡大解釈すれば、これがじつに『飼育』や『芽むしり仔撃ち』の核心部分にあることが明らかだといえる。

(三)「人殺しの時代」

『芽むしり仔撃ち』を読みはじめると、痛烈な表現に行き当たる。たとえば、

人殺しの時代だった。永い洪水のように戦争が集団的な狂気を、人間の情念の襞ひだ、躰のあらゆる隅ずみ、森、街路、空に氾濫させていた。（一三頁）

気の狂った大人たちが狂奔していたあの時代（一四頁）

というところである。ここには、たたきつけるような緊迫感があり、読む者の肺腑に切り込んでくる強烈さがあり、「あいまいさ」をゆるさない姿勢がみなぎっている。

「人殺しの時代」に至らしめたのは戦争指導者であったにしても、この小説の世界では村人あ

るいは村に問題があった。「僕ら」にとっては、「村は透明でゴム質の厚い壁だった」(一六頁)のである。

その村の辺りで「予科練の兵隊が森の中へ逃げた」という事態が発生する。憲兵や予科練の兵士たちに加えて、村人たちも逃亡兵の探索に、竹槍をもって協力する。

この辺りを読むと、私はハンナ・アーレントの断固たる議論を連想してしまう。たとえば、『イェスラエルのアイヒマン』(一九六三年)のなかに、アイヒマン裁判が行なわれた一九六一年ころ、「ドイツ人自身は結局無関心であり、殺人者どもが自由に闊歩していても特別気にもとめなかった」(大久保和郎訳、みすず書房、一二頁)という記述がある。つまり、「ヒットラー体制のもとでの華々しい経歴を持った多くの人物が現在〔ドイツ〕連邦や州の官庁で、一般的に官界で活躍している」(一三頁)し、それにとどまらず、一般のドイツ人も、殺人者と知ってか知らずか、何事もなかったかのごとくだというのである。

私が「連想してしまう」と書いたのは、アーレントのこのような語り口である。このような大江の語り口は、「狂奔していた」大人たちの神経を激しく逆なでしたものであろうし、戦争をここに書かれたようにはとらえない「大人たち」を大江への敵視に駆り立てたものであり、その流れの延長線上に、『沖縄ノート』裁判もあるといえよう。

私が『芽むしり仔撃ち』を読んでアーレントを連想するのは、痛烈な表現という印象によるだけではない。この作品には、「僕ら」あるいは「僕」が「見すてられた」という表現が少なくとも三回出てくる。この「見捨てられていること」は、アーレントの『全体主義の起原』第三部において、「全体主義的支配のなかで政治的に体得される人間共存の基本的経験」であると定義されたカテゴリーである。（大久保和郎・大島かおり訳、みすず書房、二九七頁）別の仕方で表現すれば、「見捨てられていること」は、強制収容所において典型的に見られる「経験」といってもよい。

ちなみに、『飼育』にも「僕」が「見棄てられ、孤りぼっちで絶望しきっていた」（一三〇頁）という表現が出てくる。「僕」が黒人兵の人質のようになる場面である。

ただし、アーレントの規定では、「見捨てられている」状態では、見捨てられている者同士の間に人間的なつながりが生じることは原則的にないのであるから、『芽むしり仔撃ち』の場合とは異なるとも言える。というのは、逃亡した兵士をかくまったのは朝鮮人の集落であり、その一人である朝鮮人・李と「僕」は、いくらか気持ちを通わせる場面があるからである。しかし、そのつながりはつかの間のことであって、少女の病死を機に終わりを告げる。

「僕」は、親から見捨てられ、国家からも、村人からも見捨てられ、やがては感化院の少年たちからも切り離されてしまう。この辺りの苛酷さを描く文章の流れも、圧倒的な力をもっている。

この作品の終局で、「僕」は、村人からの攻撃を辛うじてかわして逃亡する。しかし、その逃亡が成功するかどうか、それは読者の想像力にゆだねられている。

（四）戦後世代と憲法

小説家として出発した大江健三郎は、その後、評論の世界にも踏み込んでゆく。その評論の一つ「戦後世代のイメージ」（一九五九年）を見よう。

天皇は、小学生のぼくらにもおそれ多い、圧倒的な存在だったのだ。ぼくは教師たちから、天皇が死ねといったらどうするか、と質問されたときの、足がふるえてくるような、はげしい緊張を思いだす。その質問にへまな答えかたでもすれば、殺されそうな気がするほどだった。


おい、どうだ、天皇陛下が、おまえに死ねとおおせられたら、どうする？

死にます、切腹して死にます、と青ざめた少年が答える。

よろしい、つぎとかわれ、と教師が叫び、そしてつぎの少年がふたたび、質問を受けるのだった。（『大江健三郎同時代論集1　出発点』岩波書店、一九八〇年、九頁）

そして、一九四五年八月一五日が過ぎる。大江は一九三五年一月生まれであるから、一〇歳のころのことだ。長い引用になるが、

ある日のこと、ぼくは教師にたずねてみたのである。天皇制が廃止になると大人がいっているが、それはほんとうだろうか？

教師はものもいわず、ぼくを殴りつけ、倒れたぼくの背を、息がつまるほど足蹴にした。そしてぼくの母親を教員室によびつけて、じつに長いあいだ叱りつづけたのである。（同、九

〜一〇頁）〔中略〕

ある朝のこと、ぼくらは校庭に集合させられた。たいせつな訓示があるということで、ぼくら小学生は不安と期待に胸をおののかせていた。教頭が壇にあがっていった。

みなさん、進駐軍が村へ入ってきたら、大きい声で《ハロー》といって迎えましょう。進駐軍をこわがることはない。みなさん、大きい声で《ハロー》といって手をふりながら迎えましょう。〔中略〕

その教頭は、つい一月ほど前まで、村でも最も軍国主義的な男だった。それがいまや《ハロー》と大きい声で叫んでいた。そしてそれも、新しい服にてれているように、当惑ぎみな笑顔をしながらであり、決して暗い自責の思いや、屈辱の感情をおしかくしての叫びかたではなかった。（同、二七頁）

というのである。『飼育』で黒人兵を殺すように指示した男も、《ハロー》と叫んだのであろうか。『芽むしり仔撃ち』で、脱走兵を殺し、「僕」を攻撃した男たちは、戦後どうなったのか。大江はここで、この教頭を一方的に断罪するのでなく、「自責の思い」が片鱗でも示されれば話は違うと留保もしつつ、しかし、過去が闇から闇へ葬り去られようとしたことをえぐり出し、それに抗議するかのように、『飼育』や『芽むしり仔撃ち』は書かれている。

大江少年が「谷間の村の新制中学」に入学した一九四七年五月、「新しい憲法が、施行された。新制中学には、修身の時間がなかった。そして、ぼくら中学生の実感としては、そのかわりに、

新しい憲法の時間があったのだった。」（大江「戦後世代と憲法」一九六四年、前掲『同時代論集』六〇頁）

つまり、大江にとって、《主権在民》という思想や、《戦争放棄》という約束が、自分の日常生活のもっとも基本的なモラルであることを感じるが、そもそもの端緒は、新制中学の新しい憲法の時間にあったのだ」（同、六一頁）というのである。

このように見るならば、大江健三郎にとって、『飼育』や『芽むしり仔撃ち』の世界は、反転すれば日本国憲法の思想につながるものだったと理解することができる。

つまり、『飼育』における子どもたちと「敵」の黒人兵との交歓は、『飼育』の世界、つまり戦争中においては「社会」と対立するものであったけれども、戦後においては人間関係のモラルに転化すべきものであった。

『芽むしり仔撃ち』における脱走兵は、「戦争が終るまでのほんの短い間、俺は隠れていればいいんだ」「国が降伏しさえすれば、俺は自由になる」（一五六頁）と考える。この願いは、小説のなかでは「凶暴な村人たち」「気の変な村の連中」の竹槍で潰え去るけれども、戦後に「戦争放棄」という原理のなかに姿を現わすと見ることもできるということである。

このように見るならば、戦中において「見捨てられた」人間たちの「自然」を、そして彼らの感じた恐怖感を鮮烈に描いている大江健三郎の初期作品群は、反転して「戦後日本」の原理に連なってゆく世界を深ぶかと描いているという点で、独自の位置を占めていて比類がない。

これらの作品群がもっと幅広く読まれることを願う。

大西巨人『神聖喜劇』をめぐって
――東堂太郎の記憶力と反戦の論理――

『神聖喜劇』誕生

大西巨人（一九一九年福岡市生まれ）は、九州帝国大学法文学部を中退して毎日新聞西部本社に入社後、一九四二年対馬要塞重砲兵連隊に入隊。その経験をもとに、一九五五年からほぼ四半世紀を費やして四七〇〇枚の大長編小説『神聖喜劇』（一九七八―八〇、光文社）を完成させた。時として「現代日本文学の金字塔」と称えられるこの作品は、その後、文春文庫、ちくま文庫に入り、現在は光文社文庫・五冊（二〇〇二年）として読み継がれている。

この作品の主人公は、「抜群とも異常とも言われるべき記憶力ないし暗記力」（光文社文庫版・第一巻、一五四頁。以下、一、一五四のように表記。）を持つ東堂太郎二等兵。一九四二年一月一〇日、つまり日米戦開始のほぼ一カ月後に、補充兵役入隊兵として召集された東堂たちが、対馬要塞の重砲兵連隊に到着するところからこの小説は始まる。

この作品は大長編小説ではあるが、その舞台は、空間的には対馬の連隊内にほぼ限られ、時間的には入隊後三カ月の「教育期間」が終了する同年四月二四日に至る三カ月余りにほぼ限られている。（ただ、時間の流れに沿って物語が展開するとは限らないところもある。）

戦争文学

この『神聖喜劇』は対馬要塞における「教育期間」を描いていて、実際の「戦場」や「戦闘」の場面はほとんど登場しない。例えば原民喜『夏の花』や井伏鱒二『黒い雨』、あるいは大岡昇平『俘虜記』『野火』を想起すれば、『神聖喜劇』に「戦災」や「戦場」の場面の描写がほとんどないことが印象づけられる。

また、例えば同じく大岡の『レイテ戦記』などに比べた場合、『神聖喜劇』には「戦闘」場面もなく、大前田文七軍曹の中国における戦闘体験とおぼしき話などがごく局部的にあるにすぎない。

たとえ「戦場」や「戦闘」が主要局面として登場しなくても、この作品が「日本文学における戦争」にかかわることはいうまでもない。

社会の縮図

『神聖喜劇』は、基本的に閉ざされた空間を舞台とするという点では、ソルジェニーツィンの『イワン・デニーソヴィッチの一日』などの「収容所文学[1]」に、また、「収容所文学」ではないが、ソルジェニーツィンの『ガン病棟』などに通い合うところがあるとも言える。一九五五年頃のタシケントにおけるガン病棟を舞台にしたこの作品（完成は一九六七年）は、ソ連におけるさまざまな階層の人間たちを描き出した。この作品がソ連社会の縮図とも言えるように、『神聖喜劇』は日本社会の縮図とも言える。

この「縮図」という言葉は、『神聖喜劇』自体の中にも出てくる。東堂は、「だいたい上官上級者は、部隊は、軍は、手前に都合の悪いことは、なんでもかでも、ウヤムヤにしてしまいたがる。」と憤慨の言葉を生源寺二等兵に語り、生源寺も「『暖簾に腕押し。』のようでもあり、『泣く子と地頭には勝てぬ。』のようでもある。」と応答。これを受けて、記憶力抜群の東堂は、ある「異色オーストリア小説」の結末を想起する。そして、それが「現代国家社会一般の不条理ならびに無定形の表象的表現」であり、それと同様に、「日本軍隊すなわち「累累たる無責任の体系、厖大な無責任の機構」は、日本国家社会の非合理と不明瞭との縮図で大いにありそうであった。」（五、二五六以下）とある。

ある時代の縮図という意味では、第一次世界大戦直前のスイスにおけるサナトリウムを舞台とするトーマス・マンの『魔の山』も同様である。

両者が大いに異なる点の一つは、『神聖喜劇』の登場人物たちが一段と社会的多様性を有することである。第一次世界大戦前にスイスのサナトリウムに入ることの出来た人びとは、まず経済的に選ばれた人だったし、そのこととおそらくは関連して、サナトリウムの世界では、明晰に語られた思想間の葛藤が演じられた。しかし、『神聖喜劇』に登場するのは、「召集令状」という紙切れで動員された兵隊たちであり、さまざまな階層から集められた、召集前の職業も学歴も多様な四〇人余りの連中であった。被差別部落出身者や教育を受けた痕跡のほとんどない男たちが登場するのは、彼らが召集兵であることと関連する。そして、他方に「教育期間」を過ごす兵たちを「教育」する軍人たち。彼らが織りなす世界が『神聖喜劇』の舞台である。

それらの軍人・兵隊たちのありようを深々と描こうとする場合、それら一人一人の兵隊が自己の意見や思想を開陳し合うという設定にするのは不自然であろう。その代わりに、異常な記憶力の持ち主としての東堂太郎という人物の設定が要請されたと見ることができる。そして、この作品では東堂の記憶力の産物として、夥しい書籍からの引用が連ねられる。それは通常の書籍にとどまらず、軍隊の諸規定を東堂が異常に正確に記憶しているという設定のゆえに、その諸規定が書き連ねられるのだが、それは軍隊のあり方をその内面から浮かび上がらせるという目的に適合した方法であった。

この点は、ドストエフスキーの『死の家の記録』と比べてみることで合点できるところがあると思われる。この『死の家の記録』は、「アレクサンドル・ペトローヴィチが耐えぬいてきた十年間の獄中生活の記録」(新潮文庫、工藤精一郎訳、一二頁)から「わたし」が選んだものという設定になっている。

その牢獄には「それこそあらゆる種類の人間たちがいた！　まるで、ロシアのそれぞれの県、それぞれの地域が、ここにその代表を送り込んでいるのではないかと思われたほどだ。」（同、一一五頁）その人びとを「いっさいの偏見を捨てて観察」（同、二三六頁）し、「わたしたちの監獄の全貌と、この数年間にわたしが体験したことのすべてを、一枚の明瞭な絵にあらわしたいというのが、わたしの意図であった。」（四三三頁）というのである。

この『死の家の記録』と『神聖喜劇』とを比べてみると、日本の「それぞれの県、それぞれの地域が、ここにその代表を送り込んでいる」というには兵士たちの出身地に全国的広がりが欠けるが、「それこそあらゆる種類の人間たちがいた」という点は共通しているかもしれない。

しかし、一方が監獄で他方が軍隊という違いはともかくとして、描かれている時間の長さの違いがある。『神聖喜劇』で描かれている期間の三カ月余りだという短さが、軍隊生活における「観察」をあたかも「観察」のままであるかのように描くことを困難にしているように思われる。ある種の観察は、短期間の接触だけでは生まれてこないということがあるからである。したがって、『神聖喜劇』で描かれた期間の短さが、「観察」を観察として描くことに大きな制約をもたらし、それゆえに、東堂太郎という異常な記憶力の持ち主を主人公に設定するに至ったのではなかろうか。

『神聖喜劇』は、一九四二年という時点における、あるいは、戦時下における日本社会の「縮図」というにとどまらない。むしろ、戦後社会にも当てはまる「縮図」になっている（その一例としては、責任ある部署にいるはずの人々が「手前に都合の悪いことは、なんでもかでも、ウヤムヤにしてしまいたがる」という事態を連想すればよい）ようにも思われる。それが、この作品を「現代日本文学の金字塔」たらしめている一側面であろう。

長編の中の「エピソード」

それにしても、この作品は大長編作品であって、単純な要約を許すものではない。要約困難な理由は、長編だからということだけではない。無数の「プロット」があり、必ずしも本筋とは思えないようなところに書籍の引用を通じて深入りしていくことが少なくなく、それが「寄り道」「脱線」というには余りに念が入っているので、これが「本筋」かと思われるところだけを「すくい上げる」ことなど、なかなかに困難だろうからである。加えて、ごく短く書かれた細部にも大きな問題を含み込ませているところが数多くあり、その豊穣さの上に成り立っている作品であるからである。

一例を挙げれば、冒頭に近いところで、大前田軍曹の中国の戦場での体験談（一、一七以下）が、なまなましく強烈に、とはいえ、伝聞として書かれている。この作品についての予備知識がほとんどないところで『神聖喜劇』を読み始めると、すぐにこの暴虐きわまりない体験談が登場するので、この作品にはこの種の話が次々に出てくるのかという予感を抱くのだが、さにあらず。この体験談は、一方で『神聖喜劇』の重要人物にして日本の民衆的精神の一面を示すかのごとき（本文中の言葉を借りれば「民衆的直感」（一、五五二）を具備した）大前田軍曹の人となりを語るものである。他方で大前田の「三光」作戦を地でいくかのごとき発言は、「軍とは何か」についてのいくつかの挿話、例えば、村上少尉の「わが日本の戦争」は「決して『殺して分捕るが目的』であってはならない」とする戦争観（二、二五）によっていくぶん相対化され、また、鉢田二等兵と橋本二等兵が「日本の戦争は、殺して分捕るが目的であります」と答える場面（二、二八五）へと連なる[2]ものである。大前田の体験談は、それを聞かされた教育兵たちの恐怖感の根源になっているもののようにも見える。

軍隊における陰鬱な話の連鎖が描かれるのかと思えば、食事に大根ばかり登場することに関して、「大根中毒」に罹りそうだという不満を家族への葉書に書いた石橋二等兵が、その心情吐露が部隊の位置の特定につながるがゆえに「軍事機密」漏洩に当たるとして、神山上等兵並びに大前田軍曹による苛烈な追及を受ける場面（一、二五六以下）がある。

その掛け合い部分を読むと、余りの滑稽さ・馬鹿馬鹿しさに思わず声を上げて笑ってしまうのだが、同じように笑い出してしまう部分が次々に現われる。

鉢田二等兵が家族宛に書いた葉書の発信人が「何某」となっているということをめぐる話では、大前田軍曹が涙を流すほどに笑い転げる。鉢田二等兵は、葉書を家族などに出す際の発信人住所・氏名の書き方を提示したひな形にある発信人欄の「何某」が何を意味するのか理解できなかったのだった。

「金玉問答」や「普通名詞論議」も珍談である。

こうした珍談・奇談には、一方で、学歴の少ないことに関連する話がある。信じがたいことに、「皇国」が何を意味するのか理解できないという兵隊がいて（二、二八二）、そのことが先の「戦争目的」の話につながるのだが、その話や「何某」の話などは、可笑しいけれども、ごく限られた教育しか受けることの出来なかった人びとにまつわる話であって、そのような教育しか提供できなかった制度あるいは時代を思うと、悲しくもある。「普通名詞論議」もこの系譜である。

他方に、軍隊の愚劣さを物語る話がある。「金玉問答」とか、大根ばかり供される食事に対する不満が軍隊の外に伝わることを「軍事機密」とするなどがその典型であろう。また、「官給品」である長繻袢をなくしたB二等兵が、班長から暗に別の兵隊の長繻袢をかすめ取るようほのめかされる話がある。「上官上級者（班長班附）の真意（言外の意味）は、明白であろう。それは、表面における窃盗の禁止であり、内実における窃盗の奨励である。」（四、三六〇）というのだが、この話も軍のありようを示す点で同様である。

この大根にまつわる「軍事機密漏洩」事件など、『神聖喜劇』におけるエピソードのようでもあり、本質的部分でもあるようにも見える。このような、両様に見える話の連鎖として、『神聖喜劇』は成立している。

とはいえ、「エピソード」や「短編小説」の寄せ集めのようにこの作品を考えてはならない。たとえそのように見える場合があるとしても、さまざまな「短編小説」と見えるものの中に、相互に関連する「伏線」が、巧妙かつ広範に張られている。例えば「剣鞘事件」の冬木二等兵に関連する記述がその典型であって、その事件が生ずる遙か前から伏線が張られているのである。

反戦小説

大西巨人は、九州帝大学生時代に左翼思想に傾倒しており、戦後は六〇年代初めまで、日本共産党に所属していたという。『神聖喜劇』は、光文社文庫版の最後に記された起筆・擱筆記録によれば、一九五五年起筆、一九八〇年擱筆とあるから、その初期は共産党員であったことになる。そうした経歴とも関連して、第四部「伝承の章」（文庫本第二巻）には、第二インターナショナル・シュツットガルト大会（一九〇七年）の「決議」の文言などが引用され、マルクスからの引用も散見され、『日本資本主義発達史講座』からの引用もあるという具合で、この『神聖喜劇』も、第二巻辺りまでを見ると、マルクス主義的な立場からの反戦小説のように思われるかもしれない。

しかし、そうではない。そうではないことは、この作品を通読すれば明らかだが、次のような点を指摘できる。

まず、『神聖喜劇』の際立った特徴の一つは、驚くべく多様な文献からの引用が、東堂太郎の異常な記憶力の産物として、豊饒に、時として過剰と見えるほどに、また、軍の法規からの引用の場合のように厳密性を期して詳細になされている点であるが、文庫本の主として第二巻に散見されたマルクス主義的な書物からの引用あるいは用語は、第三巻以降になると、ほとんど影を潜めているということが指摘できよう。また、私＝東堂は、この小説の最初においては「虚無主義者」として自己を規定している人物として現れる。虚無主義者が同時に活動的な反戦主義者ということはないだろう。さらに、東堂は三八式野砲に愛着を持った人物として描かれている。「私は、特別の異性が発揮する類の官能的魅力を野砲に認めたのであり、時には芸術的とも呼ばれ得るべき男性的壮麗をその操作に見出したのである。」（四、四一〇〜一一）とあって、このような人物は到底「反戦主義者」とは言い難い。

模擬死刑事件

この作品のクライマックスの一つと言うべき「模擬死刑事件」に際し、東堂は上官の仁多軍曹に激しい「異議申し立て」をする。

それは、この時期の日本が長期戦に備えての兵隊の大動員で兵隊の数が「脹れ上がって」来たために、知的水準の極度に劣った人間まで動員されたことにかかわる。

例えば、末永という二等兵は、仁多軍曹から蜿蜒と「質問」を受ける。その一部を摘記すれば、

——日本は、いま、どこと戦争しとるか。〔中略〕

——はい。その、……米英であります。

——ふむ。「米英」を、もちっとわかりやすう言え。〔中略〕

——はい。それが、その、……「米」は、イギリスであります。（五、二七九〜八〇）

という調子だが、かといって末永は「意識的ないし本能的な叛骨」をほとんどまったく保有しな

い男である。『神聖喜劇』では、この種の人びとが「ガンスイ」と「　」付きで呼ばれているが、それは「元帥」を「ガンスイ」としか読めなかった（！）ことに由来するらしい。〔「ガンスイ」は、「愚者、頓馬」を意味する〕

こうした末永二等兵の姿に業を煮やしたか、からかおうと思ったか、仁多軍曹は、末永が付近の民家からスルメイカ二杯を失敬した件を取り上げて、兵隊たちの前で末永二等兵に「死刑」を宣告し、なぶり者にしようとする。「ガンスイ」末永は、

「ハ、班長殿。……末永二等兵は、……ワ、悪く……悪くありました。もう……もう決して二度と……あんなことは……あんなことは……しませんから、コ、今度のことは、……許して──。」（五、三〇三）

と泣き叫ぶように懇願する。

東堂は、ドストエフスキーの『白痴』のムイシュキンによって、死刑執行宣告が「人間の魂にたいする侮辱陵辱」とされていたことも思い起こしつつ、その侮辱陵辱を「黙視していることは、ついに私に耐えられなくなってしまった。」と感じる。「小心も臆病も恐怖も保身慾も分別らしさも、もはや私を抑制することはできなかった。」そこで、東堂は、

「止めて下さい。誰にも許されていません。そんなことをするのは。」

と叫ぶ。とほとんど同時に、同じ叫び声をあげた兵隊がいた。冬木二等兵であった。

冬木は被差別部落出身者。さらに、彼がある事件に関して執行猶予中の身であるということに

伴う予断と偏見によって、冬木は軍刀の鞘の損傷事件の犯人だとする疑いをかけられ、この嫌疑をめぐる話が『神聖喜劇』第四巻・第五巻で展開される。そして、その展開の中で、東堂と冬木、そして生源寺二等兵などは、軍隊の不条理にあらがうことになるのだが、その物語については、ここでは割愛し、「模擬死刑事件」について、今少し述べておこう。

東堂の行動指針

東堂は、末永の懇願する姿を見て声をあげた。その行動のきっかけになったのは、上に引いた『白痴』の言葉でもあるけれども、もっと直接には『軍隊内務書』の文言の、いわば実践的解釈に基づくと言えるだろう。その第二章「服従」第十の「上申」実行に関する条文に、

第十　自己ニ対スル他人ノ取扱《トリアツカヒ》不条理ト考フルトキハ、徐《オモムロ》ニ順序ヲ経テ之ヲ事件関係者ノ直上所属隊長ニ上申スルハ妨《サマタゲ》ナシ但シ兵ニ在リテハ要スレバ直接特務曹長〔准尉〕ニ上申スルコトヲ得又上申ハ二人以上共同シ若《モシク》ハ勤務中ニ於テ之ヲ為スコトヲ許サズ（五、一六九）

とある。

仁多班長が叫びを発した東堂と冬木を「制裁」しようとしたとき、そこに村崎古兵が東堂と冬木を「教育」するのは自分の担当だと、実質上は「制裁」を止めに割り込む。

東堂は東堂で、仁多班長に対し、連隊長には死刑執行の命令権がありませんと、陸軍刑法第二一条を根拠に対抗する。さらに、「そんな法律が、どこにあるか」と居丈高に叫ぶ仁多班長に、

「陸軍軍法会議法」第五〇二条に「死刑ノ執行ハ陸軍大臣ノ命令ニ依ル」という条文が存在することを述べ、抵抗するのである。（五、三二三）その抵抗は、「左翼的」という性質のものではない。『神聖喜劇』は、先に書いたように、東堂太郎という異常な記憶力の持ち主を登場させ、日本の軍隊の規範を逆手にとって、上官たちの無法に立ち向かわせるという物語でもある。夥しい軍規範の存在は、軍隊が「人外の境地、蒙昧無法の非論理的特殊地帯」なのではなく、「ある意味ではなかなかに論理主義的・法治主義的世界」である（一、三〇二）という認識が東堂にはあった。そして、「（法治主義・成文法主義にたいする例外的諸事態が軍隊に公然と存在し得るということの徹底的不承認こそは、二等兵私が目下固守しようとしている当の立場なので」（二、三二七。傍点は原文。以下同じ）あった。[3]

そういう東堂が、兵隊が上官に「知りません」と答えることを禁止し、替わりに「忘れました」と答えることを強制するという問題に遭遇する。この「知りません」禁止は、私も軍隊経験者から聞いた記憶があったけれども、なぜそうなのかとか、そのことの当否などについて思いをめぐらしたことはなかった。だが、東堂は、あるいは大西巨人は、そこを突き詰めて思索し、次のように結論する。

「もしも上級者が下級者の「知りません」を容認するならば、下級者にたいする上級者の知らしめなかった責任がそこに姿を現わすであろう。しかし、「忘れました」は、ひとえに下級者の非、下級者の責任であって、そこには下級者にたいする上級者の責任（上級者の非）は出て来ないのである。言い換えれば、それは、上級者は下級者の責任をほしいままに追求することができる。しかし下級者は上級者の責任を微塵《みじん》も問うことができない、というような思想であろう。」（一、二九七）

そして、「わが国の軍隊」とは、先に引いた言葉と表現が重なることになるが、「累累《るいるい》たる無責任の体系、厖大《ぼうだい》な責任不存在の機構ということになろう。」（一、二九九）と結論する。あるいは、「知りません」禁止、「忘れました」強制は、日本帝国と帝国軍隊との本質的性格を最も典型的に象徴する現象」（二、二七四）ともいう。(4)

東堂は、各種の軍の規定をつぶさに検討して、上官の質問や追及に対し、「知りません」と答えることを禁止し、「知りません」の替わりに「忘れました」と答えることしか認めないという強制が、軍の規定に存在しないことを確認し、「忘れました」という返答を強制しようとする上官に対抗しようとするのである。その抵抗と不可分なのが、「人は、ある物事を逆用するためには、まずその物事に精通しなければならぬはずである。」（一、三〇三）という認識なのであった。

このように、東堂太郎の行動指針に軍隊規定の「逆用」があったのだが、仁多への抵抗の場合にはさらに、彼が読んで感動していた書物のこともあった。

その一つが、東堂が「一再ならず私が読んで感動した」クライスト作の『ミヒャエル・コールハースの運命』であった。そこには、「自分の受けた侵害については賠償を得るべく・また同胞のためには将来の侵害を防ぐ保証を得るべく全力を傾注することが、世間にたいする自分の義務である。」という言葉があり、主人公コールハースの「足蹴にされるくらいなら、人間であるよりも犬になるほうが増しだ。」（五、一八〇）という言葉もあり、この言葉は、東堂の記憶によれば、イェーリンクの『権利のための闘争』に引用されていたという。

大戦間時代の日本に兆したと思われる「教養主義」的な読書経験が東堂の場合には血肉化し、軍隊内部の不合理性に対する怒りに形を与えるものとなり、とともに、シンパシーを感じるに至った仲間たちとの接触にも励まされて、

「止めて下さい。誰にも許されていません。そんなことをするのは。」

という叫びになって現われたのだった。

この「模擬死刑事件」とほぼ時を同じくして、冬木二等兵が陥れられる寸前まで行った剣鞘問題も終息し、東堂たち補充兵役の「教育期間」は一九四二年四月にひとまず区切りを迎えた。大前田軍曹は、この小説の最後に描かれる「椿事」によって軍隊を離れるに至るが、末永をなぶり者にしようとした仁多班長のような人物、冬木二等兵にあらぬ嫌疑をかけた上官たちは、彼らのような人物たちが日本の戦争を担ったのだと暗示されるが如く、そのまま軍人としてとどまる。それは日米戦争初期における日本の「連戦連勝」が終わろうとする時期に当たる。これら兵士たちのその後は、『神聖喜劇』の終わったところから始まるのである。

いずれにせよ、この作品に登場する主なる人物たち、そこで起こった「事件」については、「深

深と本質的に」解明（四、四六四）されたという思いを持って、この小説を読むことができる。[5]
と同時に、この小説に描かれた日本社会の「縮図」が、依然としてそうであり続けている面があるのだという思いを、この作品を読みながら抱かせられ、この小説が今後とも読み継がれるべきだという思いを禁じ得ない昨今である。

注

（1）ルィバコフの『アルバート街の子供たち』上下二冊、みすず書房、一九九〇年、も収容所文学である。私は、この作品について論じたことがある。太田『麻酔にかけられた時代』同時代社、一九九五年。
（2）軍とは何かという問いかけに「分捕る」ことだと応じるのは、食糧現地調達主義の当然の帰結である。
（3）とはいえ、東堂はスーパーマンのような人物として描かれているのではもちろんない。東堂の「論理主義」は、時として素朴な常識を外れることがあるとして、そのことがいささか滑稽に描かれている個所があって、東堂の「人間らしさ」（?）が表現されている。
（4）注目すべきことは、軍国日本のこのあり方は、各種政治結社における構図と相似形だという認識が語られている点である。
（5）『神聖喜劇』刊行（一九八〇年）の頃の作品評などについては、大高知児「大西巨人『神聖喜劇』――一九四二年の対馬をめぐって――」（安川定男編『昭和の長編小説』至文堂、一九九二年、所収）に、書誌的なリストがある。

宮崎駿アニメと環境問題

（1）アニメ版『ナウシカ』と環境問題

アニメーション映画『風の谷のナウシカ』（一九八四年。以下、アニメ版『ナウシカ』と略記）は、宮崎駿監督作品として最初の大ヒットとなった作品であり、この成功を受けて、彼のアニメ製作の基盤となる「スタジオ・ジブリ」が設立されたという点でも、『ナウシカ』は彼にとって画期的な作品となった。

『ナウシカ』をご存知ない方のために、ごく簡単にこの作品を紹介するには、まず、マンガ版の『ナウシカ』表紙裏（第二巻を除く六冊とも同じ）に書かれた言葉を引用するのが適当であろう。

ユーラシア大陸の西のはずれに発生した産業文明は　数百年のうちに全世界に広まり　巨大産業社会を形成するに至った
大地の富をうばいとり大気をけがし　生命体をも意のままに造り変える巨大産業文明は

1000年後に絶頂期に達し　やがて急激な衰退をむかえることになった
「火の7日間」と呼ばれる戦争によって都市群は有毒物質をまき散らして崩壊し　複雑高度化した技術体系は失われ　地表のほとんどは不毛の地と化したのである
その後産業文明は再建されることなく　永いたそがれの時代を人類は生きることになった

一種のファンタジーであるアニメ版『ナウシカ』は、ここに言う「たそがれの時代」においてトルメキア王国が引き起こす戦争を縦糸に、人間界と虫たちの世界の絡み合いを横糸に、「人間同士の争いに巻き込まれながら、より遠くを見るようになっていく少女を主人公にした物語」[1]であって、この主人公の名がナウシカなのである。

トルメキアと土鬼《ドルク》という国の間には、そしてトルメキアの辺境に位置する「風の谷」から遠からぬ所には、有毒な瘴気をまき散らす巨大な「腐海」が横たわり、この「腐海」は有毒な胞子を飛ばしてその領域を拡大しつつあり、人間はその瘴気を吸い込むと死に至るため、そこに近づく際にはマスクを装着しなければならない。その「腐海」には、奇妙な昆虫、巨大な昆虫が生息する。そして、ナウシカはとりわけ王蟲《オーム》という十余の目を持つ甲虫類に惹かれる。

アニメ版『ナウシカ』では、トルメキア軍と、土鬼の辺境に位置するペジテの軍との戦いが起こり、この戦争に虫の群れがからむ形で物語が展開される。「風の谷」の族長ジルの子であるナウシカは、「風の谷」を救うために身を挺し、戦いの中で瀬死の状態となるが、王蟲の力でいわば蘇生する。「腐海」の中でも、ナウシカが落とした植物の種からの芽吹きが見られ、ある種の希望がうかがえる形で物語は終わる。ナウシカの蘇生のさまは、久石譲の音楽と相俟って、感動的である。

アニメ版『ナウシカ』を見ると、汚染の問題、森と人間の関係が重要な役割を果たしている。「腐海」という着想が卓抜である。ジワジワと汚染領域を広げるかのようなイメージが、ここから立ちのぼる。そのため、『ナウシカ』の主題は環境問題であるようにみえるし、ナウシカはじめ人々がマスクをしている様子は、現実の私たちの世界で花粉症や大気汚染に悩む人々を思えば、切実感もある。また、汚染された胞子が「風の谷」に持ち込まれたとき、「風の谷」の人々は、その胞子がわずかでも付いてしまった樹木を焼き払う。その場面を見ると、私の脳裏には、メリル・ストリープが主演した映画『シルクウッド』（一九八三年）におけるプルトニウム汚染物の処理の場面とか、テレビで見た狂牛病（BSE）や鳥インフルエンザなどへの対処場面などが、否応なしに浮かんでくる。というより、完全防護のいでたちで消毒などの対応に追われる人々の姿を画面で見ると、『ナウシカ』を連想してしまう。『ナウシカ』には、そういう現実をいわば先取りするような喚起力が潜んでいたともいえよう。

そうした『ナウシカ』のイメージ喚起力の源泉について、宮崎はアニメ版『ナウシカ』公開（一九八四年）の翌年に行われた、アメリカの編集者カレンバックとの対談で、

実は「ナウシカ」をつくる大きなきっかけになったといまにして思うことが一つあるんです。水俣湾が水銀で汚染されて死の海になった。つまり人間にとって死の海になって、漁を

やめてしまった。その結果、数年たったら、水俣湾には日本のほかの海では見られないほど魚の群れがやってきて、岩にはカキがいっぱいついた。これは僕にとっては、背筋の寒くなるような感動だったんです。人間以外の生き物というのは、ものすごくけなげなんです。[2]と語っている。つまり、水俣の海にまつわる事柄から宮崎が得たイメージが、『ナウシカ』の中に息づいていて、それがある種の普遍性を帯びた卓抜な表現を得たともいえるわけである。

ところで、ナウシカという人物像についてであるが、マンガ版『ナウシカ』第一巻の表紙裏には、宮崎駿の「ナウシカのこと」という文章が掲げられている。それによれば、「ナウシカは、ギリシャの叙事詩オデュッセイアに登場するパイアキアの王女の名前」であり、宮崎は、「偉大な航海者オデュッセウスの風雨にさらされた心の中に、格別の場所を占めていた」というこのナウシカに「すっかり魅せられ」たという。

そしてまた、このナウシカが、宮崎には『堤中納言物語』に出てくる「虫愛づる姫君」を連想させ、いつしか、ナウシカとこの姫君が重なったという。ナウシカは、「わたし王蟲がすき」（二、九五）[3]と「風の谷」のリーダー格の老人に語るほどであって、人間と生きものとの交感が、「人間中心主義」とは別のあり方が、如実に描かれる。ただし、ナウシカはすぐに、「風の谷」のみんなのことも同じように好き、と付け加えたが。

『ナウシカ』以降の宮崎監督アニメでは、『となりのトトロ』（以下、『トトロ』）や『もののけ姫』はもとより、『千と千尋の神隠し』（以下、『千と千尋』）においても、「環境問題」が重要な役割を演じていることは明瞭であり、宮崎の環境問題への関心が基本的には『ナウシカ』で顕在化するのである。

（2）広義の環境問題と『もののけ姫』

とはいえ、宮崎が環境問題を主要テーマとするアニメばかりを作っていたわけではないことも明らかである。例えば、『天空の城ラピュタ』（八六年）や『魔女の宅急便』（八九年、以下、『ラピュタ』『魔女宅』と略記）は、普通の意味では環境問題とは関係がないといえる。ただ、『ラピュタ』の中で、偉大な科学を有していた「ラピュタ」が滅んでしまった理由に言及し、「ラピュタ」といえども「土を離れては生きられない」というような意味のセリフが出てくる点などは、人間と自然の関係の重要性を物語っているようではある。しかし、そうだとしても、それが『ラピュタ』のテーマだと見ることは難しい。

今、私は「普通の意味では環境問題と関係がない」と書いた。それは、ある意味では関係があるということであって、一例を挙げると、『魔女宅』の舞台の魅力に関わる。この作品では、魔女の娘・キキが魔女になる修行のために、彼女自身の判断で滞在する街を選ぶ。『魔女宅』のテーマが何であるにしても、この作品の魅力がキキの滞在している街の美しさと不可分であることは明らかであろう。キキのボーイフレンドであるトンボの乗った飛行船が高くそびえる時計台の上部に衝突し、「魔女」のキキがそれを救うのだが、このとき、時計台にどこかの国の家電メーカーなどのロゴが掲げられていては興ざめである。

アレックス・カーは、その『美しき日本の残像』[4]や、とりわけ『犬と鬼』[5]において、日本の景観、街並み、海岸線が土建事業によって破壊されていることを痛烈に批判しているが、その醜さの対極的な位置にあるものが『魔女宅』に出てくる街であり、その点は『ハウルの動く城』の街についても同じであろう。

『魔女宅』の街はクロアチアのドゥブロヴニクが、『ハウル』の街はストラスブールが、つまり、その街並みが「世界遺産」として登録されるような場所が、それぞれモデルであるらしい。『紅の豚』も「クロアチアの岸の多島海が舞台」だと、宮崎自身が語っている。[6]ヨーロッパの街という点では、『千と千尋』に出てくるゼニーバの住居も、どことなくイギリスの田舎のたたずまいを連想させ、魅力的である。

もっとも、街並みの美しさで知られるヴェネツィアの街は一五億本とも言われる杭の上に成り立った街であるが、その杭となった木材は、レバノンやギリシャ、旧ユーゴスラヴィアから運んだと言われていて、景観の美しさ自体が森林破壊の上に成り立っていたのであるから、[7]「世界遺産」だからといって単純に礼賛できるものでもなかろうが。

『魔女宅』の前年に公開された『トトロ』に関して、宮崎駿は、「自分の子供時代に対する一種の手紙」だと述べている。それは、「緑を全然綺麗だと思えなかった、ただ貧乏の象徴にしか思えなかった自分に対する手紙[8]」だったという。たしかに、『トトロ』も、その主題が何であるにせよ、舞台となった里山の美しさなしには成立しない話であろう。

街並みや里山が「観光資源」になるということは、今では世界的な常識となったが、この認識がある程度の広がりを持つに至ったのは、さほど古い話ではなく、宮崎駿自身もどこかの時点で、里山はむしろ美しい風景なのだという認識を持つようになり、それをアニメの世界で叙情的に表現した。宮崎アニメは、こうした認識が子どもや若者たちに普及することに一役買ったのではなかろうか。

宮崎自身、『紅の豚』公開（九二年）直後のインタヴューで、自分は「環境問題とかそういうことで映画を作りたいとは今思わないんですよ。なぜかっていうともう当たり前のことだから。子供だって全部知ってるんだよね」[9]と語っていた。これは、環境問題に関わる映画は金輪際作らないという意味ではなく、常識的な意味のそれは作らないということであろう。こういう発言をするに至った宮崎が作った作品が、『もののけ姫』（九六年）であり、宮崎アニメのうちで「環境問題」との関わりが最も深いといってよかろう。

宮崎は、この物語の着想を古代メソポタミアの『ギルガメッシュ』叙事詩に得たというが、それを『もののけ姫』において日本の中世に移し替えた[10]。中国地方の山地を主な舞台とするこの作品には、エボシ御前という女性をリーダーとするたたら製鉄に従事する人々が登場する。たたら製鉄のためには砂鉄と木炭が必要であり、そこで使用される木炭の量は尋常なものではない。その木炭調達のために、山の木々が切り倒され、山々が裸になるほどだ[11]。深い森に住んでいたイノシシたちは、人間たちの所業に憤り、たたら場の人間たちを襲撃するが、火器の前に敗北を余儀なくされる。森の木々を大規模に切り倒そうとする人間たちと、それを阻もうとする動物たちの間の戦争が、『もののけ姫』で描かれるのである。

一方に、森の守護神・シシ神、森を守るために闘うイノシシたち。他方に、森を一層大規模に製鉄用の燃料化すべくシシ神殺害を目指すエボシ御前やジゴ坊。そして、巨大な山犬に育てられエボシ御前を仇と狙う少女のサン＝「もののけ姫」や森に住む動物たちと人間との「共存」の道を模索しようとする若者アシタカ。この三つの立場が入り乱れ、最後にはイノシシたちの大虐殺が起こる。人間中心主義とは明白に異なる話が、ここには描かれている。

これは、今なお続く森林破壊をどう見るかにもつながるような物語であって、これに人類史的な深みを与え、その問題を若者たちの意識にまでクローズアップした意義は小さくないだろう。(12)

このように宮崎アニメは、一方で森林破壊のような問題をテーマ化し、他方で街並みや風景の美しさを描く点に特色があって、いずれにせよ「環境問題」に深く関わっているのである。

（3）一〇年余に及んだマンガ版『ナウシカ』

話をもう一度、『ナウシカ』に戻す。

宮崎アニメに親しんだ人には、『ナウシカ』には、アニメーション映画版とは別に、単行本七冊のマンガ版(13)があり、両者がかなり異なるものであることは周知のところである。それは、マンガ版の連載途中で映画化がなされたことによる当然の帰結であったが、宮崎駿の世界における『ナウシカ』の重要性を確認するため、マンガ版『ナウシカ』と宮崎駿監督によるアニメ映画の公開の年月を記してみよう。[14]（マンガ版『ナウシカ』は、月刊『アニメージュ』での連載数回分が一冊にまとめられて刊行され続けた。）

まず、マンガ版『ナウシカ』の発行年月を列記すると、第一巻＝一九八二年九月、第二巻＝八三年八月、第三巻＝八五年一月、第四巻＝八七年五月、第五巻＝九一年六月、第六巻＝九三年一二月、第七巻＝九五年一月、となる。

アニメ版『ナウシカ』は、八二年一二月に映画化が決定され、八三年五月に準備開始、八四年三月に公開された。

また、マンガ版『ナウシカ』の完結に至る時期に公開された宮崎駿監督のアニメ作品には、『天空の城ラピュタ』（八六年八月）、『となりのトトロ』（八八年四月）、『魔女の宅急便』（八九年七月）、『紅の豚』（九二年七月）がある。

そして、マンガ版『ナウシカ』完結後、『もののけ姫』（九六年七月）、『千と千尋の神隠し』（二〇〇一年七月）が公開された。なお、この間に、高畑勲監督のドキュメンタリー長編映画『柳川掘割物語』（八七年四月）が公開され、宮崎はこの映画ではプロデューサーを務めた。水の街・柳川を記録した作品である。

年月に関するここの記述では必ずしも明瞭ではないかもしれないが、アニメ版『ナウシカ』の公開の時点では、マンガ版『ナウシカ』は第三巻の始めの部分に相当する部分までしか描かれておらず、その後に描き継がれた部分は映画化された部分の約二倍の分量に相当する。したがって、そのマンガ版とアニメ版が大いに異なるのは当然の話である。

また、マンガ版『ナウシカ』の連載は、『ナウシカ』『ラピュタ』『トトロ』『魔女宅』『紅の豚』の仕事・公開による中断を挟んで続き、九四年二月に完結をみた。[15] そのすぐ後の四月には、『もののけ姫』の企画書が書かれることになる。

映画監督としての仕事に伴う度重なる中断にもかかわらず、宮崎駿がマンガ版『ナウシカ』全七巻を完結させたのは、『ナウシカ』が宮崎にとって極めて重要な意義を持っていたためだったと考えるのが自然であろう。また、『ナウシカ』『ラピュタ』『トトロ』『もののけ姫』を宮崎監督の代表作と考えれば、その代表作の製作に関わっている時期は、マンガ版『ナウシカ』に取り組んでいる時期にほぼ重なるわけで、その意味で、マンガ版『ナウシカ』は、宮崎駿の世界において非常に重要な意味を持っていると言わなければならない。

一例を挙げれば、『ナウシカ』第五巻に登場する「大海嘯」、つまり爆発的に増えた粘菌が「重い瘴気をまき散らしながら何もかも喰いつくしつつ」進み、「無数の胞子を噴出し」、世界を滅ぼすかのように広がっていくさまは、『もののけ姫』の後半、エボシ御前の放った銃弾で森の守護神・シシ神の首が飛び、それがシシ神自体の大爆発をもたらし、タール状の物質が辺り一面を覆い尽くすだけでなく、生きもののように急速に広がっていくさまと、イメージ的に非常によく似ている。

しかし、率直に言って、マンガ版『ナウシカ』全七巻は、私にとっては分かりやすい作品とはいえない。ごく外見的に見ても、章による区分もなければ目次もない。宮崎駿自身も、マンガ版『ナウシカ』が「読みにくい」ことは承知の上だったようであって、「基本的に一ページに十一コマくらいとか十コマぐらい使って、もう読みにくい漫画を描こうっていうのが『ナウシカ』にはあったんですよ」[16]と述べているほどである。話が明快に展開し、読み飛ばしもできる、というものの正反対である。しかも、絵は鉛筆画であって、ややとっつきにくい印象もある。

加えて、登場するキャラクターが変容していることも、話の統一的な把握を困難にしている。例えば、「火の七日間」で、都市群を破壊したとされる「巨神兵」だが、アニメ版に出てくる「巨神兵」は、心臓を備えていたり、トルメキア王の娘クシャナの発する「どうしたバケモノ、やっつけろ」という声に応えたりする存在であったが、マンガ版第六巻末に至ると、強い感情を持つに至っただけでなく、ナウシカを母親と見なすに至る。『真夏の夜の夢』に出てくる妖精パックの惚れ薬を降りかけられたときにやや似て、巨神兵は目覚めて最初に目にしたナウシカを母親と見なす始末。この変容は、その一例である。

とはいえ、もう一度、『ナウシカ』発表・公開の年月を見てみよう。アニメ版『ナウシカ』が公開された一九八四年は、日本のバブル景気の始まる直前であった。そして、マンガ版『ナウシカ』が第七巻で完結したのは、一九九五年一月。ここには一〇年以上の歳月が流れていたというだけでなく、そのちょうど中ごろには、ベルリンの壁崩壊があり、冷戦終結宣言がなされ、ソ連が消滅するという巨大な変化があった。そして、「湾岸戦争」が引き起こされ、旧ユーゴスラヴィアの内戦が続いた時代でもあった。そう考えれば、『ナウシカ』で扱われている戦争などの描き方が変化したとしても、それは当然とも言えるであろう。

（4）ソ連の崩壊と『ナウシカ』

マンガ版『ナウシカ』は分かりやすい話ではないと書いたが、その理由として、宮崎駿という人が、その作品にいろいろな要素を詰め込んでしまう傾きのある人だという点、そしてこれを私は彼の美点だと信じるものだが、この点も作用していると思われる。

話がまた『ナウシカ』から離れるが、諸要素の併存ということを『千と千尋』を例として考えてみよう。このアニメは、いろいろな側面を持っていて、まずは、千尋という少女の成長物語のようにも見える。

だが、このアニメで重要な役割を演ずるカオナシは、自分の声で「会話」することができない存在であり、金によってしか他人の歓心を買うことができない。そういう現代人のコミュニケーション不在の世界が、かなりの比重でここに描かれているとも言える。

『千と千尋』のオクサレサマという怪物？は、実は極度に汚染された川の精であるし、千尋を助けてくれて、のちには千尋が尽くそうとするハクは、実はコハク川という川の精であって、その川は埋め立てられてしまっており、ハクは行き場を喪失した精霊あるいは化身である。そう見れば、このアニメが環境問題に関連することは否定できない。

さらには、このアニメの冒頭で「テーマパークの残骸」が描かれている点や、油屋温泉を訪れる八百万の神々の姿、カオナシを囲んでの大宴会の様子を見ると、ここにバブル経済に踊った日本人あるいは日本社会に対する監督の批評意識が働いているようにも見える。

と同時に、このアニメは、千尋の成長を、彼女とハクとの交感の物語として描いた作品でもある。

『千と千尋』はいささかゴタゴタした印象もなくはないが、ここに略記したような多面性が、万華鏡のごとくに、このアニメの魅力を作り出しているとも言える。

話をマンガ版『ナウシカ』に戻せば、これは日本のバブル経済開始間近の時期から冷戦体制の崩壊、湾岸戦争からユーゴ内戦に及ぶ時期にわたって描き続けられていたのであって、宮崎駿という人は、ここに言及したような諸問題に強い関心を抱く人であり、しかもそれら諸要素をおのが作品の中に盛り込もうとする人であるから、それらの要素を組み込んだマンガ版『ナウシカ』が単純な話に収まらないのは、当然といえば当然であった。

一例を挙げれば、宮崎は、『ナウシカ』におけるトルメキアと土鬼《ドルク》の戦争が、独ソ戦、つまりヒトラーのドイツがスターリン支配下のソ連を攻撃し、第二次世界大戦の主戦場となった、その戦闘をモデルとしているのだと語っている。[17] そう語ったのは一九八六年で、『ラピュタ』の公開の頃、二〇世紀というものを彼が総括的に振り返ろうとした頃であって、彼は、二〇世紀が戦争の世紀であったという思いを前提としていたのかもしれない。私がそう想像するのは、宮崎が一九九〇年代の初頭に司馬遼太郎・堀田善衞と鼎談をし、その冒頭、二人の先輩に「この二〇世紀という時代は、後の世からどうみられるのでしょうか?」という質問を投げかけていること[18]による。

他方、『ナウシカ』の最後の部分は、月刊『アニメージュ』九四年四月号掲載分であるが、そこで描かれた土鬼の「聖都シュワ」における神聖皇帝の巨大な城の崩壊は、ベルリンの壁の崩壊やソ連の崩壊のように見えないこともない。宮崎は、九一年のソ連崩壊について、

ちょうど、「ナウシカ」の連載で土鬼という国が崩壊するところを書いていたところだったんですね。自分で書きながら、土鬼のような帝国がこんなに簡単に崩壊しちゃったのかなと思っていたら、もっと簡単にソ連が崩壊してしまったので、あっけにとられましたね。[19]

と語っていた。

『ナウシカ』の世界では、このときすでに土鬼の神聖皇帝は死んでいて、トルメキアのヴ王も死を迎えようとし、娘のクシャナに、「ひとつだけ父の忠告を聞け　王宮は陰謀と術策の蛇の巣だ　ゴミの如き王族、血族がひしめいておる」「だが　ひとりも殺すな　ひとりでも殺すと　わ

しと同じに次々と殺すことになるぞ」と言い残す。クシャナに付き従っていたクロトワは、これを聞いて「よくいうよ」とつぶやくが、『ナウシカ』を読み続けてきて、ここに至れば、クロトワならずとも、「よくいうよ」と言いたくなる科白ではある。しかし、九二年、九三年は、旧ユーゴスラヴィアの内戦が激しかった時期であって、まさしく憎しみが憎しみを生むように見える状況が、そこにはあった。

憎しみの連鎖は何も生み出さないという考えは、『ナウシカ』に繰り返し登場する。ふだんは青い王蟲の眼が赤くなるのは怒りに我を忘れたことの象徴である（一、一九など）。同様に、『もののけ姫』でイノシシのリーダー・ナゴノ守《かみ》が「祟《たた》り神」になるのも、怒りに震えての結果である。宮崎自身、『ナウシカ』の連載中のこととして、「いちばん大きな衝撃だったのは、ユーゴスラビアの内戦でした」と語っていた[20]。その意味は、「憎しみが憎しみを生む」ということ、ある種のねじ曲げられたナショナリズムの問題ということではなかったか。そして、ナウシカ自身、時として怒りに我を忘れそうになる。ナウシカ自身は、トルメキアの側に立つ形で戦争に関わるけれども、やがてトルメキアの敵である土鬼の一人の老僧正に惹かれ、エピローグには土鬼の人々と生きたと書かれていて、自己の所属する人間関係のみを絶対視するという発想はとっていない。私の思い違いかもしれないが、「ねじ曲げられたナショナリズム」にはいささかも与しないという宮崎駿の決意のほどを、ここに感じる。

それはともかく、『ナウシカ』は独ソ戦のイメージで描き始められながら、ユーゴ内戦のイメージがからむ。それどころか、戦争による捕虜の獲得が人口増加策として行われるという、どこか古代の戦争を連想させるような話から、日本の特攻隊のような「自爆」の話まで出てくる。物語展開が複雑化する理由であるが、だから物語がつまらなくなるかといえば、さにあらずである。

こうして、マンガ自体の「内的一体性」にさほどこだわらずに眺めれば、『ナウシカ』には戦争や環境問題に関わるさまざまな側面、生命倫理や宗教問題にも関連すると思われることが描かれていて、思考を刺激される。

例えば、第五巻冒頭では、「神聖皇弟《こうてい》」の身体の複製が話題になる場面が出てくるが、ここは現代的な生命倫理の重要なトピックになりそうな話である。さらには、土鬼のリーダーが、「戦士たちよ　聖なるわが国を犯した異教徒を皆殺しにするのだ」（三、九三）と叫ぶとき、土鬼諸侯国（の一部）では僧侶が支配者になっている点など、政治や戦争と宗教の関連という問題に改めて気付かされる。

しかし、それらは環境問題というこの論文のテーマから外れるので割愛し、環境問題に話を戻せば、土鬼軍が、王蟲の幼虫を囮にして王蟲の大群を誘い出し、それによってトルメキア軍に打撃を与えようとする場面が出てくる。これは、アニメ版にも出てくる話だ。さらに、瘴気と呼ばれる猛毒をトルメキア軍に対して使用する場面（三、六二以下）が出てくる。また、巨大な虫の大群が土鬼に操られ、トルメキア軍を襲撃する凄まじい場面（四、五〇以下）もある。生物・化学兵器は二〇世紀初頭以来の戦争でしばしば使われてきたものではあるが、二〇世紀末に至っても、使われた。そういう事態を想起させるかのように、『ナウシカ』の戦闘場面は描かれている。

これに対し、ナウシカの師であるユパは、「何という愚かなことを!!」「瘴気を戦闘に使うとは」（五、五三）と嘆息、「土鬼僧会にはひとりの生態学者もいなかったのか」とトルメキア王の娘クシャナに問いかける。クシャナは、土鬼皇帝は愚かだが、「同じ立場にいたら　トルメキア王も同じ道を選んだにちがいない」し、自分だって、同じ立場にあれば同じこと、と語る。ここには、戦争こそが最大の環境汚染でもあるという観点があるといってよかろう。

と同時に、戦争とは関わりのない「環境問題」の話もむろんある。

マンガ版『ナウシカ』には、アニメ版には登場しない「森の人」という存在が登場する。その「森の人」に助けられ、虫の卵を食べ物として提供されたアスベルが、「卵を盗っても　蟲《むし》に攻撃されないのか?」と尋ねる。すると、「森の人」は、

「盗るのではないもの　お願いして少しだけもらうんだ」（三、八七）

と答える。これは、森や海など、自然に大きく依存して生きていた人々の英知というべきものであり、その英知は現代的に活かされなければならないと思うのだが、それがここに簡潔に語られていると言える。

このように、生活の中の知恵のようなレベルから戦争に関連する環境問題までを、二〇世紀の巨大な変動を前提としつつ扱い、他方、『ギルガメッシュ』のような太古の世界から『ナウシカ』

の描いた未来までを含めて、宮崎駿は独特の世界を作り出しただけでなく、それらを日本という地域を越えて若者たちに提供し続けてきた。

それらの観点は、宮崎自身が述べたように、今や常識となった部分もある。だが、常識となった部分も、今なお現状と重ね合わせることのできそうな部分と相俟って、宮崎作品が若者たちを引きつけ続けているとすれば、宮崎アニメの世界は、現代の古典となったというべきであろう。

注

（1）「一九八三年六月二十日記者発表用資料より」宮崎駿『出発点 1979 ～ 1996』徳間書店、一九九六年、三九三頁。
（2）「〝風の谷〟の未来を語ろう」（『朝日ジャーナル』一九八五年六月七日号）、前掲『出発点』三四二頁。
（3）『風の谷のナウシカ』徳間書店版からの引用は、第二巻九五頁を（二、九五）のようにして示す。
（4）アレックス・カー『美しき日本の残像』朝日新聞社（朝日文庫）、二〇〇〇年。
（5）アレックス・カー『犬と鬼』講談社、二〇〇二年。
（6）堀田善衛・司馬遼太郎・宮崎駿『時代の風音』朝日新聞社、一九九二年、一一五頁。
（7）同、二三五頁以下の、堀田善衛の発言。
（8）宮崎駿『風の帰る場所』ロッキング・オン、二〇〇二年、一一三頁。
（9）同、一〇五頁。
（10）『もののけ姫』の原型という点では、宮崎駿『シュナの旅』（徳間書店、アニメージュ文庫、一九八三年。二〇〇七年に六八刷）も重要である。例えば、『もののけ姫』のアシタカに同伴する「ヤックル」の姿は、すでに『シュナの旅』に登場している。
（11）鎌田慧『日本列島を往く（2）地下王国の輝き』（岩波現代文庫、二〇〇〇年）には、「たたら製鉄の道・

島根県横田町」という章があり、八岐大蛇から「ドジョウすくい」まで関連させ、たたら製鉄について論じている。

(12) 森林破壊の問題を幅広い環境問題の中に位置づけた著作として、メドウズたちの『限界を超えて』（ダイヤモンド社、一九九二年）だけをここに記しておく。

(13)「マンガ版」にも、アニメ版を本の形にしたというべき「講談社アニメコミックス」版と、月刊『アニメージュ』一九八二年二月号に始まる連載をまとめた七冊版（徳間書店）がある。ここでは、前者には触れず、七巻版のみを「マンガ版」と言うことにする。なお、この月刊誌の副編集長が鈴木敏夫であった。（鈴木敏夫『映画道楽』ぴあ、二〇〇五年、巻末略年譜による。）

(14) この年表は、宮崎駿『風の谷のナウシカ』、叶精二『宮崎駿全書』（フィルムアート社、二〇〇六年）巻末年譜に基づく。

(15) マンガ版『ナウシカ』の売れ行き（二〇〇五年三月現在）は、第一巻が八七版・出荷数一八五万部が最大で、第七巻三六版・出荷数一三〇万部が最小だとのこと。（『宮崎駿全書』四七頁）

(16) 前掲『風の帰る場所』二五七頁。

(17)「宮崎さんの手で、映画にしてほしい話があるんです」（夢枕獏との対談。『アニメージュ』一九八六年二月号）、前掲『出発点』三四八頁。

(18) 前掲『時代の風音』一二頁。

(19) 宮崎駿「『風の谷のナウシカ』完結の、いま」『よむ』岩波書店、一九九四年六月号、前掲『出発点』五二九頁。

(20)（19）と同じ、五二八頁。

桐野夏生『OUT』における「生と死」

「日本文学における生と死」というテーマで短く講義するという課題を与えられて、いささか当惑したが、これはもう作品を限定して対応するしか手がないと考え、桐野夏生の小説『OUT』（一九九七年刊）を取り上げることにした。その理由は、この作品が英訳され、二〇〇四年にアメリカでエドガー・A・ポーに由来するエドガー賞候補となり、そのことが日本の新聞でも話題となったので、アメリカで一定の評価を受けた作品がどんなものかを紹介しますといえば、受講者の関心を引くだろうという発想である。それに、この作品が殺人とその死体の解体の場面からはじまることを考えれば、「生と死」というテーマに関連することは自明であるからである。

桐野作品について述べる前に、日本文学の英訳の歴史について、ごく簡単に触れると、チェンバレンによる『古事記』の翻訳の刊行（一八八三年）などを基準にすれば、もはや一二〇年以上の歴史があり、ウェイリーによる『源氏物語』の翻訳もすでに一九二〇年代に出ていた。

近現代の小説に話を限ると、夏目漱石、芥川龍之介、川端康成、谷崎潤一郎、三島由紀夫、安部公房、大江健三郎などの、「古典」と言える作品が英訳されてきた。なかでも川端、三島、谷崎という「御三家」には、西洋人から見て「異国情緒」を感じさせるという意味で珍重されるものもあっただろうと思われる。

最近は、村上春樹などをはじめとするサブカルチャー系の作品も次々に翻訳されている。これらの作品が「異国情緒」のゆえに翻訳されているわけではないことは明らかである。

桐野夏生『ＯＵＴ』に続いては、クレジットカードの問題を取り上げた宮部みゆき『火車』（原本一九九三年、英訳題名は *All She Was Worth*）などが翻訳・出版された。これらも、「異国情緒」とは何の関係もないだろう。

このように、近年はいわゆる「純文学」だけでなく、「エンターテインメント系」も訳されるに至っていて、『ＯＵＴ』がエドガー賞候補になったというわけである。

また、英訳に限らず、吉本ばなな作品がイタリアで人気を博したことに示されるように、各国語に翻訳されている。欧米の言語だけではなく、中国、台湾、韓国でも、最近の日本の小説が「リアルタイム」で翻訳されているという(1)。

冷戦終結以降、中国の市場経済化の進展、台湾や韓国の経済発展が、このような日本文学の同時代的紹介を大規模に可能にした背景にあるだろう。

菅野昭正は、一九八一年から二〇〇一年に及ぶ彼の「文芸時評」をとりまとめた『変容する文学の中で』の「あとがき」で、この二〇年ほどを回顧し、それが「大変動から大変動へ渡り歩くような時代だった」と書き、その変容の一面について、「女性作家の活動の場が次第にひろがってゆくこと、都市で孤独に暮らす単身者が作中人物として登場する作品が目立つようになったこと」（四三八頁）を指摘している。[2] ここに菅野が「女性作家」と書いたとき、その中に桐野が含まれていたかどうかはともかくとしよう。

桐野は、『顔に降りかかる雨』（一九九三年）について、「深夜のコンビニエンスストアに佇んでいた女性の横顔を見たときに、主人公のヒントが生まれました。大都会でひとり生き抜いている女性を描いた小説が読みたい、と思ったので、だったら、自分で書こうと」と述べている。[3] このような「大都会でひとり生き抜いている女性」は、東京にも台北にもいるはずで、登場人物が日本人であっても違和感がないということも、桐野作品が広く海外で読まれる一つの条件になっているのであろう。

桐野夏生は、一九五一年に金沢市に生まれた。賞を得た作品に、『顔に降りかかる雨』（江戸川乱歩賞）、『ＯＵＴ』（日本推理作家協会賞）、『柔らかな頬』九九年（直木賞）、『グロテスク』〇三年（泉鏡花文学賞）、『残虐記』〇四年（柴田錬三郎賞）、『魂萌え！』〇五年（婦人公論文芸賞）などがある。他にも、『天使に見捨てられた夜』九四年、『水の眠り　灰の夢』九五年、などがある。

これらの中にはテレビ番組化された作品や映画化された作品もあり、ことに『ＯＵＴ』は、テレビの「連続ドラマ」（九九年）となり、映画化（〇二年）され、芝居（二〇〇〇年）ともなって、小説で読んでいない人にも、その名前は比較的よく知られていると思われる。

『ＯＵＴ』のパート労働者たち

桐野の『ＯＵＴ』は、現代日本社会の断面を鮮やかに描き出している。

『ＯＵＴ』の最初の方では、東京郊外の弁当製造工場でパート労働をしている四人の女性たちが描かれる。

香取雅子（四三歳）は、フルタイムの職場を去らざるを得なかった過去を持つ。夫ともうまくいかず、高校を中退させられた息子とも対立している。孤独感が強く、帰る場所がないと感じている。

城之内邦子（二九歳）は、内縁の夫に逃げられた派手好きな女性。パート労働で暮らさざるを得なくなっているが、派手なところは相変わらず。

吾妻ヨシエは、五〇代半ばの寡婦で、寝たきりの姑をかかえ、夜間のパート労働以外には働き口が見いだせない。子どもが二人いて、長女は結婚して家を出ている。次女は高校生だが、祖母の世話には全く手を出さない。

山本弥生（三四歳）は、マンションの頭金作りのためにパート労働をしていたが、暴力的で不幸な男・健司が給料を彼女に渡さなくなったので、小さい子どもをかかえ、生活費稼ぎのため、働かざるを得なくなっている。

なぜ夜間の弁当工場なのか。それは、昼間働くよりは、わずかだが時給が高いからである。物語は、この四人が手短に描かれたあと、山本弥生が引き起こす事件から始まる。山本の夫は、家庭を顧みず、「クラブ」の女性（この女性は中国人である）に熱を上げ、弥生と二人で、マンション購入の「頭金」として貯金していたお金五〇〇万円を、賭博で失ってしまう。そのことを知らされて愕然とした弥生は、夫に抗議する。

突然、鳩尾に何か堅く重い物が捩じ込まれた。気を失いそうなほどの激痛が襲い、弥生はその場に倒れた。息が吸えなくなって悶絶しながらも、いったい何が起きたのか訳がわからない。言葉にならない呻きを発していると、今度はエビのように丸めた背中を蹴られ、悲鳴を上げた。

「馬鹿野郎」

健司が怒鳴り、右手をさすりながら風呂場に入るのを横目で見て、夫の右の拳固で殴られたと知った。弥生は痛みに呻いてしばらく横たわっていた。［中略］

弥生はTシャツをめくってみた。鳩尾には青黒い痣がくっきりとついていた。それが健司と自分の終わりの刻印のように感じられ、長い息を吐くと襖が開いた。長男の貴志がこわごわとこちらを見ている。

「おかあさん、どうしたの」

「何でもない。転んだの。大丈夫だから早く寝なさい」

そう言うのがやっとだった。貴志は何かを悟ったらしく、黙って襖を閉めた。眠っている弟を気遣ったのはすぐにわかった。幼児でさえも他人を思いやる心を持っているというのに、健司のこのざまは何だろう。人が変わってしまったのだ。それとも、もともとこういう男だったのか。〔中略〕

怒りよりも、どうしてこんな男と暮らしているのかという惨めさが弥生を打ちのめしていた。

（講談社文庫・上、八八〜九〇頁）

このあと弥生は弁当工場に出社するのだが、夜間勤務が終わりに近づいた頃、腹部の痛さもあって、豚カツソースを入れた容器に蹴躓き、もんどり打って転んでしまう。容器をひっくり返した激しい音は、工場中の者が度肝を抜かれるほどのものだった。

それでも替わりの作業着はなく、弥生は尻と両袖に豚カツソースをべったりつけたまま作業を続けざるを得なかった。

弥生は山梨の短大を出て上京、美しく可愛いとちやほやされたが、地味な建材会社に勤める山本健司と結婚したのだった。しかし、健司はすぐに弥生に興味を失い、家に寄りつかなくなっていた。「いつも幻を追いかけていたい不幸な男。それが健司だ。」（八六頁）

健司が弥生に暴力を振るった翌日、彼は珍しく夜一〇時半に帰宅した。新宿でバカラ賭博をして有り金をはたき、店員とトラブルにもなって階段から転げ落とされて帰宅してきたのだった。いつもより早い帰宅に驚いていると、健司は弥生に、まだ仕事に行かないのかと言う。

喧嘩でもしたのか、健司の唇が腫れて血が滲んでいる。が、黙りこくったまま、弥生は立ちすくんでいた。この湧き上がる憎しみの奔流をどうやっておさめていいのかわからないのだった。なのに健司はつぶやいた。

「なんだよ。たまには優しくしてくれよ」

その途端、ぶつっと音がして弥生の忍耐の糸が切れた。弥生は自分でも思いがけない素早さで革のベルトを腰から外し、健司の首に巻きつけていた。（九一頁）

こうして弥生は突発的に健司を殺してしまう。どうしたらよいか。弥生は雅子に電話で相談した。自首するつもりはないという弥生の言葉を聞いて、雅子は自分が健司の死体を「処分」しようと決心する。雅子一人でできる「仕事」ではないので、ヨシエにも「仕事」に加わるよう依頼し、死体の「解体」を始める。そこにたまたま邦子が現われ、雅子はやむなく邦子も仲間に引き入れて、ひそかに死体を「処分」してしまう。

このように、話が異常な形で展開する。確かに異常には違いないが、読者は健司殺しが起こりえたこと、そしてその「処理」がなされることに引き込まれてしまう。

やがて、切断された死体の一部が発見され、警察の捜査が始まるが、弥生が犯人であることも、雅子たちが死体の「処理」を行ったことも発覚しない。

そして、次の「事件」が起きる。

弥生は殺人という罪を犯した女性である。しかし、読者の多くは、弥生に同情はしても、夫である山本健司には余り同情しないであろう。

殺意を抱かざるを得ないような事情を抱え込んだ家庭の中の闇。

その闇が、弁当工場の夜間労働とつながっているようにみえる。

家族を描く

それにしても、なぜ雅子は死体の「解体」を計画し、ヨシエを誘い込んだのであろうか。また、ヨシエはなぜ、この「計画」に荷担したのであろうか。

ヨシエの荷担の理由の方が分かりやすい。ヨシエは高校生の娘、美紀から「修学旅行代」として八万三千円をねだられる。寡婦で、姑の介護をして、自分は夜間に弁当工場でパート労働をしているヨシエに、そんなお金が捻出できるはずもない。そこでヨシエは、雅子に借金を申し込み、了解して貰って、そのお金を借りていた。

ヨシエは、雅子からその金をすぐに返すように、返せなければ「仕事」を手伝うよう迫られた。だから、ヨシエは「協力するしかないね」と言った。そのときヨシエと雅子が交わした会話。

「あたしはあんたに義理があるからやるんだよ。仕方なくね。でも、どうして、あんたそこまで山ちゃんのためにやるのよ」

「さあ、どうしてなのかあたしにもわからない。でも、あたしはあんたが同じことしたってやるよ」（一一二頁）

なぜ雅子はこのように考えたのか。その重要な背景は、雅子の家庭にある。雅子の息子の「伸樹は、都立高校に入ったばかりの春に、押しつけられたパーティ券を持っていただけで販売に荷担したと退学処分を受けた。」親は何もできず、息子は何の展望も情熱も持たず、口を利かなくなった。夫の良樹は会社という鬱屈を抱えていた。雅子は、賃金差別を会社に訴え、会社に居づらくなって退社し、弁当工場の夜勤パートをしている。この「たった三人の家族は、それぞれの寝室を抱えると同様、それぞれの重荷を負って孤独に現実と向き合わされている。」（九六頁）

夫を殺して、どうすべきか雅子に相談した弥生は、雅子が死体の「処分」をしてくれるという申し出に驚く。

「雅子さんは、いったい何をしてた人なの」

「あんたと同じ。亭主がいて子供がいて仕事があって、でも孤独で」（一一八頁）

と語られるが、この雅子の言葉は、文字通りには雅子と弥生に当てはまる。しかし、寡婦となっているヨシエにも孤独という点は当てはまる。家族がいても、あるいは家族がいるから孤独な女たち。その女たちのいわば連帯が、死体の解体という異常な事態に結びついたといえるのだろう。

このように見ると、『ＯＵＴ』は、現代の家族のあり方を描いた作品だともいえる。粉々になった家族。弥生が夫の健司に感じるものは憎悪だという「家族」。全く会話を失ってしまった雅子の「家族」。姑とも娘の美紀とも心を通わせることが全くないヨシエの「家族」。その中で、絶望している女たち。

人間関係がこのようになってしまった時代を、より広く眺めれば、次のようになろうか。

『ＯＵＴ』に描かれた諸相

一九九〇年前後の日本におけるバブル経済以前には、「一億総中流」といわれた時代があった。それが、世紀の変わり目あたりから、経済格差が広がりつつあるという感覚が広がり始めた。さまざまな経済指標からこの格差拡大が実証されているという状況ではないとしても、橘木俊詔『日本の経済格差』（岩波新書、一九九八年）、同『家計から見る日本経済』（同、二〇〇四年）、佐藤俊樹『不平等社会日本』（中公新書、二〇〇〇年）などは、格差拡大を印象づけるものであろう。森岡孝二『働きすぎの時代』（岩波新書、二〇〇五年）や三浦展『下流社会』（光文社新書、二〇〇五年）についても同じことが言える。

低所得者層が増大し、経済格差が拡大して、貧富の差が大きくなっていると言われている。一方で、アルバイト、パート、派遣、契約社員の増加が顕著であり、他方で、超リッチな人びとが生まれているというのである。『ＯＵＴ』は、この「貧」の世界を、上記の書物に先駆けて描いていた。

『ＯＵＴ』の出版は九七年。当初はさほど売れなかったけれども、口コミで広がったらしく、九八年には単行本で三三万部が売れたという。テレビで「連続ドラマ」化されたのが九九年、映画化が〇二年であるから、経済格差の拡大が「実感」されるようになったことが背景にあると見ることができる。

話は飛ぶが、二〇〇五年にはロンドンで地下鉄やバスの爆破事件があったし、フランスでは若者たちの「暴動」があった。いずれも、英仏で生まれはしたものの、その社会から疎外された非白人の青年たちが関与していた。

しばらく前、冷戦後の世界を「文明の衝突」としてとらえようとする議論があったけれども、今回の衝突は文明間にではなく「欧州文明」内部で生じている。(4)

『OUT』には、パート労働以外にも、さまざまな問題が書き込まれている。例えば山本弥生の生活と関連して描かれる育児における母親の孤独の問題。吾妻ヨシエの生活と関連して描かれる老人介護の問題。城之内邦子の生活と関連して描かれるサラ金の問題。

夫婦とも正社員であった香取雅子の場合も、先にふれたように、彼女が職場における男女差別に抗議したため、職場を去らざるを得なかったという形で、会社のあり方の問題が描き込まれている。さらには、高校を退学させられた雅子の息子に関わって、教育問題も暗示されている。

このような問題を背負い込まされた女性たち。それらの問題の集積が、殺人に至ってしまうような過酷さを持っていることを、『OUT』は描いている。

しかし、ではどうすべきかという提言を『OUT』がしているわけではないし、それは小説の役割でもないだろう。あくまでも、現代の〈問題〉を明確にするという性格の作品である。

桐野は、先にふれた「セルフ・バイオグラフィー」で、『OUT』を「書いてみて、日常にこそ小説の鉱脈がある、と強く思いました」と述べているが、まさしくその鉱脈を見事に掘り当てたのであった。

また、桐野は矢作俊彦との対談で、矢作が「僕ね、小説に不愉快な事書くのも嫌なんですよ。桐野さんの小説を読んでいて感心するのは、なんであんなに不愉快な事を次から次に書けるのかと」と述べたのに対して、「確かに酷い事だけれども、事実そういう目にあう人もいるのだから、私も共に考えようという、ある種の危機管理意識に近いですね。」と語っている。[5]

現代に真っ直ぐ向きあおうという潔さが、ここには感じられるし、『ＯＵＴ』にはその点が見事に現れているといえよう。

「時代」を描く

「現代」の動向に向きあおうという桐野の構えは、戦後日本社会の変貌を描く努力とつながるものがあろう。

例えば、『水の眠り　灰の夢』では、一九六三年の「草加次郎事件」を描き、高度経済成長期を、あるいは東京オリンピックに向かって変貌していく東京の街を、「街も人もオリンピックを迎えるというので、狂躁状態になっているかのようだ。」（文春文庫、四六五頁）と描いている。オリンピックに向かう景気を無批判に礼讃しない視点がここにはある。

また、「東京ディズニーランド」の周辺の「寂れつつある旧市街」（一八頁）が急速に変貌していく姿を背景に、ある若者の自殺が引き起こした波紋を描いた『冒険の国』（新潮文庫、二〇〇五年）にも同様の視線がうかがえる。この『冒険の国』は、一九八八年に「すばる文学賞」に応募し、落選したものを、二〇〇五年に手を入れて文庫本として出版したものであるという。

地方都市の中心市街地空洞化という現象が全国的に広がっていると指摘されて久しいが、それと共通する傾向が「東京ディズニーランド」周辺に出ていることが明瞭にわかる。

この『冒険の国』の場合、八八年の作品のどういう部分に手が入れられたのか分からないけれども、「江戸・東京学」華やかなりし頃、桐野はそれに批判的なまなざしを持っていたのであろう。『魂萌え！』に関連して桐野は、「現在のテーマは国家や若者など、漠然とした大きな流れをつかもう、ということ」だと述べている。この「大きな流れ」をつかもうという意図は、ここにふれた『水の眠り　灰の夢』や『冒険の国』にもすでに明らかであった。

では、『ＯＵＴ』ではどうか。

それが現代の家族の一面を描いている点についてはすでに述べた。それとともにこの作品は、現代＝同時代の貧困・過酷な労働現場を描く一面を持つ。雅子と弥生が仕事に着く場面を引こう。ある日の最初の作業は、「カレー弁当」千二百食製造作業だった。

一階の工場に降りて行くと、きつい冷気とさまざまな食材とで、冷蔵庫を開けた時と同じ臭いがした。コンクリートの床から冷気が這い出してくる。夏でも冷える仕事場だった。（上、一七頁）

ごーっと音がして、コンベアが動きだした。［中略］

四角い御飯を平らに均す者、カレーをかける者、鶏の唐揚げを切る者、それをカレーの上に載せる者、福神漬けの分量を量ってカップに入れる者、プラスチックの蓋をする者、スプーンをテープで留める者、シールを貼る者、細かい作業がコンベアの下流に沿って連なり、ようやく一個のカレー弁当ができ上がる。

こうしていつもの作業が始まった。雅子はちらっと壁の時計を眺めた。まだ十二時五分過ぎだ。あと五時間半も冷たいコンクリートの床の上で立ち仕事が続く。トイレに行くにも一人ずつ交代で行かなければならない。申し込んでから自分の順番が来るまで、二時間近くかかることだってある。だから、ひたすら自分を労《いたわ》り、仲間同士で助け合い、なるべく楽な動きをしなくてはならない。それが、体を毀さずにこの仕事を長く続ける秘訣だった。（同、二〇～二一頁）

という具合である。弥生が豚カツソースを浴びるのは、このような労働現場においてであった。サービス業の二四時間化などで深夜帯が増加していて、夫や子どもが寝ている間に妻が働きに出るという「時差家族」が「増殖」していると言われるに至る現状に、[6]『ＯＵＴ』はすでに九七年に切り込んでいたのである。

過去の諸作品

労働現場を記録するという点で考えると、『OUT』と類似の視点を持つ作品は過去にもあった。たとえば、古いところでは、河上肇『貧乏物語』(一九一七年)、細井和喜蔵『女工哀史』(一九二五年)などがそうである。戦後の作品から一例を挙げれば、鎌田慧の傑作『死に絶えた風景』(一九七一年、ダイヤモンド社)などがそうであろう。しかし、これらは、小説ではなくルポルタージュである。

別の背景としては、男女雇用機会均等法によって、女性も「均等」に夜間労働ができるようになったこともあるだろう。

とはいえ『OUT』は、『死に絶えた風景』のように労働問題を追究しようとしている作品ではないし、企業を告発するという方向性を持つものではない。むしろ、その中に生きる人間の生き方を描くものであり、したがって、ルポルタージュでなく、小説になっているとも言える。

さまざまな死

この小論は「日本文学における生と死」という枠の中でのものであるので、桐野作品における「死」について今少し書いておこう。

先にふれた『冒険の国』は、語り手でもある私(永井美浜)と姉の司津子、その両親という四人家族を中心にした物語である。父親は漁師だったが、海が埋め立てられることになり、漁業権を放棄し、その際に手にした金を元手に喫茶店を始めた。しかし、その経営はうまくいかず、今は家で「主婦代わり」をしている。母親は食品センターの魚市場に勤め、姉の司津子は区役所に勤めているが三〇代後半にかかって、なお独身。美浜は、いったん一人暮らしをし、ある男性と同棲したこともあったが、三〇歳を越えた今は一人となり、父母の元に戻って、四人で暮らしている。

回りには次々と「マンション」が建ち、若いカップルが増えている。「新しい街が古く汚いものを排除して生まれるのなら、私や私の家族は排除される側にある」（二九頁）と、美浜は感じている。

あるとき、父親が二人の娘に、「おまえたちに最期は見て貰うから」と言うと、姉は「嫌だねえ」と答える。母親は、娘に「結婚しないいからじゃない。あれだけ言ったのに」と吐き捨てた。美浜は、自分たちは「家族の終わりの形態」（二二七頁）だと感じている。

美浜が家を出て同棲し、また自宅に舞い戻ったことの背景には、美浜の同級生だった守口英二が大学進学を前にして浪人しているときに、突然自殺してしまったことがあった。姉も英二とは親しかった。美浜は英二と親しかっただけに、英二の死後、周囲からいろいろな噂を立てられて苦しんだ。しかし、英二の自殺の真相は、結局のところ、不明だった。親しかったのに、なぜ「英二の死の兆候を嗅ぎ取れなかったのか」と美浜は自分を責め、結局、彼女のその後の十数年は、「問題は常にここに行き着く」と感じ続けてきた。つまり、男友達の死が、十数年を隔てて、尾を引き続けたのである。それは、英二の兄、恵一にとっても同じだった。恵一は、

母さんは鬱になるし、親父は一気に老けたし、この十年、何もかもが狂っちゃった。自殺って凄い破壊力あるよね。（二五三頁）

と、美浜に語る。美浜の人生もその破壊力に振り回された。

そういう死が、現代の家族のありようとない交ぜになって『冒険の国』で描かれている。その「文庫あとがき」で、桐野は「この作品では「取り残された人々」を描こうとしたのだった」と書いている。

そしてさらに、「しかし、バブルは過ぎ、時代に取り残されることに、さほどの意味はなくなった。現在、ほとんどの人間が、取り残されているのだから。では、何に取り残されたのか。それを考えるのはまた違う仕事になるだろう。」（二六六頁）と書いている。

ここの表現を借りれば、『ＯＵＴ』の登場人物たちの多くは、「取り残された人々」であろう。『ＯＵＴ』の最後の場面で、雅子は新たな世界に飛び立って行こうとしているように見える。それは、「取り残された」場所からの脱却（アウト）となるだろうか。しかし、ヨシエや弥生は、「取り残された」ままであろう。

「取り残された人々」と犯罪とを関連させて描くという点では、『ＯＵＴ』には、松本清張（一九〇九～九二年）の作品に共通するところがあるように思われる。例えば、清張の名作『ゼロの焦点』などを想起すればよい。むろん、『日本の黒い霧』に見られるような反権力的な姿勢の明確さは、桐野には見られないけれども。

『ゼロの焦点』の「取り残された人々」は、日本の敗戦直後の一側面を「過去」として背負ってしまった人々である。「過去」は確かに消せない。

しかし、『ＯＵＴ』で「取り残された」人、たとえばヨシエや弥生は、現在もなお「取り残され」続ける。「取り残される」ことが「日常」となってしまう。そういう構造になっているのではないか。「取り残される」ことの重さ。その認識をうながすように『ＯＵＴ』は書かれている。(7)

桐野の『柔らかな頬』における幼児の死も印象に残る。幼児の誘拐殺人といった事件は、現実にもしばしば起こる。その痛ましい死の引き起こしたものを、『柔らかな頬』は、鮮烈に描く。いくらか似たことは、桐野の『天使に見捨てられた夜』についても言える。失踪したＡＶ女優一色リナの捜索依頼を受けた私立探偵の村野ミロ。リナの過去を辿っていくと、彼女もまた、強烈に「取り残された」女であることが浮かび上がってくる。

このように見てくると、少なからぬ桐野作品は、「現代」とは何か、家族は、労働現場は、日本社会はどうなっているのか、「大変動」の中にあるのではないか、その中で人びとはどのように生きているのかを考える糸口を提起していると読むことができる。

注

（1）「日本経済新聞」二〇〇五年一一月二一日以降の夕刊連載、「ニッポン文学、世界へ」などを参照。また、「海外文学賞と日本作家」という記事で、由里幸子は、『ＯＵＴ』がエドガー賞受賞には至らなかったことにふれ、「文学の普遍性とはよくいわれるが、エンターテインメント小説も、ルポルタージュ文学も、言語を超えた読者が期待できる時代になった」と書いていた。(「朝日新聞」二〇〇四年五月三日付)

(2) 菅野昭正『変容する文学のなかで』上・下(集英社、二〇〇二年)巻末の索引を検するに、桐野夏生も宮部みゆきも登場しない。(村上春樹は頻繁に登場している。) 菅野の目には、桐野や宮部の作品は「文芸時評」で論じるに値しないものであったのだろう。想像するに、桐野や宮部の作品は、エンターテインメントではあっても文学ではないという判断であろう。私は、菅野の判断を批判するつもりは全くない。ただ、ここでは桐野や宮部の作品が広く読まれているという「社会現象」に注目しようということである。

(3) 桐野夏生「セルフ・バイオグラフィー」『小説新潮別冊・桐野夏生スペシャル』新潮社、二〇〇五年、所収。

(4) ここの「文明の衝突」評は、英国シェフィールド大学のグレン・フック教授から聞いたところである。

(5) 対談・矢作俊彦vs桐野夏生「国家と時代、小説と現実」前掲『小説新潮別冊・桐野夏生スペシャル』五三頁以下。

(6) 「日本経済新聞」二〇〇五年一一月二二日付夕刊「生活・ファミリー」欄掲載。

(7) 「戦後60年から・私たちがいる所」桐野夏生インタヴュー、「朝日新聞」二〇〇五年一月四日付、参照。

Ⅲ

『若き高杉一郎』その後

名著『極光のかげに』の著者高杉一郎（本名・小川五郎。以下、原則として本名を記す）の若き日について小川からの聞き書きを交えた私の『若き高杉一郎　改造社の時代』（未來社）は、本年（二〇〇八年）六月末に出版されたが、幸いにも一〇月はじめに第二刷が出た。それは喜ばしい半面、追記したいことも生じたので、それをここに書かせていただくことにした。

二〇〇八年一月に亡くなった小川は、長年、その著作や翻訳を主に軽井沢の仕事場で行なったという。その仕事場に遺されたものに、私は大いに関心があった。幸い、ご遺族の了解をいただき、この夏に延べ五日間、その仕事場の整理のお手伝いをさせていただいた。

そのさい、一つの封筒に入っていた、「戯曲　ジュネヴァ――空想の歴史の一頁――　バーナード・ショオ」という題のコピーに目がとまった。その題名の脇に、小川の字で「昭和14年（1939）12月改造」と書かれていて、その翻訳の最後に「高杉秀央訳」と記されていた。私は「アッ」と思った。高杉秀央というのは小川のペンネームではなかろうかという予感が走った。

四〇〇字詰め原稿用紙に換算すると約一五〇枚の作品である。

私は、二〇〇四年夏に初めて軽井沢のこの仕事場を小川自身に案内していただいたとき、小川が一〇年近く編集にたずさわった改造社の雑誌『文藝』合本がそこに並んでいることに瞠目した。今回は、『文藝』以外に、雑誌『改造』が数冊あることを知った。そのうちの一冊が一九三九年一二月号であり、その号にはバーナード・ショー（GBS、一八五六〜一九五〇）の『ジュネヴァ』が掲載されていた。この号の目次を見ると、『ジュネヴァ』という題名の上に手書きの〇が付けられている。

遺されていた『改造・時局版』一九四〇年九月号の目次を見ると、ハリファックス「戦線に向ふ大学生に与ふ」の題名の上にも、同様の〇が付けられていた。ハリファックス（一八八一〜一九五九）は、イギリスの外相（一九三八年三月〜四〇年一二月。イギリス外務省HPによる）をつとめていた。この記事の場合、訳者名がどこにも記載されていない。〇印から考えるに、これも小川が訳したものだった可能性は高い。内容は、オクスフォード大学在学生に向けての講演である。四〇年といえば、すでにイギリスとドイツの間には戦端が開かれていたから、日本の「盟友」ドイツに敵対しているイギリス外相の講演を掲載することは、危険を伴うものであったはずである。しかし、ハリファックス講演のことはさておこう。

小川によるショーのこの戯曲の翻訳については、実は小川自身がこれを書いたのだという記事をやがて私は見つけだした。『別冊英語青年』（一九九八年八月別冊＝雑誌『英語青年』創刊一〇〇周年記念号、研究社）のなかに、高杉一郎「『英語青年』を生き残らせたR・F・閑談」という短いエッセイがあった。〔補注〕このとき、小川五郎九〇歳。R・Fというのは、小川の師であった福原麟太郎のことである。高杉のこのエッセイに、

私は、雑誌『文藝』を足場に日中の文学者がとりかわした手紙のシリーズを発表するような大胆な編集を敢えてして侵略戦争には反対だという意志をあきらかにしたが、……

と書かれていた。この点については、小川は繰り返し書いたし語りもした。私も『若き高杉一郎』で論じた。私が驚いたのは、それに続く部分である。

あるとき、バーナード・ショオの *Geneva* という新作の戯曲を丸善で見つけた。読んでみると、暗雲がたちこめていたころの、国際政局にたいするあからさまな諷刺で、たいへん面白かった。ムッソリーニを思わせる政治家の名は Bombardone、アドルフ・ヒトラーを思わせる政治家の名は Battler となっていて、つまり爆撃屋と戦争屋という露骨で挑発的なあだ名である。この戯曲のことをおとなりの雑誌『改造』の編集長に話すと、彼は「訳してくれ、改造に発表しよう」と言った。もとめられて、私はすぐにそれを訳したが、天下の『改造』に発表するのにまちがいがあったりしてはいけないと思って、ある日福原先生を訪ねて、「まちがいがないかどうか、目を通してください」とお願いした。国立大学の先生をこまった立場に追いこむことにならないだろうかと心配しながらのことであったが、先生は一読したあと、表情ひとつかえず、「いかにもGBSらしいね」と言っただけだった。

これを読んで、私は愕然とした。私は小川からショーのこの作品の翻訳について聞いた記憶はなかったが、それにしても、私の調べ方が行き届かなかったと思い知らされたからである。

私の『若き高杉一郎』では、雑誌『文藝』における高杉の仕事は、一九三七年から三八年初めを一つの頂点とし、四〇年にもう一つの頂点があると書いた。そして、それに挟まれた三八年春から三九年後半に至る約一年半は、言論弾圧の強まる本土から逃れて、順子夫人の兄（大森三彦）の勧めにしたがい「満洲国」での仕事に転ずるかどうか迷っていたため、小川自身の手になる仕事にあまり目立つものがなかったと私は推定した。

しかし、『改造』一九三九年一二月号に、ショーの戯曲の翻訳一五〇枚が訳載されているとなれば、私のこの推定は修正しなくてはならない。小川の訳した「戯曲　ジュネヴァ」の冒頭には、

バーナード・ショオの戯曲『ジュネヴァ』は、今年（一九三九年）の六月ロンドンで出版され、おなじ月のうちに再版された。出版にさきだつて、秋と冬の二回公演されたが、いづれもたいへんな人気をよんだといふことである。

『ジュネヴァ』は三幕から成つてをり、ここには、そのなかでも最も主要な部分を占め、また最も面白くもある第三幕を訳載した。（『改造』一九三九年一二月号、後半・六六頁）

と書かれている。この戯曲が、一二月発売の『改造』一二月号に掲載されたのであり、『文藝』の編集作業のかたわらの翻訳であったことを勘案すれば、小川はかなりの早さで、しかも福原麟太郎も違和感を覚えない文章でこの戯曲を訳出したことになる。

時代的に言えば、ズデーテン地方のドイツへの割譲を認めた英仏独伊のミュンヒェン協定の締結が一九三八年九月末であり、三九年春にはドイツによるチェコスロヴァキアの「保護領化」が進行し、やがて三九年九月一日のドイツによるポーランド侵攻＝ヨーロッパにおける第二次世界大戦の開始と続く。

こういう時代に、ショーは『ジュネヴァ』という三幕ものの戯曲を作った。『改造』に掲載された小川五郎による『ジュネヴァ』の翻訳は、第三幕だけであり、第一幕・第二幕については、その訳文の冒頭に「梗概」が記されている[1]。

この梗概も参考にして、『ジュネヴァ』を概観すれば、次のようになる。当初の舞台は、国際連盟本部のあるジュネーブ。国際連盟のある事務所に、一人のユダヤ人がドイツ政府による暴行を受け、財産を押収され、国外に追放されたと訴えてくる。また、イタリアと思われる国から、独裁者の憲法侵犯についての訴えがある。ソ連の「人民委員」やイギリスを代表する外務大臣のオーフユウス卿も登場し、オランダの「ヘーグ」にある国際司法裁判所を舞台に、裁判が開始される。判事はオランダ人。

あり得ない話、「空想の歴史」なのだが、この裁判所にボンバルドーネ（Bombardone）という人物とバトラー（Battler）という人物が召喚されて登場する。もっとも、ボンバルドーネもバトラーも、「召喚された」とは認めず、自分の意志で来たと主張する。これらの人びとの間に繰り広げられる議論が、『改造』に訳出された『ジュネヴァ』の主要部分である。登場人物たちの議論のなかから、三点だけにしぼって紹介してみよう。

まず、イギリスがバトラー〔ヒトラー〕によるチェコスロヴァキアの実質的併合などを黙認するような「宥和政策」をとったことに関連する議論。

オーフユウス卿〔英外相〕　もちろん私たちはなにもしなかつた。なにかするといふことは私たちに相応しくないのです。イギリスがなにもしないだらうといふことは、三歳の童子にも予見できたことです。そこで、あなたは私たちに拳を振りかざして、「やれるものならやつてみろ」と叫んだのです。〔中略〕

ボンバルドーネ〔ムッソリーニ〕　閣下、お説の通りだ。エルネスト〔バトラー〕を政治的に押し上げたのは、貴国とフランスの愚挙だ。だが、かれには権力に対するかんがある。それに儂《わし》の前例がかれに勇気をあたへる。エルネストを軽蔑するのはお止めなさい。〔七八～七九頁〕

第二に、ユダヤ人の告発に対し、バトラーがユダヤ人に「反論」する場面。

バトラー　では聞くが、君は僕の国〔ドイツ〕にいつたいどんな権利があるといふのか？僕が君を排斥するのは、英国人がオーストラリアに在住する支那人を排斥するのとおんなじだ。〔八九頁〕

第三に、戦争の性格変化についての議論がなされる場面。

オーフユウス卿〔中略〕こんにちでは銃剣で戦争をするのではありません。事実、戦争の意味が昔と全然異つてきてをります。バトラーさんは一日のうちに、ロンドン、ポーツマスをはじめ、あるゆる大地方都市を掃蕩することができます。そのときは、われわれもまた止むなく、ハムブルクをはじめ、ムンスターからザルツブルクにいたるすべての東部の都市を掃蕩しなければなりません。〔中略〕それによつてわれわれのうちのどちらかが勝つというわけではないのです。全部が全部、惨敗を喫しなければなりません。はたして誰が、この最初の爆弾投下の責任を、敢えてとるでありませうか？
バトラー　われわれの空の護りは完全だ。〔中略〕
判事　〔中略〕遺憾ながら、ひとたび対外政策の問題が俎上にのると、直接行動に訴へることよりほかには知らぬあなた方の無頼漢根性の深淵に私は直面するのです。（一〇五～六頁）
このあたりは、戦争の「全体化」とか、ナショナリズムの歯止めの効かなさ（無頼漢根性）に論及しているようでもあり、ここでの判事の科白に該当するような民族至上主義的事例には、現代でも事欠かない。
このようにいろいろな意味で興味深い会話を重ねて、この戯曲『ジュネヴァ』は成り立っている。そして、それらの論点が、ヨーロッパにおける第二次世界大戦勃発直前の時代を念頭に置くなら、非常に現実味を帯びたものであることは明らかであろう。
私は、『若き高杉一郎』のなかで、一九二〇年代に改造社の招きで来日したバートランド・ラッセルにふれ、ラッセルが『改造』に載せた論文「愛国心の功過」について論及した。ラッセルは、同時代のドイツの「愛国心」を批判しただけでなく、イギリスに対するいわば自己批判も含めていた。

ちょうどそれと同じように、第二次世界大戦前夜にあって、ショーは戯曲『ジュネヴァ』で、単にドイツやイタリアの政権を批判するにとどまらず、イギリス政府の「宥和政策」にも批判の矛先を向け、イギリス人による中国人の扱いの問題性も扱っていた。さらには、ソ連の「人民委員」の振る舞いへの皮肉も含まれていた。まさに、「国際政局にたいするあからさまな諷刺」であった。

現在の日本では、バーナード・ショーの作品は必ずしも人気があるとは言えないであろうが、一九二〇年代から三〇年代の日本では大いに人気があった。（このことは、岩波文庫でのショー作品翻訳が一九四一年までに四点出されたことに反映しているのかもしれない。『マイ・フェア・レディ』の原作は、ミュージカルも映画（一九六四年）もショーの作品であるが、この作品も日本の場合にはショーの永続的人気にはつながらなかったようだ。）

ノーベル文学賞（一九二五年）を受けたショーは、改造社社長の山本実彦の招きで来日、一九三三年二月二七日から三月九日まで日本に滞在した。そのときの様子は、山本の『小閑集』（改造社、一九三四年）からうかがうことができる。この本には、山本実彦「ショウを送りて」とその付録「ショウ翁歓迎能楽会記」（いずれも『改造』一九三三年四月号）が収録されている。

この『小閑集』に出ている「附」には、「三月八日、雪霙れの午後、我社では世界文壇最大の巨匠バーナード・ショウ翁を主賓として、歓迎の観能会を九段の能楽堂に於て催し」、「学者、思想家、芸術家を網羅した二百人に余る来賓」がショーを迎えたとあり、その会場での山本社長の挨拶の内容が紹介されている。

山本の書いているところにしたがえば、彼は、ショーと荒木貞夫陸軍大臣、斎藤実首相との会見もアレンジしたとのことであり、『小閑集』には、斎藤首相とショーの並んで立つ写真が載せられていて、ショーの来日がたいへんな反響を呼んでいたことがうかがえる。山本はショーに『改造』への寄稿を依頼し、それが彼の「エンゲルス・ショウ並びにレーニン」(『改造』一九三三年四月号)となったという。

こういう次第で、ショーの新作戯曲が「天下の『改造』」に掲載されるということは、一種の「事件」だったといってよいかもしれない。この時代の『改造』は、各号の「目玉」とでもいうべき作品名を二つほど表紙に特筆大書するのを常としたが、三九年一二月号の表紙には、ショオ『ジュネヴァ』が掲げられていた。その訳者が実は小川五郎だったわけである。

『ジュネヴァ』の翻訳は、内容的に考えれば、『文藝』に小川が訳載したシュテファン・ツヴァイク『レマン湖のほとり』やトーマス・マン『マサリクを憶ふ』などと同様の性格、つまり、迫り来る戦争の危機に直面しているヨーロッパの政治・文化状況を日本の読者に知らしめるという性格をもつものであるということができる。

改造社時代に小川が行なった文学作品の翻訳が目指したものは、文学の「研究」や「検討」というよりも、小川自身の言葉を借りれば「今の時代の文学的表現」にあった。ショーの『ジュネヴァ』は、まさしく煮えたぎる現代の「文学的な把握」であった。この『ジュネヴァ』を、ナチス・ドイツのポーランド侵攻に始まる世界大戦の開始のニュースをおそらくは聞きながら、ごく短期間に翻訳して発表するというのは、時局ともっとも強く切り結ぼうとするジャーナリスト小川の真骨頂が発揮された仕事であったというべきであろう。

先に引用したように、「『改造』の編集長に話すと、彼は「訳してくれ、改造に発表しよう」と言った。もとめられて、私はすぐにそれを訳した」と小川が書いているのは、時局にわずかながらでも抗おうとする『改造』編集部の姿勢に共感し、文芸の面でそれと歩調をあわせようとするジャーナリスティックな感覚を、小川が持ち合わせていたことを物語る。

言論への圧迫がはなはだしくなっている時期ではあるけれども、ショーは荒木陸軍大臣や岡田首相と懇談した作家だとなれば、当局の検閲・弾圧も避けやすいという計算も、小川五郎のなかで働いていたのかもしれない。

それだけではない。先に引いた高杉一郎の『英語青年』のエッセイによれば、「欧米への旅」から帰った野上弥生子（一八八五〜一九八五）は、小川に、「私はロンドンの劇場であの芝居を見てきましたよ」と語ったという。野上は数回『文藝』に稿を寄せているが、その一つが「美しき群像」（『文藝』一九四〇年五月号）である。この原稿の依頼のおり、小川はショー『ジュネヴァ』翻訳のことなどを、野上弥生子はヨーロッパの文化状況を、こもごも語りあったに相違ない。私が『若き高杉一郎』で描いたことの一つの側面は、文化人・知識人の連携が『文藝』を媒介にゆるやかに形成されたということであったが、そのグループのなかに、野上弥生子も含まれていたとみなすことができる。

私が『若き高杉一郎』の執筆時点で小川による「ジュネヴァ」の翻訳に気づかなかったのは悔やまれることではある。それにしても、時代状況に機敏に果敢に対応しようとした編集者・小川の姿勢は、この翻訳への取り組みにも遺憾なく発揮されていたのである。

小川が少なからぬ文学作品を自ら訳して『文藝』に掲載したとき、彼はいくつかのペンネームを使用したと拙著に書いた。『極光のかげに』発表時に「高杉」というペンネームを選んだのは、かつて訳した最も代表的な作品に使った名前を想起したゆえだったろうか。

注

（1）ショー著作集（*The Works of Bernard Shaw, GENEVA, CYMBELINE REFINISHED, & GOOD KING CHARLES*, London, Constable and Company Ltd; 1946）の復刻版（本の友社、一九九一年）に当たってみると、この版での『ジュネヴァ』のテキストは、三幕ではなく四幕から成り、小川の訳したのはこの版では第四幕に当たる。他方、三九年春にロンドンでこの芝居を見たという野上弥生子は、その『欧米への旅』（岩波文庫・中巻、一八七頁）に、この芝居を三幕ものであるように書いている。ここに記したショーの復刻版テキストと小川が翻訳に使ったテキストとの異同はすぐには確認できないが、一応注記しておく。

〔補注〕このエッセイは、高杉一郎『あたたかい人』（太田哲男編、みすず書房、二〇〇九年）に収録。

付・『文藝』編輯主任・高杉一郎

「円本」で知られた改造社が雑誌『文藝』を創刊した一九三三年、同社に入社したひとりに小川五郎（一九〇八～二〇〇八）がいた。『文藝』の初代「編輯主任」は上林暁だったが、三五年頃に第三代編輯主任となった小川は、四二年頃までその任にあった。改造社版『文藝』の編集の最も重要な担い手は小川だったというべきである。

小川は、戦後は高杉一郎というペンネームで、シベリア抑留経験を描いた名著『極光のかげに――シベリア俘虜記――』（岩波文庫）を残し、翻訳家としても知られた。

私は、最晩年の小川からの聞きとりをふまえ、『若き高杉一郎』を上梓したが、小川に接して印象深かったことは、『文藝』への愛惜だった。伝統ある『新潮』が国内文壇を軸に編集されていたのに対し、『文藝』は「今の時代の文学的表現」を編集方針とし、ゆえに、日本はもとより欧米や中国における同時代の文学の動向もつとめて紹介しようとしたこと、また、思想雑誌的な性格も加えて若い読者層の強い支持を得たこと、発行部数で『新潮』を抜く有力誌となったことなどを、小川は語ってやまなかった。

戦争の拡大する時代、強まる言論弾圧のなかで、中野重治や宮本百合子などの作品に誌面を提供すべく尽力、他方で小林秀雄のドストエフスキイ論も連載するという広がりも『文藝』にはあった。

戦前・戦中に光彩を放った『文藝』が復刻されることはじつに意義深い。

石原吉郎覚え書き

（一）その生涯

石原吉郎（一九一五～七七）は、シベリア抑留の経験を記録し、その経験を戦後史の中で掘り下げ深めた詩人である。一九三四年に東京外国語学校（東京外国語大学の前身）ドイツ語部貿易科に入学した石原は、マルクス主義文献を読みあさり、エスペラントを勉強した。そして、三八年の卒業とともに大阪ガスに入社し、また、キリスト教の洗礼を受けた。そして、三九年に召集された。

石原吉郎の評論集『望郷と海』（ちくま文庫）の「解説」には、「寡黙なペシミスト」（一九七五年）という八木義徳の文章が付されていた。そこで八木は、石原が「専門に学んだ言葉はロシア語だったにちがいない」と書いている(1)けれども、石原が東京外語で学んだ言語はドイツ語であって、ロシア語を学んだのは軍隊においてであった。一九四〇年、日本軍の「北進」論と関連していたと推定できるが、参謀本部の命令で全国何カ所かに「露語教育隊」ができ、石原は「外語出身」だということで大阪の教育隊に入り、そこから選抜されて東京教育隊の高等科に入った。ここでの石原の同期生に、鹿野武一がいた。四二年七月、二人は関東軍司令部・ハルビン機関に配属された。鹿野武一は五班（白系露人工作班）、石原は一班（軍状）と特諜班（流言と逆宣伝の分析）兼務となり、石原は三四五部隊（関東軍露語教育隊）から通勤した。

要するに、石原には語学の才があったため、ロシア語の特殊教育を受け、対ソ最前線の諜報活動の場に身を置く羽目になったのであり、これが石原のシベリア体験を独特なものとする条件となった。その独自性は、やはりシベリア体験を見事に形象化し、かつまた石原と同様に語学の才に恵まれた高杉一郎、長谷川四郎の二人と比べると、石原の生年が六、七年遅れたことがその運命を左右した面がある。

高杉一郎は一九〇八年生まれで、改造社編集部を経て、一九四四年応召。長谷川四郎は一九〇九年生まれで、満鉄勤務を経て、一九四四年応召。ともに三〇歳代半ばであった。それに対し、石原は一九一五年生まれで一九三八年東京外国語学校卒業後、三九年応召。石原の応召が高杉や長谷川と同じく一九四四年であったなら、石原が三四五部隊に属することはなかったとも思われる。わずか六、七年の違いだが、偶然のなせるわざというべきか。

石原に話を戻すと、彼は四二年に召集解除となったものの、引き続き関東軍特殊通信情報隊に徴用され、四五年八月九日のソ連の対日参戦布告の際には、同僚とともに宣戦布告の全文を翻訳、特務機関に提出している。

四五年一二月中旬、石原は日本の特務機関に働いていた白系ロシア人の密告により、エム・ベ・デ（ソ連内務省）軍隊に連行され、四六年に現在のカザフスタンの首都アルマアタの「第三分所」に、四八年にはカラガンダ郊外の日本軍捕虜収容所に収容された。翌四九年、ロシア共和国刑法第五八条により起訴され、軍法会議で重労働二五年の判決を受けた（このことはのちにまた触れる）。そして、一〇月にバム（バイカル〜アムール）鉄道（第二シベリア鉄道）沿線の密林地帯の収容所に放り込まれた。このときから五〇年九月までが「入ソ後最悪の一年」だったと石原は言うが、このこともまたのちに触れるとして、その後の彼の経歴をまず手短に見ておこう。

いつまで続くのか全く予測のつかなかったスターリン主義という全体主義的な支配は、一九五三年のスターリンの死によってひとまず終止符が打たれた。権力者の死という偶然によって、石原たちは日本に帰国することになった。彼らは同年六月、ナホトカに移送され、帰国することになる。すなわち、同年一一月三〇日、石原たちを乗せた船はナホトカを出港し、舞鶴に入港した。石原の出迎えは弟一人。弟の話で父母の死を知った。

五八年、社団法人・海外電力調査会の臨時職員となり、六二年にその正社員となった。六三年、第一詩集『サンチョ・パンサの帰郷』を出版。さらにほぼ一〇年を経た七二年に『望郷と海』を出版、以降、評論集『海を流れる河』（七四年）、『断念の海から』（七六年）を出版した。しかし、七七年一一月一四日、ほとんど自殺のような死をとげた。

死後、『石原吉郎全集』三冊が花神社から刊行された。その概略は次の通り。

『石原吉郎全集Ⅰ』（一九七九年）『サンチョ・パンサの帰郷』などの詩集を収録。

『石原吉郎全集Ⅱ』（一九八〇年）『望郷と海』『海を流れる河』『断念の海から』『一期一会の海』などの評論を収録。

『石原吉郎全集Ⅲ』（一九八〇年）対談などを収録。

（二）「戦犯」として

第二次世界大戦後にシベリアに抑留された人々は、強制労働――奴隷労働――に駆りたてられた。独ソ戦で多大な犠牲者を出したソ連の戦後復興のための労働力として動員されたともいえる。高杉一郎は「敗戦後シベリアに連れていかれた六三万九六三五名（『戦史』誌一九九〇年九月号による）の関東軍将兵は、そこで死んだものも、生きて祖国に還ったものも、すべて日本軍国主義のいけにえであったと同時に、スターリニズムのいけにえでもあったと考えることができよう」[2]と位置づけている。この説明は、一九五〇年以前に帰国した多くの日本兵たちの場合を的確に言い当てている[3]。

しかし、石原たち「国事犯」は別格で、多数の抑留者たちとは事情が異なる。先に、石原が四九年にロシア共和国刑法第五八条（反ソ行為）六項（諜報）により起訴され、軍法会議で重労働二五年の判決を受けたこと、一〇月にバム鉄道沿線の密林地帯の収容所に放り込まれたことに触

れた。刑法第五八条第六項には、

スパイ行為がソ連邦に重大な不利益をもたらすものは、最高の社会的防衛処分——銃殺または人民の敵であることの宣言および国籍の剝奪、永久追放ならびに財産没収

という条文があり、その後、銃殺は最高刑二五年に改められていた。とはいえ、これは国内法であって、外国人捕虜に適用することは不当である。(4)

それはともかく、先にみた「別格」の事情を、高杉一郎は次のように説明している。

シベリアに囚われていた関東軍の将兵が例外なく口にのせることをおそれていた部隊名が二つあった。ひとつは特務機関の管理下にあったロシア語教育隊の三四五部隊で、もうひとつは防疫給水部の通称で知られていた七三一部隊である。そのどちらかにかかわりのあった人間は、ロシア共和国の国内法による最高刑——二五年の刑に処せられることが確実だったからだった。(高杉『記憶』一八六頁)

というのである。高杉が言及している七三一部隊が、森村誠一氏の『悪魔の飽食』で広く知られるようになった石井部隊のことであるのは言うまでもない。関東軍将兵にとって、石原の所属した三四五部隊の「犯罪性」は、七三一部隊のそれと匹敵するものだった。この二五年の刑は、なるほど死刑判決ではないけれども、事実上は死刑判決に等しい。二五年の重労働をしてシベリアのタイガから出ることのできる人間はいないからである。多数の抑留者と石原たちの違いは、前者は日本に帰るという可能性をいくらか信じることができるかもしれないが、後者は信じること

が皆目できないという違いである。前者にはいつかは囚人でなくなるかもしれないという希望がなくはないが、後者にはシベリアで重労働にひたすら従う人生が残されただけである。高杉一郎が適切に書いているように、石原や鹿野は、「日本軍の露語教育隊で教育を受けたばかりに、シベリア出兵以来の日本帝国主義の罪をその背中に背負わされたのである。」(5)

石原たち「国事犯」と多数のシベリア抑留者たちとの違いは、石原の境遇を、再び高杉一郎や長谷川四郎のそれと比較すると明瞭になる側面がある。すなわち、高杉や長谷川が日本に還った時期は、石原には二五年の刑が始まる時期であり、「入ソ後最悪の一年」に当たっていた。

高杉（日本への帰国は一九四九年八月）の『極光のかげに』（一九五〇年）には、ソ連共産党政治局員の圧力から高杉をかばってくれたロシア人のジョーミンという収容所長のことや、マルーシャという愛称で呼んだ女性のことがあざやかに描かれている。一九九一年、高杉はシベリアを訪れ、マルーシャには会えなかったものの、ジョーミン氏との再会を果たした。その時の紀行文が、彼の『シベリアに眠る日本人』である。高杉は、「スターリニズムに対してはほとんど憎悪の念を抱いているが人間としてのロシア人は大好きだ」（同書九頁）という。この発言は、彼の著作に登場する「大好きな」ロシア人たちの多様さを読めば、まことによく納得できる。高杉は、捕虜としての自己の位置を「めぐまれた特等席」にいたと書いている（『スターリン体験』二〇六頁）通り、図らずもロシア人と人間的交わりのできる境遇にあった。他方、石原が一九九〇年代まで生きていたとして、シベリア再訪をしてみたいと考えたかどうか。

長谷川四郎（日本への帰国は一九五〇年二月）は、そのシベリアなどでの体験を『シベリア物語』（一九五二年）や『鶴』（一九五三年）といった小説に結晶させた。(6) 短編小説の集積でもあるこれらの作品には、何と多様な民族の人間たちの登場することか。まさしく「人さまざま」が、多くの場合淡々と描かれた。中野重治は長谷川四郎の『鶴』の「跋文」に、

長谷川四郎は静かに語る人である。静かに語るには確かに見ていなければならない。長谷川四郎は確かに見ている人でもある。(7)

と書いた。まことにそうであろう。しかし、収容所における石原吉郎の境遇は、ロシア人の生活を見て、それを形象化するには過酷に過ぎた。

石原は、「僕にとって、およそ生涯の事件といえるものは、一九四九年から五〇年へかけての一年余のあいだに、悉く起ってしまったといえる」（『望郷と海』三〇八頁）(8) と書いている。石原にとって決定的だったことは、日本の敗戦のあとに逮捕されたことや収容所に入ったことよりも、軍法会議で実質上の死刑判決を受けたことだった。

石原吉郎は「戦犯」となった。しかし、「戦犯」という名前は同じであっても、石原たちは極東軍事裁判の戦犯とは決定的に違う。「問われた罪状はきわめて漠然としているにもかかわらず、実刑においては巣鴨の戦犯とは比較にならない程重い戦争責任がシベリヤの戦犯の上にのしかかった」（『望郷』一九九頁）のである。控えめな石原は「巣鴨の戦犯たち」に対してこれ以上を書いていないけれども、彼らの多くがサンフランシスコ条約の締結に伴って免責されたとき、石原た

ちはシベリアのタイガで重労働に従っていたのだ。

石原は自己の位置を「かくし戦犯」と表現している。石原の説明によれば、「サンフランシスコ条約の一方的成立に備えて、ソ連が手許に保留した捕虜・抑留者の一部で、極東軍事裁判とは無関係に、ソ連国内法によって受刑したもの」（『望郷』二八頁）である。つまり、「日本軍国主義のいけにえであったと同時に、スターリニズムのいけにえであったという言い方を借用すれば、石原たちのケースの「戦犯」は、これらに加うるに「戦後の冷戦体制のいけにえ」でもあったことになる。これに対し、巣鴨の戦犯たちや七三一部隊の連中の多くは、冷戦体制の「いけにえ」ではなくて「受益者」であった。どのような意味で「受益者」であったかについては、すでに多くが語られているので、ここでは述べないけれども、思えば冷戦体制による「受益」という点では、日本の高度経済成長もそうであった。それに対し、石原の〈位置〉は、「受益者」たちの陰画のごとくである。

高杉一郎の『極光のかげに』や長谷川四郎のシベリア関係の作品、そして石原吉郎の作品は、捕虜となった日本人の将兵がソ連社会を内側から見た、その記録の傑作だという見解がある。そうには違いない。しかし、生み出した作品の質に関わることではないとしても、また、繰り返すけれども、石原の位置がここに述べたように二重のいけにえにとどまらず、三重のいけにえであったこと、そのことは、日本への帰還後まもなく消えるように世を去った鹿野武一や、のちに少し触れる（注14を参照されたい）菅季治の位置と重なることも、強調しておかなければならない。

（三）収容所の経験を描く

一九五三年にシベリアから帰国した石原が書いたものは、まず詩であった。

一九五三年冬、舞鶴の引揚収容所で私は二冊の文庫本を手に入れた。その一冊が堀辰雄の『風立ちぬ』であった。これが私にとっての、日本語との「再会」であった。戦前の記憶のままで、私のなかに凍結して来た日本語との、まぶしいばかりの再会であった。「おれに日本語がのこっていた……」息づまるような気持で私は、つぎつぎにページを繰った。その巻末に立原道造の解説があった。この解説が、詩への私自身ののめりこみを決定したといっていい。（「私の詩歴」）

と、石原は回想しているが、本書（『石原吉郎評論集　海を流れる河』同時代社）は石原の評論を軸に編集しているので、この「解説」では、彼の詩について論ずることは控える。石原が散文を書き始めたのは、帰国後一五年たってからであった。その理由を、彼は、

ただ私には、荒廃と衰弱の果てで言葉と表現をうしなった私自身を、現在の私がどのように受けとめているかを問い直す必要があった。そのような姿勢にたどりつくために、すくなくとも十五年の時間を必要としたのである。（「『望郷と海』について」。傍点は石原）

と書いている。また、

囚人として、シベリアの強制収容所で暮した訳ですけれども、実際に私に強制収容所体験が始まるのは帰国後のことです。と言うのは、強制収容所の凄まじい現実の中で、疲労し衰弱

しきっている時には、およその現実を〈体験〉として受け止める主体など存在しようがないからです。（「〈体験〉そのものの体験」）

とも述べている。石原は、この「凄まじい現実」の中で、失語状態＝「極度の衝撃による発語の封殺」（「ことばよ　さようなら」）に陥った。独房への幽閉、自己の生存のためには他人への関心・顧慮を喪失せざるをえない収容所の現実。そこには「生活」がないだけでなく、「この生活喪失感は、強制収容所生活の重要な後遺症のひとつ」（「海への思想」）ともなった。(9)

その一五年の歳月を経て書かれた石原の文章には、激烈な表現も冗漫なところも、およそみあたらない。(10)引用するに際して一部を省こうとしたり要約をこころみても、それをゆるさない充実度がある。例えば、石原が知人の鹿野武一にささげた「紙碑」ともいうべきエッセイ「ペシミストの勇気について」（『望郷と海』所収）をみよう。それによれば、シベリアの強制収容所で、鹿野は、終始明確なペシミストとして行動した、ほとんど例外的な存在だといっていい。

後になって知ることのできた一つの例をあげてみる。たとえば、作業現場への行き帰り、囚人はかならず五列に隊伍を組まされ、その前後と左右を自動小銃を水平に構えた警備兵が行進する。行進中、もし一歩でも隊伍を離れる囚人があれば、逃亡とみなしてその場で射殺していい規則になっている。警備兵の目の前で逃亡をこころみるということは、ほとんど考えられないことであるが、実際には、しばしば行進中に囚人が射殺された。しかしそのほとんどは、行進中つまづくか足をすべらせて、列外へよろめいたために起こっている。厳寒で氷のように固く凍てついた雪の上を行進するときは、とくにこの危険が大きい。なかでも、実戦の経験がすくないことにつよい劣等感をもっている十七、八歳の少年兵にうしろにまわられるくらい、囚人にとっていやなものはない。彼らはきっかけさえあれば、ほとんど犬を射つ程度の衝動で発砲する。

犠牲者は当然のことながら、左と右の一列から出た。したがって整列のさい、囚人は争って中間の三列へ割りこみ、身近にいる者を外側の列へ押し出そうとする。私たちはそうすることによって、すこしでも弱い者を死に近い位置へ押しやるのである。ここでは加害者と被害者の位置が、みじかい時間のあいだにすさまじく入り乱れる。

実際に見た者の話によると、鹿野は、どんなばあいにも進んで外側の列にならんだということである。明確なペシミストであることには勇気が要るというのは、このような態度を指している。それは、ほとんど不毛の行為であるが、彼のペシミズムの奥底には、おそらく加害と被害にたいする根源的な問い直しがあったのであろう。そしてそれは、状況のただなかにあっては、ほとんど人に伝ええない問いである。彼の行為が、周囲の囚人に奇異の感を与えたとしても、けっしてふしぎではない。彼は加害と被害という集団的発想からはっきりと自己を隔絶することによって、ペシミストとしての明晰さと精神的自立を獲得したのだと私は考える。

この文章は、要約や省略をゆるさないだけではなく、さまざまな含みがある。例えば、作業場への往復にしてこのようなものなら、その作業の過酷さはいうまでもなかろうし、囚人相互に「友情」のうまれることはひどく困難にちがいない。このような境遇で、鹿野のような生き方は全く例外的であろうし、石原も鹿野の行為を「ほとんど不毛の行為」と言ってはいる。

ここにいう「加害と被害にたいする根源的な問い直し」とはどのようなことであろうか。行進中つまづくか足をすべらせて射殺された囚人に対する「加害者」はだれか。発砲した警備兵だ、あるいはその警備兵の監督者だ、とはもちろん言える。[11] また、日本人をそのような強制収容所に囚人として収容することを命じたスターリンだとも言える。他方、日本人捕虜の早期帰還を強く求めなかった日本政府にも責任の一端はある、という考え方もできるだろう。[12]だが、「争って中間の三列へ割りこみ、身近にいる者を外側の列へ押し出そうと」した囚人はどうなのか。そう考えはじめると、自分自身の「加害」という問題が脳裏を去らなくなるかもしれない。それが、「加害と被害にたいする根源的な問い直し」の意味だろう。

石原は、あきらかに鹿野の生き方に共感している。

今にしておもえば、鹿野武一という男の存在は、僕にとってかけがえのないものであったということができる。彼の追憶によって、僕のシベリヤの記憶はかろうじて救われているのである。このような人間が戦後の荒涼たるシベリヤの風景と、日本人の心の中を通って行ったということだけで、それらの一切の悲惨が救われていると感ずるのは、おそらく僕一人なのかもしれない。彼のあの悲劇的な最後は、今の僕にとってはひとつの象徴と化している。

（「一九五九年から一九六二年までのノートから」）と書いているからである。

石原は、この「問い直し」をしつつ、深みへと降りてゆく。石原は、日本への帰還後に読んだ本のうち、大きな衝撃を受けた本として、フランクルの『夜と霧』と大岡昇平の『野火』とをあげ、この『夜と霧』に触れながら、強制収容所からは「一人の英雄も」帰って来なかったし、帰ってきた者は「なんらかのかたちですでに、人間としてやぶれ果て」ているという意味のことを何回か（「『望郷と海』について」など）書いている。[13]

争って中間の三列に割り込もうとした者は「英雄」ではないし、自己の「よい部分」を捨て去った者だ。しかし、鹿野は中間の三列に割り込もうとせず、つねに外側の列に並ぶという行為を選びとることによって、被害者たちの中の加害者という位置につくことを拒否した。そのいわば拒絶の精神が、石原にとって救いだったというのである。[14]

（四）日本社会

石原は日本帰還について、「私が正式に復員して軍籍を離脱したのは昭和二十八年の十二月二日であって、私にとっての戦後がはじまるのは、形式的にも実質的にもこの日からである」（「私の八月十五日」）と書いている。

だが、帰国した石原を待っていたものは何であったか。

第一に、「私たちが果したと思っている〈責任〉とか〈義務〉とかを認めるような人は誰もいない」（『望郷』二〇一頁）ということであり、まもなく「私たちはもう完全に忘れ去られ、無視されて行った」という事態である。石原は、故郷の伊豆にも出向いた。しかし、そこで石原を待っていた対応は、あなたが〈赤〉ならもはや交際はできないというものであり、「戦争の責任をまがりなりにも身をもって背負ってきたという一抹の誇りのようなものをもって、はるばる郷里にやって来た私は、ここでまず最初に〈危険人物〉であるかどうかのテストを受けた」（同、二〇六頁）次第だった。日本社会はシベリア帰りを迎え容れる条件を基本的に欠いていた、などという程度ではない。自己の居場所はどこにもない。それどころか、無視と忘却。清水昶氏の次の指摘は的確である。

日本人の戦争責任をみずからの青春を代償にしてひきうけたのに、戦争に加担した日本人に、民衆に彼は徹底して裏切られる。石原吉郎が第一詩集を『サンチョ・パンサの帰郷』と名づけたのは、象徴的でまことに皮肉なみずからへの自嘲がこめられていただろう。[15]

日本社会に住む人々の意識は、かつて自分たちの行った「侵略」を、平然と何事でもなかったと見る方向、あるいは何事もなかったかのように覆い隠す方向に向かっていた。その社会意識の層は分厚く根深い。石原吉郎も、その分厚い層に突き当たった。その社会意識の層は、延々と続いて現在に及ぶ。

石原はさらにここで、「故郷」も失った。「故郷喪失」である。

第二点は、収容所と日本社会のある意味の連続性である。

朝満員電車のなかで、ふといやなことを思い出した。帰国して三日目か四日目のことだ。東京駅で始発電車に乗ろうとしたら、あっというまにうしろから突きとばされた。呆然と立ったままの私の横をすばやくかけぬけた乗客たちが、からだをぶっつけあうようにしてすわってしまった。そのときのショックはいまでも忘れない。私はもうこんなことをしないですむところへ帰って来たはずだった。

私は胸がわるくなって、夢中で電車をとび出したが、顔色があおざめて行くのが、自分でもよくわかった。それからひと月ほど、電車がこわくて、ほとんどあるいてすませた。(「日記2」一九七四年一月二十一日、傍点は石原)

石原には、このような日本社会がシベリアの強制収容所とさして異ならぬものと見えたのではなかったか。

しかも、その後に彼は、自分自身が他人を押しのけて生きていることに気づいたという。「人を押しのけなければ生きて行けない世界から、まったく同じ世界へ帰って来たことに気づいたとき、私の価値感が一挙にささえをうしなった」というのである。

ここに引いた石原の「日記」が書かれたのは一九七四年。高度経済成長が石油危機によって終焉をむかえた時期である。「消費」に沸き、「豊かさ」を誇り始め、人々が「レジャー」にむかっていった日本社会。「大衆社会」の意味も、肯定的なものに転換した。「消費社会」が謳歌されつつあった。しかし、石原の眼には、日本社会が転換しているとは見えず、根本的には変化していないと映ったに相違ない。

このように考えて、先にやや長く引用した「鹿野武一」の一節を見れば、これはまさしくシベリアの収容所の一コマを描いたものではあるけれども、戦後日本社会における人間関係のある種の断面を象徴的に——カフカの『変身』のように——描いているもののように見えなくもない。先の「日記」にいう「まったく同じ世界」は、諸個人が利己的でしかも孤独に、あるいはバラバラに動く社会、リースマンやハンナ・アーレントが語ったような意味における「大衆社会」である。「大衆社会」という言葉は、一九六〇年代以降、すなわち高度経済成長以降には、肯定的な意味で使われることになるけれども、当初は否定的・批判的な含意のものであったし、石原も一九七〇年代の日本社会を批判的にながめていた。

むろん、シベリアの収容所内の描写を、戦後日本社会の一面と余りに重ね合わせて読むことは慎まなければならない。何よりも、そのように読むことで収容所内の経験の苛烈さが見失われてはならないからである。

（五）「断念」

石原は、このようなシベリア経験・戦後経験をめぐって思索を深め、「断念」という独特の発想を生み出した。

これらの手記を書き始めるための絶対の前提となったのは、〈告発の姿勢〉や〈被害者意識〉からの離脱ということであります。私はフランクルの『夜と霧』から実に多くのことを学んだのですが、とりわけ心を打たれたのは、〈告発〉の次元からはっきりと切れている彼の姿勢であります。（「〈体験〉そのものの体験」）

と石原は書いている。それはまた、告発の「断念」でもある。石原は、フランクルの著作が、「告発を断念することによって強制収容体験の悲惨さを明晰に語りえている」（「断念と詩」）とみた。そして、この断念という立場は「きわめて困難な、苦痛な立場であると同時に、ある意味では安易な立場」でもあると述べている。

断念が苦痛であることは明白である。シベリア抑留という苦難について、また、戦争責任について、さらには〈大衆社会〉状況の告発をあきらめるのだから、苦痛でなくて何であろう。だが、告発の断念には、次のような側面もある。

例えば人間がシベリアのような問題を告発しだしたらもうきりがなくなる。拡散していって何のために告発しているのかわからないような状態になるだろうと思うのです。（「随想」中の「告発について」）

ここにいう「拡散」とはどういうことか。

石原は、戦争直後、「ナチまたはSSを告発することによって、ひとびとは安堵して被害と正義の側に立つことができた」が、今日、もはや一切は明確ではない。責任の所在と加害者のイメージは急速に拡散し、風化しつつある。というよりは、アウシュビッツそのものの輪郭がぼやけ、内容は空洞と化しつつある。〔「死者はすでにいない」〕

と書いていた。その後の事態の展開をふまえて書くならば、「日本軍国主義」も、戦地に政策的に「慰安所」を設置したことも追及されるべきである。だが、「慰安所」に赴いた兵卒はどうか……。

告発の断念は、より深い告発でもあり得る、と石原は考えた。

告発しないということは、その人が地上に存在している限りは、その存在自体がひとつの告発の形であると言わざるをえないであろうと思いますが、それはもう仕方のないことです。〔前出「告発について」〕

というのである。

「告発」するためには、だれが何を、あるいはだれを告発するのかを定めなければならない。その告発は、ある種の政治的判断にもとづくものとなるし、政治的行動につながる。ある種の「熱狂」をもってその行動に挺身しなければなるまい。無論、そのような立場もあり得る。石原も、断念という立場はあくまで自分はそうするというまでであって、「あなた方にもそう考えなさい、といっているわけではありません」〔「断念と詩」〕と語っている。(16)

「告発」の断念は、起こったことを冷静にみつめていく条件にもなり得る。見つめた結果を文字にするなら、冷静で客観的な、普遍的な表現を含む――フランクルに言及した石原の表現では、「明晰に語りえ」るということの――条件となるだろう。しかし、告発の断念は、自己の苦難を内に留めることにもなる。「断念」はまた「安易な立場」となる可能性が十分にある。

石原吉郎は、こうした「断念」をし、詩を書き、エッセイを残した。散文を書いた期間は、一〇年余にすぎない。「存在自体がひとつの告発であると言わざるをえない」ような生き方を模索した石原は、酒におぼれ、ほとんど自殺に近い形で、その生涯を閉じた。

（六）まとめにかえて

以上、石原の評論文を中心に論じてきた。

その意義は、まずはシベリアにおける強制収容所の経験の記録であり、省察である点にある。ハンナ・アーレントは、強制収容所を「全体主義」の中核と見た。石原の筆は、まさにその中核にあって経験したところを明晰に描いた。アーレントはまた、「見捨てられていること」を「全体主義的支配のなかで政治的に体得される人間共存の基本的経験」だと論じた[17]。石原が放り込まれた「国事犯」の強制収容所では、この「見捨てられていること」が典型的な形で現れていて、石原はそのありさまを形象化した。その形象化は、自己の外側にだけあったのではない。自分たちの、そして石原吉郎自身の肉体が、「いわゆる〈収容所型〉の体質へ変質して行った」（「確認されない死のなかで」）ことを描いた。

しかし、事はそれにとどまらない。石原はシベリア経験の形象化を戦後日本社会の中で行ったのであって、当然ながらそこに戦後日本社会が影を落としている。石原は、冷戦体制の「受益者」たち――どの範囲までを「受益者」とするかが果てしなく拡散したのが現代日本社会であろう――を直接には「告発」していないが、その存在自体が戦後日本社会あるいは「受益者」に照明を当てていたと見なすことができる。その光は、強いものではなかったとしても、石原吉郎の読者にとっては、その光を導きとすることで、日本社会の深部への眼差しを可能ならしめるものであった。

最後に、石原の社会主義国観について記しておきたい。彼は、「怒りを〈組織〉してはならぬ」（『望郷』三二二頁）と書いた。他方、戦後日本では、反体制勢力によってさまざまな怒りが〈組織〉されてきた。それに対して石原は、一九六〇年八月七日――安保闘争の高揚の直後――の「ノート」に、

日本がもしコンミュニストの国になったら（それは当然ありうることだ）、僕はもはや決して詩を書かず、遠い田舎の町工場の労働者となって、言葉すくなに鉄を打とう。働くことの好きな、しゃべることのきらいな人間として、火を入れ、鉄を灼き、だまって死んで行こう。社会主義から漸次に共産主義へ移行していく町で、そのようにして生きている人びとを、ながい時間をかけて見つづけて来たものは、僕よりほかにいないはずだ。（『望郷』二九一頁）

と書き、「私は告発しない。ただ自分の〈位置〉に立つ」（『望郷』三一四頁）と書いた。

怒りを〈組織〉する人びとは、少なくとも一九六〇年代までは社会主義国に〈後ろ盾〉を見ていることが多かった。しかし、石原にとっては、その〈後ろ盾〉こそが自分に重労働二五年の刑を科した国家に他ならなかった。それは何らイデオロギーではなく、自らの鮮烈な経験であって、石原はその経験を自らの中で深めつつ、自己の〈位置〉を求めて苦闘した。

石原の苦闘は、侵略戦争という過去を覆い隠そうとする動向や心性への批判、さらには、「大衆社会」化した日本への批判的な眼差しをも含みもつものであった。このような石原の苦闘は、果たして過去のものとなったのか？

注

（1）この「解説」は、「絶対矛盾的自己同一」という西田哲学ふうの言葉で石原の生き方や著作を把握しようとしているが、「絶対矛盾的自己同一」などが石原とは何の関係もないということは、この小論から明らかになるであろう。

（2）高杉一郎『征きて還りし兵の記憶』岩波書店、一九九六年、四頁。以下、この本からの引用は、高杉『記憶』と略記する。

（3）シベリアからの帰還者は、一九四七・四八年が最も多い。数字をあげれば、一九四六年一万九人、四七年一九万五七六五人、四八年一六万九六一九人、四九年八万七四〇三人、五〇年七五四七人である（厚生省援護局資料）。ただし、ここには樺太からの帰還者は含まれていない。

（4）刑法第五八条第六項の条文については、多田茂治『石原吉郎「昭和」の旅』作品社、二〇〇〇年、九七頁参照。多田氏の本は、石原の生涯を丹念にたどった労作であり、同書巻末には、詳しい参考文献表がある。

（5）高杉一郎『スターリン体験』岩波書店（同時代ライブラリー）、一九九〇年、二六一頁。シベリア経験に関連した高杉の他の著作に、『新版・極光のかげに』冨山房、一九七七年（のちに岩波文庫にも収録）、『シベリアに眠る日本人』岩波書店（同時代ライブラリー）、一九九二年、がある。

（6）『長谷川四郎全集』晶文社、全一六巻。『シベリア物語』『鶴』は、講談社文芸文庫にも収録。

（7）中野重治の「跋文」は、『ぼくのシベリアの伯父さん　長谷川四郎読本』晶文社、一九八一年、四三頁による。

（8）石原の著作からの引用のうち、『望郷と海』はちくま文庫版により、原則として『望郷』と略記し頁数を添える。石原の他の著作からの引用は、エッセイ名のみを記すこととする。

（9）ナチスの強制収容所体験の周到な分析として、ベテルハイム『鍛えられた心　強制収容所における心理と行動』（丸山修吉訳、法政大学出版局、一九七五年）参照。強制収容所体験に関するおびただしい文献のうち、「疲労し衰弱しきって」いたために解放という「現実を〈体験〉として受け止める主体」が失われていたと見られる事例の記述を、最近出版された本の中から一つだけあげておこう。エリ・ヴィーゼルは、その自伝でブーヘンヴァルト収容所が一九四五年四月一一日に解放された際のことを、次のように書いている。――「不思議なことだ。仲間たちにしてもわたしにしても、勝利を〝感じ〟てはいなかった。嬉しげに抱擁を交わすこともしなかった。わたしたちの幸せを表明するための叫び声も歌声も上がらなかった。それというのが、この幸せという語が、わたしたちにとって何の意味もなかったからだ。」（エリ・ヴィーゼル『そしてすべての川は海へ』上、村上光彦訳、朝日新聞社、一九九五年、二〇二頁）

（10）「いま、私たちの周囲は、はげしすぎる無数の挑発的なことばで溢れかえっている」（「ことばは人に伝わるか」）と石原はいう。それが、「いまは、人間の声はどこへもとどかない時代です」（「失語と沈黙の間」）という現代認識となる。「現代」に抗して生きた石原の声は、低く静かである。

ことばに対するこのような石原の感覚は、学生時代の石原が、『いのちの初夜』に始まる北條民雄の作品から甚大な影響を受けたということに、おそらく深くつながっている。石原は、北條民雄に関して、「茫然と彼の作品の前に立ちつくすだけであった」と述べていた。（「私と古典――北條民雄との出会い」）「私の古典」とは、『北條民雄全集』上下二巻であった。

(11)「もちろん言える」し、それが常識的だろう。収容した側(だけ)を直接的に告発する収容所体験記は多い。例えば、シベリア体験記ではないが、広く知られたものに、会田雄次『アーロン収容所』がある。しかし、ヨーロッパ史を研究していた会田が、イギリス人のアジア蔑視に収容所で気付いたとは、どういうヨーロッパ研究をしていたのであろうか。福沢諭吉も中江兆民も、アジアにいるヨーロッパ人の無法ぶりに、つとに言及していた。

(12)高杉一郎『シベリアに眠る日本人』は、第二次世界大戦の「終戦」工作の一環として、ソ連に「賠償として一部の労力を提供すること」を日本政府が伝えていたのではないかという疑念を述べている(二〇〇頁以下)。また、西ドイツのアデナウアー首相が、ドイツ人抑留者の早期帰還をソ連政府に強く働きかけ、この点に日本よりも一年早く成功したと強調している(二二四頁)。日本の場合については、斎藤六郎『回想のシベリア全抑協会長の手記』(全国抑留者保障協議会)九三頁以下でも、述べられている。

(13)他方、収容所内の「英雄的たたかい」を描く小説もある。アーピッツ『裸で狼の群の中に』(一九七一年)などはそうである。

(14)鹿野武一も石原吉郎もエスペランティストだった。話は石原から離れるが、シベリアの収容所にいた鹿野に、一人の日本人青年がエスペラントを教えてほしい、他にも教わる人を募るからと依頼に来た。しかし、その青年以外にエスペラントを習おうという者はなかった。鹿野は一人だけでもよいとして、その青年にエスペラントを教え始めた。その青年の名は、菅季治。一九五〇年の「徳田要請問題」に巻き込まれ、自らの命を絶った人である。注(12)とも関連するが、この悲劇は、シベリアからの帰還が遅れたことに根本的な原因があった。高杉一郎は、菅について次のように書いている。「ソ連は当然日本の将兵を復員さすべきだったし、敗れたとは言っても、日本政府は〔ポツダム〕宣言を受諾する以上、このことを要求できたはずであった。それをしないでおいて、なぜいけにえのひとりにすぎぬ菅季治を追いつめたのであろうか。」(『スターリン体験』二五一頁)

菅季治のことは、この『スターリン体験』にも、『征きて還りし兵の記憶』一二三頁以下にも、感動的に綴られている。ここに引いた高杉の言葉は、「告発」を「断念」した石原になりかわって告発をしているかのごとくである。

(15) 清水昶「サンチョ・パンサの帰郷」『石原吉郎詩集』思潮社、一九六九年、所収。

(16) シベリア体験に基づく「告発」には、内村剛介『スターリン獄の日本人』がある。繰り返すが、石原は自分は「告発」を断念したと言っているだけで、「告発」それ自体を否定してはいない。「世界を告発するとか歴史を告発するとかいう次元にもっていくと、全く問題が拡散してしまいます。スターリン体制なんていくら告発しても仕方のないことです。ソルジェニーツィン自身にとっては、スターリン体制というのははっきりしたイメージがある」(「随想」中の「告発について」)と書く石原は、ソルジェニーツィンの『収容所群島』などによる「告発」は当然のこととみていたと思われる。

(17) アーレント『全体主義の起原』第三巻、みすず書房、二九七頁。

あとがき

本書所収の論文・エッセイの初出については本書巻末に記したのでそれを参照いただくとして、以下に本書の成り立ちについて述べておく。

本書のⅠ・Ⅱに並べた論文・エッセイの発端は、二〇〇二年に私が転じた桜美林大学で開設されていたオムニバス講義「世界文学」に加わるよう、そのコーディネーターの大木昭男さん（ロシア文学）から求められたことである。特に文学を専攻するわけではない学生に「教養」として講義するというもので、私の担当は一回だけだったと思う。二〇〇五年度には「世界文学に見る生と死」というテーマが設定され、私は「日本文学に見る生と死」という部分の担当を依頼された。私は何を話すか迷って、ちょうどそのころ読んでいた桐野夏生『ＯＵＴ』について話した。また、このオムニバス講義担当者たちが『桜美林世界文学』といういわば同人誌を出していて、講義したことを受けて原稿を寄せることになっていた。こうしてできたのが、「桐野夏生『ＯＵＴ』における「生と死」」である。

その後は学内の仕事の事情で、このオムニバス講義担当は免除していただいたけれども、『桜美林世界文学』は継続していて、私も寄稿を続けた。この冊子は、「世界文学に見る○○」というテーマを掲げるのを常とし、また、私もふたたび「世界文学」の講義の一部を担当するかもしれないからという気持も残っていて、大江健三郎の初期作品は「自然」、大西巨人の『神聖喜劇』は「戦争」という、それぞれの年に掲げられたテーマに即して、かつ、学生に話すことを想定した原稿を書いた。その際、「世界文学」受講者にとっては、「現代文学」の方がなじみやすかろうと判断していた。

なお、「宮崎駿アニメと環境問題」は、この講義とは別に、「環境」というテーマでの執筆を求められて書いたものである。

以上が、本書のⅡに収めた論文・エッセイの成立の経緯で、主に取り扱った作品の発表時期を目安に、時系列で配列した。

その後、勤務先の大学のゼミで二年間、夏目漱石を取りあげた。私も漱石作品を読み返し、『桜美林世界文学』のテーマ「家族」に即して書いたのが、「漱石作品にみる「家族」と「姦通」」である。その後に書いた永井荷風論、島崎藤村論は、大学の授業と直接の関係はなく、もっぱら『桜美林世界文学』における「故郷」「政治」というテーマ設定にそれぞれ応じて書いたものであって、荷風論の副題が「荷風と東京」となっているのはその名残である。

有島武郎論は、日本ピューリタニズム学会での発表に基づくもの。宮澤賢治論は、東日本大震災後二年ほどして書いた。

という次第で、本書のIで取り上げた作家たちも、漱石は「家族」と「美術」、荷風は「故郷（東京）」、藤村は「政治」、有島武郎は「キリスト教」、賢治は「災害史」という側面から論じたものとなっている。

これらの論文を、主として取り扱った作品が発表された順に、Iとして並べた。（ただし、ふたつの漱石論については順番を入れ替えた。）

Ⅲのうち、先に書いたものは「石原吉郎覚え書き」である。これは、シベリアに抑留された詩人・石原吉郎の作品に心引かれた私が、石原の三冊の評論集から選んだ作品を『石原吉郎評論集 海を流れる河』（同時代社、二〇〇〇年）として編集したことに伴う産物であり、この『評論集』に「解説」として収めたものでもある。この本のことは、幸いにも「朝日新聞」の読書欄（同年七月三〇日付）で堀江敏幸氏、文化欄（八月二日付）で由里幸子氏によって取りあげられた。

そして、この本をシベリア抑留経験者でもある高杉一郎先生に献じたことが、私が高杉先生に出会う機縁となった。その出会いから八年、私は『若き高杉一郎　改造社の時代』（未來社、二〇〇八年）を上梓し、その後まもなくこの本を補足して書いたのが、「『若き高杉一郎』その後」である。

以下には、本書ができるにあたってお世話になった方々のお名前を記し、感謝の意を表したい。まずは鹿野政直さん（「先生」と書かれるのはご勘弁をと注意をいただいている）。本書に含めたものだけに限っても、大西巨人論、「『若き高杉一郎』その後」（以下、「その後」）などを献じた際、鹿野さんはいろいろとお仕事を抱えておられるに相違ないのに、丹念な感想と示唆をそのつど書き送ってくださり、おおいに励まされ、啓発された。そのご厚意にあらためて深甚の感謝を申し上げたい。

右にふれた「その後」については、これを記事の一部で紹介してくださった白石明彦さん（朝日新聞社）にも感謝したい。

そして誰よりも大木昭男さん。『桜美林世界文学』への寄稿にもあまり積極的でなかった私に、原稿執筆を毎回強くうながしてくれたのも、大木さんであった。大木さんの熱心な勧めがなければ、私が本書に収めた何本かの原稿を書くことも、ましてや文学についてのこの種の本をまとめることなど、なかったはずである。

有島武郎についての私の発表は、日本ピューリタニズム学会の常任理事会の折、そのメンバーから定例研究会での発表をと「推薦」されたことが機縁となった。機会を与えていただき、感謝している。私の発表の際、その研究会に集まった方々、特に大木英夫先生（神学。聖学院大学）から懇切なるご指摘をいただいたことも忘れがたい。

本書には、「『断腸亭日乗』と「紀元節」」という、私が高校の教員をしていたときに書いたエッセイを収めた。これは「思い出」に属する三〇年以上も前の代物であるが、こうした話にもつきあってくれた生徒たちを想起し、記録という意味も考え、「付」として載せることにした。

本書のⅢに収めた石原吉郎論に関連していえば、同時代社の川上徹さんは、『石原吉郎評論集　海を流れる河』の出版に当たり、その編集をすべて私に委ねてくださった。今更であるが、あらためて感謝したい。

最後になったが、影書房の松本昌次さん。松本さんのお名前は、丸山眞男・藤田省三・西郷信綱諸氏の本のあとがきなどで存じ上げてはいたものの、実際にお目にかかったのは、ちょうど私が桜美林大学に転じた時期だった。その後いろいろお世話になった。今回、松本さんは本書の原稿を読み、「「断念」の系譜——近代日本文学への一視角」という書名を提案してくださり、そして、この本を出版してくださった。深く感謝したい。

二〇一四年三月

太田　哲男

初出一覧

Ⅰ

漱石作品にみる「家族」と「姦通」と「恋愛」　『桜美林世界文学』第八号、二〇一二年三月。原題＝漱石作品にみる「家族」と「姦通」と「恋愛」

「運命の女」――『三四郎』と『草枕』　『国際学研究』（桜美林大学大学院）第二号、二〇一四年三月

『腕くらべ』の世界――荷風と東京　『桜美林世界文学』第九号、二〇一三年三月。原題＝『腕くらべ』論――荷風と東京

〔付〕『断腸亭日乗』と「紀元節」　『歴史地理教育』一九八二年二月号

有島武郎とキリスト教　『国際学レヴュー』（桜美林大学国際学部）第二〇号、二〇〇九年三月

〔付〕有島武郎と農場開放　『桜美林世界文学』第七号、二〇一一年三月。原題＝有島武郎と農場解放

災害史のなかの宮澤賢治――その詩と『グスコーブドリの伝記』　『未来』二〇一三年一一月号・一二月号

叙事詩としての『夜明け前』　『桜美林世界文学』第一〇号、二〇一四年三月

Ⅱ

大江健三郎初期作品における「自然」　『桜美林世界文学』第五号、二〇〇九年三月

大西巨人『神聖喜劇』をめぐって――東堂太郎の記憶力と反戦の論理　『桜美林世界文学』第三号、二〇〇七年三月

宮崎駿アニメと環境問題　『世界文学』第一〇七号、二〇〇八年七月
桐野夏生『ＯＵＴ』における「生と死」　『桜美林世界文学』第二号、二〇〇六年三月。原題＝桐野夏生『ＯＵＴ』をめぐって

Ⅲ

『若き高杉一郎』その後　『未来』未來社、二〇〇八年一二月号
〔付〕『文藝』編輯主任・高杉一郎　改造社版『文藝』復刻版カタログ、不二出版、二〇一一年五月
石原吉郎覚え書き　『石原吉郎評論集　海を流れる河』（同時代社、二〇〇〇年）。原題＝解説にかえて──石原吉郎覚え書き。初出は『富山国際大学紀要』第七巻、一九九七年三月

太田 哲男（おおた てつお）

1949年、静岡県生まれ。東京教育大学大学院文学研究科修士課程（倫理学専攻）修了。同博士課程中退。桜美林大学教授（日本思想史）。博士（学術）。著書に、『大正デモクラシーの思想水脈』（同時代社、1987）、『レイチェル＝カーソン』（1997）、『ハンナ＝アーレント』（2001. 以上。清水書院）、『若き高杉一郎　改造社の時代』（未來社、2008）、『清水安三と中国』（花伝社、2011）ほか。高杉一郎『あたたかい人』（みすず書房、2009）などを編集。

「断念《だんねん》」の系譜《けいふ》
——近代日本文学《きんだいにほんぶんがく》への一視角《いちしかく》

二〇一四年五月二〇日　初版第一刷

著　者　太田《おおた》 哲男《てつお》
発行所　株式会社　影書房
発行者　松本昌次

〒114-0015　東京都北区中里三—四—五
ヒルサイドハウス一〇一
電　話　〇三（五九〇七）六七五五
FAX　〇三（五九〇七）六七五六
E-mail＝kageshobo@ac.auone-net.jp
URL＝http://www.kageshobo.co.jp/
〒振替　〇〇一七〇—四—八五〇七八

本文印刷＝スキルプリネット
装本印刷＝アンディー
製本＝協栄製本

定価　二、八〇〇円＋税

ISBN978-4-87714-446-3

藤田省三　戦後精神の経験Ⅰ　¥3000

藤田省三　戦後精神の経験Ⅱ　¥3000

本堂明　夢ナキ季節ノ歌
——近代日本文学における「浮遊」の諸相　¥2500

武藤武美　プロレタリア文学の経験を読む
——浮浪ニヒリズムの時代とその精神史　¥2500

簾内敬司　宮澤賢治
——遠くからの知恵　¥1800

太田哲男・高村宏・本村四郎・鷲山恭彦編
治安維持法下に生きて——高沖陽造の証言
解説＝太田哲男　¥2500

〔価格は税別〕　影書房　2014. 5現在